마담 타로 2

한국추리문학선 23

마담 타로2

초판 1쇄 인쇄일 2026년 1월 5일
초판 1쇄 발행일 2026년 1월 10일

지은이 이수아
펴낸이 양옥매
디자인 송다희 표지혜
교   정 조준경
마케팅 송용호

펴낸곳 도서출판 책과나무
출판등록 제2012-000376
주소 서울특별시 마포구 방울내로 79 이노빌딩 302호
대표전화 02.372.1537   **팩스** 02.372.1538
이메일 booknamu2007@naver.com
홈페이지 www.booknamu.com
ISBN 979-11-6752-722-6 (03800)

한국추리문학선 23

마담 타로 2

이수아 지음

책과나무

차 례

프롤로그

여사제(The High Priestess)는 푸른 망토에 흰 베일을 두르고 두 기둥 사이에 앉아 있다. 왼쪽의 검은 기둥에는 B, 오른쪽의 흰 기둥에는 J가 새겨져 있다.

B와 J는 솔로몬 성전 앞에 있었던 보아즈(Boaz)와 야긴(Jachin)을 의미한다. 히브리어로 '그의 힘 안에 있다(in strength)'와 '그가 세우리라(he will establish)'를 뜻한다.

마담 타로

타로 카드에서 B는 어둠을 상징한다. 이는 내면의 질서를 의미한다. J는 빛을 뜻한다. 외면의 형식이기도 하다.

이 두 기둥 사이에는 보이지 않는 문이 있다. 지혜로 들어가는 문. 숨겨진 진실을 보게 만드는 용기의 문.

여사제는 기둥 사이에 앉아 비밀의 문을 지키고 있다. 두루마리 토라(TORA)를 들고서. 토라는 유대교의 율법서인 모세 5경을 의미한다. 그런데 두루마리는 완전히 펼쳐지지 않았다. 그 일부분만 볼 수 있다.

결국 모든 진리는 한눈에 드러나지 않는다는 의미다. 준비된 자에게만 열린다. 그래서 우리는 직관을 단련하고, 내면을 더 깊이 탐구해야 한다. 저 토라를 모두 읽게 되는 날, 진리를 얻을 것이다.

그날까지 고요하게 기다린다. 발밑에 초승달을 밟고서. 시간이 흘러 진실을 찾으려는 자가 올 때까지.

그때까지 그녀는 답하지 않는다. 질문하는 법을 가르칠 뿐이다. 논리로는 풀리지 않는 수수께끼를, 가슴으로 느끼라고 속삭인다. 머리가 아닌 직감으로 길을 찾으라고 안내한다.

그리고 마침내 문을 열었다.

진실을 갈구하는 어느 여인이 찾아왔으므로.

2

재회

♦

조서란은 한동안 타로 카드를 손에 쥘 수 없었다.

책상 서랍 깊숙이 밀어 넣어 둔 카드 덱을 꺼낼 마음이 생기지 않았다. 카드만 생각하면 손끝이 서늘해져 만질 수가 없었다.

눈앞에서 동생을 놓쳐 버린 후로는 용기가 나지 않았다. 수시로 동생의 얼굴이 떠올랐다. 어린 시절 얼굴과 성형 수술로 바뀐 얼굴이 번갈아 가며 생각났다. 조서희 혹은 카밀라. 그 외 셀 수도 없이 사용된 가명들도. 그 모든 것이 바뀌어도 '동생'이라는 사실은 변하지 않을 텐데. 혼란스러운 마음은 수시로 밀려 왔다가 사그라들기를 반복했다.

이제는 타로 카드에게 물어볼 질문조차 사라진 상태였다.

"모든 질문에는 답이 있습니다."

상담할 때마다 손님들에게 했던 그 말이 그녀의 발목을 잡았다. 질문을 포기한 수많은 밤들. 아무것도 묻지 못한 날들. 내담자들에게 '당신이 원하는 답은 마음속 어딘가에 이미 숨어 있다'고 충고했었던 오만한 날들을 후회했다.

휴대폰이 울렸다. 전남편인 유한 형사였다. 일부러 전화를 받지 않았다. 벨 소리가 멈췄다. 그가 이미 수십 번 전화를 걸고 있지만 받지 않았다.

집 밖으로 나가지도 않았다. 날을 손꼽아 세지 않아도 침묵의 밤은 저절로 흘러갔다. 어느 날은 멀리서 경찰차의 사이렌 소리가 들렸고, 어느 날은 가로등 불빛이 유난히 밝았다.

문득, 세수하다가 거울을 봤다. 눈 밑이 유난히 어두워진 걸 알아차렸다. 거울 속 자신의 모습이 표독스럽게 말했다.

"넌 무능해."

조서란은 자조적으로 읊조렸다.

"그래, 무능해."

그 후로 이런 대화가 반복되었다. 회복이 불가능해 보이는 날들이었다.

그러던 어느 날, 아버지의 부고장을 받았다. 교도소에서 심근경색으로 돌아가셨다는 내용이었다.

"네 엄마는 내가 죽이지 않았어, 내가."

아버지의 목소리가 환청처럼 들렸다. 불쾌한 술 냄새와 함께. 조서란은 괴로워서 눈을 감아 버렸다. 엎드린 사람의 등에 열 자루의 검이 꽂힌, 검 10 카드의 모습대로 죽은 엄마의 마지막 모습이 생생했다. 결국 그 사건 현장에 있었던 아버지가 범인으로 지목됐다. 술에 취해 체포되었다가, 술이 깬 다음에는 결백을 외쳤다. 목이 터져라 자신의 무죄를 외쳤지만 아무도 믿어 주지 않았다. 그랬던 아버지가 유골함에 담겼다.

교도관은 그의 노트를 전해 줬다. 펼쳐 보니 아버지의 글씨체가 맞았다.

- 내가 죽이지 않았다.
- 억울하다.
- 나는 범인이 아니다.

같은 문장들이 페이지를 가득 채웠다. 볼펜 자국이 종이를 뚫기도 했다. 다른 페이지에는 조잡하게 쓴 글씨들이 있었지만 더는 읽고 싶지 않았다. 조서란은 노트를 덮었다. 짜증이 올라왔다. 어쩌면 죄책감일지도 모르겠다.

결국 아버지의 말이 옳았다. 범인이 아니었다. 하지만 그가 만취 상태였을 때 일어난 살인 사건에 대해서는 아무것도 기억하지 못했다. 왜 사고 현장에 있던 칼에서 자신의 지문이 발견되었는지 먼지만큼도 떠올리지 못했다. '내가 죽이지 않았어, 내가…'라는 술주정 같은 말만 되풀이했을 뿐이다.

객관적 증거를 동반하지 않은 진술은 아무런 힘이 없다. 특히 수감되어 있는 범죄자들의 말은 아무리 진실이라도 세상 사람들이 믿어 주지 않는다. 비록 딸일지라도 믿지 않았으니까.

장례식은 생략하고 화장을 했다. 추모공원에 도착하자 잔뜩 흐린 하늘에서 싸라기눈이 내렸다. 바람도 차가웠다. 조서란이 유골함을 들고 가자 납골당 직원이 안내했다.

"이쪽입니다."

텅 빈 공간에 발걸음 소리만 메아리쳤다. 복도가 유난히 길었다.

4동 127호. 작은 칸막이가 열렸다. 옆 칸을 보니 고인의 웃는 사진이나, 가족사진이 놓여 있었다. 조서란은 아무것도 준비하지 않았다. 가족사진이 어디 있더라. 유골함을 안에 넣었다. 한 사람의 인생이 마침표를 찍었다. 딸깍. 문이 닫혔다.

"삼가 고인의 명복을 빕니다."

직원이 고개를 숙였다. 조서란도 맞절했다. 직원이 먼저 떠나고 조서란 혼자 남았다.

겨울바람이 창문 틈으로 들어왔다. 휘파람 소리가 났다.

조서란이 주머니에서 유품인 아버지의 수첩을 꺼냈다.

- 내가 죽이지 않았다.

조서란은 아버지가 돌아가시고 나서야 그걸 믿을 수 있었다. 정확히는 믿을 마음이 생겼다. 사건의 진상이 밝혀진다면, 아버지는 억울하시겠지만 이제 어쩔 도리가 없었다.

이로써 조서란 혼자 치른 아버지의 장례식이 끝났다.

집으로 돌아오는 길.

지하철역은 시끄러웠다. 지친 몸을 실은 지하철에도 사람이 많았다. 앉을 자리가 없었다. 문 옆에 서서 창밖의 풍경을 살폈다. 그러다 지하 구간으로 들어가자, 자신의 얼굴이 유리창에 반사되어 선명하게 보였다. 생기 없이 바싹 말라 버린 모습. 그 모습을 외면해 버렸다. 보기 싫었으니까.

그때였다.

아.

깨달았다. 무엇이 발목 잡고 있었는지를.

비겁한 자신이었다.

이미 답은 나와 있었다. 그 답을 외면하고 있었을 뿐. 그래서 더 이상 질문이 중요하지 않았던 것. 답이 나왔다면 그것을 받아들여야 한다.

'그래. 아버지는 엄마를 죽이지 않았어. 엄마를 죽인 살인마가 여전히 동생을 찾고 있으니까. 그러니 감옥에 있는 아버지가 살인마일 수 없잖아?'

조서란은 앞으로 자신이 해야 할 일이 무엇인지 또렷이 정리했다.

동생이 여전히 도망치고 있는 이유를.

성형 수술을 한 이유를.

혼자 숨어 사는 이유를.

알아내야 한다.

집에 돌아온 조서란은 서랍에 넣어 둔 타로 카드를 꺼냈다.

'한번 시작하면 21번 카드처럼 세계를 완성하기 전까지 돌아올 수 없어. 그렇게 할 수 있을까?'

스스로에게 질문했다.

세계를 완성하는 길에는 찬란한 영광과 부귀영화만 있지 않을 것이다. 달그림자에 속을 때도 있고, 자비만 베풀어 달라고 덤벼드는 가짜 비렁뱅이들만 득실거릴 수도 있다. 천둥 번개가 치는 날에도 맨몸으로 들판에 서 있어야 한다. 공든 탑이 무너져 내릴 수도 있다는 걸 뻔히 알면서도 탑을 쌓아야 한다. 사기꾼인 줄 알면서도 손을 잡아야 한다. 이제 선택지는 없다.

검은 벨벳 깔개에 곱게 감싸져 있던 타로 카드를 테이블에 올려놓았다. 타로 카드는 문이다. 세상으로 나가는 문. 카드를 뒤집을 때마다 새로운 길로 가는 문이 열린다. 두렵다고 닫아 버리면 앞으로 나아가지 못한다.

조서란은 오랫동안 잠들어 있던 타로 카드를 깨워야 했다. 테이블에 앉아 정화 작업을 시작했다. 싱잉볼 소리가 공간을 깨웠다. 그 명쾌한 파장이 은은하게 공기를 흔들었다.

말려 놓았던 세이지 허브 다발을 꺼냈다. 주방 환풍기 앞에 유리그릇을 놓고 세이지 잎과 가지들을 꺾어 놓고 불을 붙였다. 알싸한 연기가 피어올랐다. 세이지는 정화와 치유 기능이 뛰어나다. 영성을 다루는 타로 마스터들에게는 친숙한 재료다.

조서란은 처음부터 타로 카드를 점술 도구로 생각하지 않았다. 타인과의 대화 수단으로 여길 뿐이었다. 지금도 마찬가지다. 하지만 이런 신성한 의식을 따라 하는 이유는 마음가짐 때문이다. 사냥꾼이 사냥 전에 예리하게 칼을 벼리는 것과 같다.

날카로운 정신을 유지하면 상대방의 마음을 쉽게 읽을 수 있다. 그리고 카드가 하는 말을 또렷하게 들을 수 있다. 그것은 사건의 단서를 제공하고, 사람을 만나게 해 주고, 위험을 피할 수 있는 예지력을 선물했다.

부드럽게 말려 있던 세이지 잎들이 계속 타들어 갔다. 이제 카드를 한 장씩 한 손에 들고 연기 위로 천천히 통과시켰다. 연기가 부드럽게 카드를 감싸안았다. 향긋하면서도 매캐한 냄새가 집 안 가득 퍼졌다.

정화 과정을 마치고 휴대폰을 꺼냈다. 몇 주 동안 예약을 거절했던 손님들에게 문자 메시지를 보냈다.

「오늘부터 상담 예약을 받습니다.- 마담 타로」

사실 성형 수술한 동생을 알아보지 못한 것은 타로 카드의 무능이 아니다. 타로 카드에게 물어보지 않았던 자신의 불찰이었다. 똑같은 실수를 하지 않기 위해 타로 카드에게 첫 번째 질문을 했다.

"나에게 해 주고 싶은 말을 카드로 보여 줘."

카드를 섞었다. 섞는 동안 세이지 잎 향기가 옅게 배어 나왔다. 그리고 쌓아 올린 카드 더미에서 첫 번째 카드를 선택했다.

심판 카드였다.

하늘에서 나팔 부는 천사 가브리엘과 무덤에서 일어나 부활한 사람들이 보였다. 하늘의 부름 혹은 계시를 받는 것 같은 모습이었다.

이 카드는 메이저 아르카나로 부활, 재생 그리고 깨달음의 순간을 상징적으로 보여 준다.

하늘을 가득 채운 천사의 날개는 구름처럼 사람들을 덮어 주고, 나팔을 통해 전파되는 신성한 메시지는 땅의 모든 자들에게 전달될 것이다. 심지어 죽어 있던 자들이 깨어나지 않았는가.

이는 과거의 자아에서 벗어나 새로운 삶으로 나아가는 영적 부활을 뜻하기도 했다.

조서란은 카드를 가만히 들여다보았다. 천사의 나팔을 통해 타로 카드가 해 주고 싶은 말이 무엇일지 고요하게 지켜봤다.

"너의 소리에 집중해."

타로 카드가 말했다. 누구의 소리가 아니라 내면의 소리에 귀를 기울이라는 충고였다. 스스로를 용서하고, 과거의 굴레에서 벗어나 새로운 시작을 할 수 있는 기회이니 심판을 두려워하지 말라는 메시지였다.

이것이 첫 번째 질문의 답이었다.

답을 들었으니, 이제 해결해야 한다. 그러기 위해 조서란은 다시 마담 타로가 되어 유흥가로 돌아왔다.

그사이 새벽 유흥가는 변한 것이 없었다. 시간의 틈새에 갇힌 듯했다. 이곳은 시절도 없고, 계절도 없었다. 사시사철 어둠이 내리면 유흥과 환락을 즐기려는 자들이 몰려들었다. 서로의 이름도 모른 채로. 진실된 모습은 오히려 방해물이 되었다. 오직 하룻밤을 위해 사는 사람들이니까.

그들은 최선을 다해 술을 마셨고, 틈날 때마다 원초적인 매력을 발산했다. 술에 취한 채 제 몸도 가누지 못하는 자들이 서로를 위해 친절을 베풀었다. 네온사인에 모여드는 나방처럼 유흥가를 배회했다. 일상을 위한 일탈이라는 핑계로 추악한 짓들도 용인되었다.

날이 밝아 올수록 클럽에서 새어 나오던 음악 소리의 비트가 느려졌다. 취객들의 둔탁해진 심장 박동 소리처럼 늘어졌다. 술집과 클럽에서 쏟아져 나온 이들은 갈 곳 잃은 양들처럼 새벽바람에 몸을 떨었다.

네온사인들이 꺼지고 새벽이 왔다. 동이 트면 어김없이 유흥가의 민낯이 드러났다. 취객들은 백열등에 들러붙어 타 죽은 하루살이 같은 표정으로 비틀거렸다. 술에 취한 채로 내뱉는 자음과 모음은 말이 되지 못하고 제멋대로 뒤섞이거나 토사물 사이에 묻혀 버렸다. 서로 통하지 않는 대화를 나누었다. 동문서답을 하면서도 용케 내용이 맞아떨어졌다.

인사불성으로 취한 사람은 길바닥에 버려둔 채, 말이 통하는 사람들은 아직도 영업 중인 술집을 찾아 나섰다. 밤 분위기에 젖어 흥을 깨고 싶지 않은 사람들은 출근하는 사람들을 거슬러 올라갔다. 어떻게든 술 파는 곳을 찾아 유랑을 시작했다. 그러다 숙취해소제를 사기 위해 편의점에 머물기도 했다.

유흥가에서 편의점은 등대였다. 정처 없이 떠돌던 취객들이 간판 불빛을 등대 삼아 모여들었으니까.

조서란은 편의점에 들어와 캔커피를 집었다. 새벽까지 이어진 타로 상담으로 피곤했다.

계산대에서는 취객이 점원과 말다툼을 하고 있었다. 그녀에게는 익숙한 풍경이다. 기다리면서 창밖으로 시선을 옮겼다. 편의점 유리벽 너머 밖의 풍경은 펜타클 5번 타로카드처럼 보였다.

　펜타클 5번 카드에는 찬 겨울바람이 휘몰아치는 어두운 밤 풍경이 펼쳐졌다. 스테인드글라스 창문에는 다섯 개의 별 문양이 새겨져 있었다. 희미한 촛불 빛이 새어 나올 것 같은 고딕 성당 앞으로 두 사람이 지나고 있다. 병들고 가난해 보였다. 고단함과 절망이 느껴졌다. 춥고 가난한 자들에게 자비를 베푸는 사람은 없다. 차가운 눈송이만 조용히 나부낄 뿐. 참으로 쓸쓸하고 무심한 풍경이었다.

　지금 편의점 밖의 풍경은 이 카드와 비슷했다. 취객들은 눈보라 속에서 고개 숙인 거지들처럼 고개를 들지 못했다. 부은 눈과 충혈된 눈동자가 머쓱해서일까. 밝아 오는 현실을 받아들이기 싫어서일까. 다가오는 아침을 외면한 채 비틀거렸다.

　점원과 취객 사이에 실랑이는 계속됐다. 조서란은 캔커피를 손에 든 채 계산 차례를 기다렸다. 출근길에 들러 바나나를 집었던 젊은 여성 직장인은 결국 그것을 내려놓고 매장을 나갔다.

　그사이 같은 무리에 있던 취객들이 다른 일행으로부터 전화 연락을 받았는지, 바구니를 통로에 그대로 버려둔 채 매장을 떠났다. 소란꾼들이 나가자 매장은 곧바로 조용해졌다.

　점원은 일그러진 표정으로 계산대에서 나와 통로에 덩그러니 놓인 바구니를 들었다. 귀찮은 일이지만 표정은 한결 후련해 보였다. 어쩌면 너무 자주 일어나는 일이라 화조차 나지 않았을지도 모르겠다. 익숙한 손놀림으로 물건들을 제자리에 정리하기 시작했다.

　조서란은 계산해야 했지만 급하진 않았다. 점원의 일을 방해하고 싶지 않았다. 서류용품 코너로 발걸음을 옮겼다. 선반에는 풀, 가위, 펜, 노트, 편지봉투, 접착테이프, USB까지 급할 때 요긴하게 쓸 만한 물건들이 가지런히 놓여 있었다.

점원이 정리를 마치고 계산대로 돌아가자, 조서란은 서류용품 가격표 읽기를 멈추고 그곳으로 향했다. 바로 그때, 앳된 얼굴의 청년이 매장에 들어서자마자 계산대 앞에 먼저 섰다.

"담배 한 갑이요."

조서란은 별수 없이, 그 청년 뒤에 서서 차례를 기다렸다. 피곤한 탓에 신경 쓰지 않으려 했지만, 그의 목소리에 뭔가 미세한 흔들림이 감지됐다. 촉이 작동했다.

"어떤 거 드릴까요?"

점원이 그에게 물었다.

그때부터 조서란의 감각은 두 사람에게 집중되었다. 담배를 피우는 사람이라면 애호하는 브랜드를 바로 말했을 것이다. 그런데 청년은 망설였다. 그는 점원 뒤에 진열되어 있는 담배들을 빠르게 훑어보았다.

"말보로."

"말보로. 몇 밀리로 드릴까요?"

"…아무거나요."

청년이 웅얼거리자 점원이 재차 물었다.

"어떤 거요?"

"육 밀리, 저거요."

청년은 대수롭지 않은 듯한 말투로 말했다. 시선은 창밖을 향했다. 맹수는 사냥에 성공하기 전까지 먹이에서 눈을 떼지 않는다. 인간도 마찬가지다. 원하는 것이 있으면 그것을 손에 넣을 때까지 시선을 거두지 않는다. 원하는 것을 끝까지 쳐다본다. 그런데 무심히 창밖을 본다고? 이 청년의 목적은 담배 구매가 아님이 명백했다. 이미 말투부터 부자연스러웠다.

그사이 점원은 말보루 한 갑을 꺼내 그 청년에게 내밀었다.

"사천오백 원입니다."

청년은 신용카드를 점원에게 건넸다.

"앞에 꽂아 주세요."

"아."

그는 생전 처음 카드 결제하는 사람처럼 서툴렀다. 손끝도 가볍게 떨렸다. 원하는 담배가 코앞에 있지만 절대 집어 들지 않았다. 간신히 입구에 맞춰 카드를 삽입했다.

"끝까지 넣어 주세요."

점원이 말했다.

이런 사소한 것들이 조서란의 눈에 들어왔다.

그가 결제를 위해 좀 더 카드를 밀어 넣으려는 찰나. 조

마담 타로

서란이 그의 손목을 낚아챘다.

"이거, 본인 카드 아니죠?"

그녀의 목소리는 차분했지만 단호했다. 청년은 당황한 기색을 내비쳤지만 곧 뻔뻔한 표정으로 변했다. 그리고는 거친 말투로 퉁명스럽게 말했다.

"제 건데요? 이거 놔요."

"아니. 본인 거 아니야."

조서란도 단호했다. 눈빛으로 그를 압박하며 손목을 좀 더 비틀었다.

"아, 아! 씨-발-."

청년은 거친 욕설을 하며 반항했지만, 경찰 훈련을 받은 조서란을 떨쳐 내지 못했다.

"씨발, 놔."

그가 거칠게 쏘아 댔지만 조서란은 꿈쩍도 하지 않았다. 이런 협박에 놓아줄 것이라면 애초에 못 본 척했을 것이다.

"어디서 주웠어?"

"내 꺼라고, 씨발!"

"그러니까 어디서 주웠냐고!"

그녀는 더 낮은 소리로 어, 디, 서에 강한 스타카토를 주었다.

이런 사건은 경찰들에게는 클리셰다. 주운 카드로 담배를 사고, 카드 승인이 떨어지면 게임 머니 카드를 사는 수법이다. 이렇게 지루한 사건이 없다.

청년은 조서란의 이런 생각을 알 리 없었다. 완벽했던 자신의 범행을 방해하는 자가 성가셨다.

"맞아, 맞다고!"

청년은 거세게 손을 뿌리쳤다.

그럴수록 조서란은 더 강하게 압박했다.

"마지막 기회다. 솔직히 말할."

아직 사건의 내막을 알지 못하는 점원은 갈팡질팡했다. 계산대 아래 숨겨져 있는 비상 버튼을 누르지 못한 채 두 사람의 대화를 지켜봤다. 여차하면 누르겠다는 비장한 각오로 검지에 힘을 준 채.

청년은 집요하게 물고 늘어지는 상대방을 보고 보통 사람은 아니겠다는 생각이 뒤늦게 들었다. 뻔뻔했던 표정이 초조하게 바뀌었다. 사실대로 택시 정류장에서 주웠다는 말을 해야 할지, 계속 시치미를 떼고 이곳을 벗어나야 할지 고민됐다.

청년의 눈빛에 섬광이 스쳤다. 결심이 섰다. 결국 도주를 선택했다. 고민할 것도 없다. 들어온 방향으로 무작정 뛰면 된다. 그러기 위해서 우선 저 여자의 시선이 잠시 점원에게 향할 때, 급히 몸을 틀어 손목을 빼내면 그만이다. 이런 생각으로 있는 힘껏 몸을 돌리며, 뒤로 젖혀진 손목을 빼내려는데.

조서란은 청년의 미세한 움직임을 먼저 눈치챘다. 바로 온 힘을 다해 남자를 끌어당겼다. 중심을 잃게 한 후 바닥으로 내동댕이쳤다. 삽시간에 그의 얼굴은 바닥에 처박혔다.

"놔. 놔!"

조서란은 그럴 생각이 없었다. 점원에게 소리쳤다.

"비상 버튼 눌러요!"

여전히 온몸으로 청년을 제압한 채, 그의 발목을 확인했다. 트레이닝복 사이로 발목이 드러나 있었다. 발목에는 선명한 줄이 있었다. 전자 발찌 자리였다. 선명하지 않지만 식별이 가능한 정도였다. 그런데 어디에도 전자 발찌는 보이지 않는다. 전자 발찌는 갑갑하다고 빼 버릴 수 있는 액세서리가 아니다.

그에게 피해 입은 누군가는 평생 세상을 두려워하고, 죄책감의 감옥에서 지내고 있을 것이다. 아무리 당신의 잘못이 아니라고 말해 줘도 '그날 거기 가지 않았더라면', '그 시간에 집에 있었더라면', '짧은 치마를 입은 내가 잘못인가?'라며 애초부터 없었던 죄를 만들어 가고 있을 것이다. 그러니 합당한 죗값도 치르지 않으려는 이런 사람에게는 용서의 기회도 필요 없다.

바닥에 깔린 청년은 이제 몸의 중심이 바닥을 향하고 있어 쉽사리 빠져나오지 못했다. 그렇다고 조서란이 마냥 버틸 수 있는 상황도 아니었다.

"같이 잡아 주시죠?"

그녀의 제안에 점원은 발발 떨면서 다가왔다.

"그냥 잡아요?"

"예. 이쪽에서."

조서란은 점원이 잡기 쉽도록 자리를 유도하며 제압할 수 있는 자세를 알려 줬다. 청년이 그 틈을 그냥 둘 리 없었다. 조서란이 점원에게 자리를 넘겨주려던 찰나, 청년이 기습적으로 튀어 오르더니 출입문으로 줄행랑을 쳤다. 조서란은 고민도 없이 달려 나갔다. 하이힐을 신은 채.

조서란이 곧바로 뛰어나갔지만 청년은 이미 인파 속으로 섞여 들어간 뒤였다. 범죄자들은 본능적으로 인파에 뒤섞인 다음 으슥한 곳을 찾는다. 그렇다면, 저쪽이다.

심장이 쿵쾅거렸다. 하이힐 굽이 아스팔트 위에 부딪힐 때마다 그 충격이 무릎으로 전해졌다. 평균대 위에서 아슬아슬하게 걸어가는 체조 선수처럼 하이힐 위에서 균형을 잡았다. 굽이 바닥에 닿을 때마다 발목을 접질릴 듯이 위태로웠다. 어쩔 수 없다. 고통은 뒤로 미뤄 둘 수밖에.

발목이 꺾일 뻔한 순간, 간신히 균형을 잡으며 고개를 들었다. 놈의 위치를 확인했다. 이제 얼마 남지 않았다. 숨이 턱까지 차올랐다. 타는 듯한 열감이 고스란히 하이힐 속 발바닥에 느껴졌다. 그럴수록 청년의 뒷모습에서 눈을 떼지 않았다. 목표를 집요하게 노려보며 사냥개처럼 달렸다.

먹잇감도 지쳤는지 뒤처지기 시작했다. 조서란이 팔을 뻗어 그의 옷깃을 잡아챘다. 중심을 잃은 청년은 바닥으로 나동그라졌다. 오뚜기처럼 재빨리 일어난 청년이 다시 도망치려는 순간. 그가 느닷없이 공중으로 날아올랐다. 달려오는 경찰차를 못 보고 도로로 달려든 그의 불찰이었다.

놀란 조서란이 경찰차의 운전자를 확인했다. 그 옆 조수석에 앉은 유한 형사가 핸들을 잡고 있는 것을 똑똑히 봤다. 유한의 성격이라면? 어쩌면 경찰차가 그를 들이박았을지도 모르겠다.

조서란은 조수석에서 내리는 유한을 확인했다. 전남편의 관할구역에서 지낸다는 것은 이렇듯 사고처럼 불현듯 만날 수 있다는 것을 의미했다.

함께 도착한 경찰들이 바닥에서 나뒹구는 청년을 체포하면서 실랑이를 벌였다.

"움직이시면 팔 부러집니다. 더 크게 다쳐요."

경찰은 아파 죽겠다는 청년을 어르고 달래면서 수갑을 채웠다.

"그 사람 전자 발찌 미착용입니다. 확인해 보시죠."

조서란이 경찰에게 무심하게 말했다.

오히려 유한이 놀란 표정을 지었다. 그러고는 조서란이 자리를 떠나려고 하자, 그는 따라붙으며 잔소리를 시작했다.

"칼이라도 들었으면 어쩌려고 달려들어!"

"제압해야지. 늘 하던 대로."

조서란이 경찰이었을 때, 칼 든 사람을 수시로 만났다. 총기 없는 한국에서 칼은 강력한 무기다. 그때 제압하는 법을 알려 줬던 사람이 바로 유한 형사였다.

　　　　　　　　　　　　　　　　　　　　　마담 타로

"아직도 경찰인 줄 알아? 형사야?"

"모범 시민 정도로 하자."

유한은 조서란의 말장난을 받아 줄 기분이 아니었다.

"신고했으면 기다려야지!"

"도망가는데 기다려?"

"시민의 안전이 우선이라고."

유한은 잔소리를 늘어놓으면서도 조서란 곁을 떠나지 않았다. 참다못한 그녀가 멈춰 서서 물었다.

"언제까지 따라올 건데?"

"일단 가."

"어딜?"

조서란은 멈춰 서서 가만히 팔짱을 꼈다. 절대 저 사람에게 틈을 주지 않겠다는 단호한 의도였다.

"데려다줄게."

유한이 앞장섰다. 석 달 만에 겨우 만난 그녀를 그냥 보낼 수는 없었다. 그의 마음도 편하질 않았다. 성형 수술한 처제를 못 알아본 죄책감에 한동안 연락할 수 없었다. 얼마 전부터 용기 내 연락했지만 그녀가 받지 않았다. 차라리 남이라면 위로라도 할 텐데. 여전히 둘의 관계는 겉도는 것만 같았다.

"됐어."

조서란은 거절했다.

유한은 그녀의 하이힐을 물끄러미 봤다. 긁히고, 굽이 빠져 버린 하이힐은 방금 전의 추격전이 얼마나 치열했는지를 증명하고 있었다.

"그러고 가게?"

그 말에 그녀는 그제야 신발을 확인했다.

"어때서."

아무렇지 않은 듯 한 발을 내디뎠다. 구두의 중심축이 흔들리면서 몸의 균형이 틀어졌다. 남이 눈치챌 정도는 아니었다. 일부러 앞코를 세워 바닥에 톡톡 두드리며 괜찮다는 듯 하이힐을 내보였다.

"괜찮고, 혼자 갈 수 있어. 신경 쓰지 마."

"넌 꼭 신경 쓰게 만들어 놓고, 그렇게 말하더라."

"알아서 갈게."

조서란은 유한의 투정을 뒤로하고, 걷기 시작했다. 발목을 움직일 때마다 압정으로 발목 인대를 찌르는 듯한 통증이 일었지만 억지로 참아 냈다.

유한은 한심한 표정으로 조서란을 훑어보았다. 그녀의 단호한 성격을 너무도 잘 알고 있었다. 마침 출근길에 고객을 기다리고 있던 택시들이 꽤 있었다. 도로에 서 있던 택시를 잡았다.

"타고 가. 그 정도는 할 수 있잖아? 어차피 걸어서는 못 갈 거 같은데."

조서란은 일단 택시에 올랐다. 어차피 이 상태로 집까지 걸어갈 수도 없고, 만원인 지하철이나 버스를 탈 수도 없었으니까.

택시가 출발하자 긴장이 풀렸다. 손가락 하나 움직일 힘이 없었지만 그에게 할 말이 있었다. 문자 메시지를 보냈다.

「남의 일에 간섭하지 마. 앞으로는 마주치더라도 아는 척은 하지 말고.」

그가 싫어서가 아니다. 정말 '남의 일'이기 때문이다. 더 이상 가족도 아니고, 연인도 아니다. 잠시 서로가 서로의 보호자가 되었던 시절이 있었지만. 그마저도 이혼으로 정리되었다. 그러니 이렇게 보호자인 척 살갑게 구는 것과는 거리를 두려는 것이다.

조서란은 무엇이든 익숙해지는 것을 경계했다. 이제는

예민해져야 한다. 동생을 찾기 위해 타로 카드가 보여 주는 힌트들을 알아차려야 한다. 술집 아가씨들의 별 뜻 없이 내뱉는 문장에서 동생에 관한 단서를 찾아내야 한다. 그러니 누군가에게 의지하다 보면 감각이 둔해진다. 이제는 직감을 따라야 할 때다.

늦은 후회지만 엄마가 살해된 끔찍한 현장을 목격했을 때도, 가출한 여동생이 남긴 문자 메시지의 쉼표에도 의미를 부여해야 했었다. 놓쳐 버린 증거들은 다시 돌아오지 않으니까. 그걸 알면서도 그땐 그러지 못했다. 직감을 버리고 경찰 지침을 따라야 했다. 경찰이었으니까.

도움이 필요한 사람들을 돕기 위해 경찰이 되었지만, 정작 그 도움이 필요했던 사람들은 죽은 후에나 만날 수 있었다. 더 이상 손쓸 것이 없을 때, 수사는 시작되었다.

점차 경찰 생활에 회의감이 들었다. 어느 날, 새벽까지 취객을 응대하고 집에 들어갔을 때 동생이 사라졌다는 것을 알아차렸다. 전남편도, 일가친척도 그저 흔한 여고생의 가출이라고 안심시켰다.

하지만 그날 새벽의 공기는 미묘하게 달랐다. 현관문을 열고 들어가는 순간, 모든 것이 끝났다는 느낌을 받았다. 현관에 나뒹굴고 있는 신발짝들. 어수선한 동생의 방. 급히 챙겨 나간 듯한 옷가지가 단서였다. 조서란은 단순 가출이 아니라는 것을 직감으로 알 수 있었다. 경찰의 도움을 받기 위해서는 그 느낌을 객관적으로 설명해 내야 했다. 하지만 객관적 증거는 어디에도 없었다.

경찰은 의심만으로는 수사를 시작할 수 없다고 했다. 맞는 말이다. 하지만 동생이 사방에 뿌려 놓고 나간 불안의 흔적들이 느껴졌다. 그것들을 도무지 떨쳐 버릴 수가 없었다.

하지만 아무도 믿어 주질 않았다. 당시에는 남편이었던, 형사 유한의 말투도 조사처럼 느껴졌다. 그날 이후 모든 말투가 그렇게 느껴졌다. 한 공간에서 같이 살 수 없을 정도였다. 솔직히 먼저 이혼을 요구하는 것이 미안했지만 방법이 없었다.

택시는 정지 신호에 멈춰 있다가 직진하기 시작했다. 조서란은 룸미러로 점점 멀어지는 유한을 잠시 응시했다가 시선을 돌렸다.

3
시작

◆

　조서란은 어김없이 유흥가 아가씨들을 만났다. 며칠째 술집 아가씨들에게 무료로 타로 카드를 봐줬다. 오늘은 카밀라로 살았던 동생이 고용했던 아가씨들을 만나러 왔다. 카밀라가 운영했던 '타임'은 이제 간판도, 주인도 바뀌었다. 동생의 흔적은 말끔하게 지워져 있었다. 동생의 소식을 알고 있는 아가씨들의 증언이 유일한 단서였다.

　휴게실의 원형 테이블에 타로 카드를 꺼내 놓았다. 정화용 크리스털을 손에 쥐고 테이블 위를 천천히 문질렀다. 유흥가를 전전하는 출장 상담 생활이었다. 매번 다른 곳에서 카드를 펼쳐야 했다. 어느 곳이든 타로샵의 분위기를 유지하고 싶어 정화 의식에 공을 들였다.

　조서란이 눈을 감았다. 크리스털의 차가운 감촉이 손바

닥에 스며들었다. 웅성거리던 소음이 멀어졌다. 철제 틴 케이스를 열어 카드를 꺼내 섞으며 마음속으로 물었다.

'오늘 상담은 어떻게 될까?'

그리고 한 장을 뽑았다.

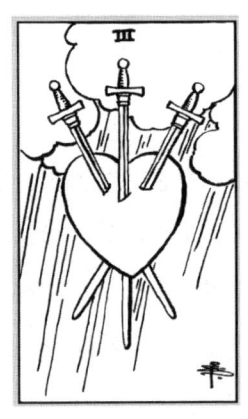

검 3 카드였다.

붉은 심장에 세 개의 검이 꽂혀 있다. 회색 구름 아래로 거친 빗줄기는 쏟아지고 있다. 배신과 상처, 마음의 고통 을 상징하는 카드였다.

조서란은 손가락으로 카드 모서리를 톡톡 쳤다. 석연치 않은 구석이 있었다.

또각또각 하이힐 소리가 들리더니 문이 열렸다. 지연과 미로가 들어왔다. 흰색 미니 드레스를 입은 두 사람은 얼굴도 비슷했다. 콧대와 눈매는 판박이였다. 같은 성형외과의 솜씨다.

"언니!"

지연이 달려와 조서란의 팔에 매달렸다. 미로는 의자에 앉으며 입술을 내밀었다.

"언니, 왜 이렇게 만나기 힘들어요."

볼에 애교를 가득 담은 표정으로 투정을 부렸다.

"예약 문자는 두 달 전에 보냈잖아요. 나 진짜 이제 다른 사람한테 간다?"

"가지 그랬어요."

조서란은 유한을 대할 때와 달리 유치원 선생님같이 친절했다. 아가씨들에게는 눈을 맞춰 가며 다정하게 말했다.

"어머! 진짜?"

"급하면 가야지요. 내가 상담 영원히 안 하면 어쩌려고 했어요?"

"의리가 있지. 기다렸죠."

미로는 장난스럽게 웃었다.

"누구 먼저 볼까요?"

지연과 미로는 서로 눈치를 봤다. 미로가 흘러내리는 머리칼을 귀 뒤로 쓸어 올리며 먼저 나서는 것 같더니 지연을 앞세웠다.

"그거 물어보고 싶다며."

미로가 코를 찡긋거리며 지연에게 속삭였다. 지연은 대답 대신 고개를 숙였다. 볼이 발그레해졌다.

조서란은 그 모습을 지켜봤다. 간소한 옷차림으로 술이나 따르는 여자가 뭘 수줍어하냐고 생각하는 사람도 있을 것이다. 하지만 그동안 만난 술집 아가씨들은 수줍어하고, 낯가림도 했다. 영업시간이 끝나면 평범한 또래의 삶으로 돌아갔다.

"언니, 우리 출근할 때 자존심이랑 수치심은 집에 두고 나와요. 간이랑 쓸개도요. 안 그러면 일 못 해요. 남자들은 다 똑같거든요. 여기 와서 존중받고 싶어 한다니까."

예전에 어떤 아가씨가 했던 말이었다.

"왜 우리한테만 손가락질해요? 나한테 술 받아먹은 정치인이, 연예인이, 사장이 얼마나 많은데. 불공평하잖아. 내가 진짜 리스트 확 뿌려?"

이렇게 말했던 마담도 있었다.

아무튼 수줍어하는 지연을 보며 조서란은 카드 더미에

서 한 장을 뽑았다.

"무슨 고민일까요?"

연인 카드였다. 노란 태양에 천사가 두 팔을 벌리고 발
가벗은 남녀를 내려다보고 있다. 사랑과 선택, 화합을 뜻
하는 카드였다.

조서란은 이 카드를 지연 앞으로 밀었다.

"남자 문제? 연애?"

대답해야 할 당사자보다 미로가 더 놀랐다.

"와! 나 지금 소름 돋았어. 맞아요. 얘 남자 문제거든요.

맞잖아?"

친구의 재촉에 지연은 고개를 끄덕였다. 두 손은 공손하게 무릎에 올려놓으며 입을 열었다.

"남자 친구가 있거든요, 같은 업계에서 일하는."

그리고 말을 멈췄다.

'같은 업계'가 무엇을 의미하는지, 둘 사이는 어떤 관계인지, 이 업계에서 만난 남녀의 말로가 어떠한지 너무 잘 알기 때문이었을까? 지연은 깊은 한숨을 쉬었다.

오히려 미로가 이야기를 이어받았다. 지연의 남자 친구 테오는 술집 호스트라고 했다. 단란주점 바지사장인데 시간이 넉넉하다며, 아가씨들을 숙소에서 업소까지 태워 준다고 했다.

"관리하는 아가씨들 단속한다는 건 다 핑계고. 애 보려고 그러는 거죠. 둘 다 밤일하면 만날 시간이 없으니까."

"아니야, 꼭 그런 거."

지연은 부정했다. 조서란의 눈에도 그녀의 불안이 느껴졌다.

"그래서 뭐가 궁금해요?"

"…절 많이 사랑하는 건 아는데, 제 마음을 모르겠어요. 앞으로 어떻게 해야 할지 모르겠거든요. 그 사람은 좋지만, 같은 직종에서 일하는 건 마음 쓰여서요."

지연과 처음 만날 때는 다정한 사람이라고 했다. 그런데 언젠가부터 단둘이 있을 때 태도가 변했다고 했다.

왜 이렇게 늦었어? 누구 전화야? 점차 테오는 지연의 모든 것을 통제했다. 친구들 모임에도 따라 나오고, 원룸에 홈캠도 달았다고 했다.

"그건 널 사랑하니까. 위험할까 봐 그런 거지. 요즘 사건 사고 많잖아, 이 동네."

미로가 좋게 해석했지만, 지연은 남자 친구의 걱정도 감시일 뿐이라고 푸념했다. 홈캠 때문에 소셜 미디어 계정의 비밀번호도 남자 친구가 알아버렸기 때문이다. 홈캠에는 줌 기능이 있어서 충분히 가능한 일 이었다. 조서란은 지연의 고민이 이해되었다.

"감옥 같겠어요, 집이."

"모르겠어요, 이런 게 사랑인지 아닌지."

조서란은 타로 카드를 섞으며 질문을 다시 물었다.

"그래서 헤어지고 싶어요?"

"모르겠어요, 제가 어떻게 해야 할지."

"그럼 지연 씨가 어떻게 해야 할지, 타로 카드에게 물어 볼까요?"

지연이 고개를 끄덕였다.

조서란은 타로 카드를 섞으며 지연을 바라봤다. 말간 표정이었다. 몇 년을 더 살아온 조서란은 이미 답을 알고 있었다. 결혼과 이혼도 겪었다. 굳이 카드에게 묻지 않아도 답은 뻔했다.

이별.

같은 업계에서 일하는 연인들이었다. 사이가 좋으면 서로의 어려움을 이해하고 위로할 수 있을 것이다. 하지만 틀어지면 달라진다. 위로받던 순간들이 약점이 될 것이다. 가장 아픈 곳을 잘 알고 찌를 것이다. 그렇게 배신당하고, 스스로를 갉아먹으며 괴로워할 것이 뻔히 보였다.

그럼에도 조서란은 카드를 정성껏 섞었다. 타로 마스터가 된 후 선입견으로 타인의 삶을 판단하지 않겠다고 다짐했기 때문이다. 자신의 짧은 인생 경험에 의존하지 말아야 상대방의 질문을 온전히 이해할 수 있으니까. 카드가 부드럽게 섞여 나갔다.

"우선 지연 씨에게 남자 친구는 어떤 사람인지 알아볼까요?"

지연이 고개를 끄덕였다.

조서란은 카드를 한 손에 정리한 후 몇 번을 더 섞었다.
그리고 블랙 벨벳 깔개 위에 타로 카드를 펼쳤다.

"그 사람을 생각하면서 한 장만 골라요."

"한 장이요?"

"네."

카드를 뽑는 사람들은 늘 긴장했다. 혹시 잘못 고를까
봐 되묻는 경우가 많았다.

지연의 손가락 끝이 떨렸다. 조서란은 그것을 놓치지 않
았다. 지연의 손이 카드 위를 맴돌았다. 왼쪽으로 갔다가
오른쪽으로 향했다. 다시 중앙으로 돌아왔다.

마침내 하나를 골라냈다.

지연이 두 손으로 카드를 받쳐 들었다. 조서란에게 공손
히 건넸다. 손이 여전히 미세하게 떨리고 있었다.

"여기요. 그냥 드리면 되나요?"

"네, 뒤집지 말고 주세요."

"정말 떨려요."

"괜찮아요. 너무 긴장하지 않아도 됩니다."

조서란은 카드를 받으면서 상대를 안심시켰다.

"이 카드가 지연 씨의 미래를 바꾸는 건 아니거든요. 이
카드를 잘못 뽑았다고 자책할 필요도 없구요. 타로 카드는

거울이에요. 지금 처한 순간, 지연 씨의 마음, 혹은 인지하
지 못했던 생각을 비춰 준다고 생각하면 됩니다.”

지연은 고개를 끄덕였다. 옆에서 미로는 턱을 괴고 이
상황을 흥미롭게 보고 있었다.

조서란이 카드를 뒤집었다.

악마 카드였다.

연인 카드의 남녀가 이제는 족쇄에 묶여 있었다. 하늘의
천사 대신 지하의 악마가 이들을 내려다보고 있었다.

날개를 펼친 악마는 높은 곳에 앉아 있는데, 염소 머리에
박쥐 날개, 독수리 같은 발톱이 선명했다. 두 남녀의 목에

마담 타로

는 사슬이 걸려 있다. 하지만 사슬은 느슨했다. 머리가 빠져나올 정도였다. 원한다면 언제든 벗을 수 있어 보였다.

지연의 얼굴이 하애졌다.

타로 카드의 그림은 직설적이다. 그림만 봐도 내담자는 자신의 상황을 떠올리면서 판단할 수 있다. 물론 눈에 보이는 이미지가 전부는 아니다. 하지만 타로 카드는 이미지로 선명하게 뜻을 알려 준다. 그러니 동서고금을 막론하고 지금까지 살아남지 않았을까?

조서란이 지연의 표정을 살폈다. 그녀는 이미 답을 알아버린 표정이었다. 하지만 입술을 꾹 다물고 있었다. 맞잡은 두 손은 여전히 떨리고 있었다.

조서란은 카드를 가리키며 입을 열었다.

"이 카드가 말하고자 하는 건….'"

지연이 고개를 저었다. 더 이상 듣고 싶지 않다는 듯이.

"데빌이면…, 안 좋은 거죠?'"

지연이 다급하게 물었다.

조서란은 긍정도 부정하지 않은 채 설명을 시작했다.

"타로 카드는 좋고 나쁨이 없어요. 그걸 받아들이는 사람의 마음가짐에 달렸으니까요. 물론 이 카드가 나왔다는 건,

남자 친구가 지연 씨를 힘들게 하는 건 맞아요. 집착하고, 소유하려고 하는 강렬한 에너지가 느껴져요. 여자 친구와 헤어질까 봐, 혹은 놓치게 될까 봐 많이 걱정하나 봐요."

"아무래도 제 직업이 평범하진 않으니까요."

"이 카드. 어떤 사람들에게 많이 나오는 줄 알아요?"

"아뇨."

두 여자가 고개를 저었다.

"중독이요. 알코올 중독, 자해 중독. 이런 사람들에게 악마 카드가 나와요."

"악마의 속삭임인가요?"

미로가 물었다.

"그렇죠. 원초적인 자극, 나를 흥분시키는 힘에 사로잡힌 중독자들이 이 카드를 많이 뽑습니다."

지연의 낯빛은 더 어두워졌다. 결국 테오는 악마란 걸까? 눈빛도 흔들렸다.

조서란이 그걸 모를 리 없었다. 그렇다고 지연에게 모든 것을 말해 줄 수는 없었다. 하지만 그 남자는 분명 악마의 속성을 갖고 있었다. 적어도 지연을 대하는 태도에서는 그랬다. 그녀가 이해할 수 있도록 차분히 설명을 이어 갔다.

"그만큼 남자 친구가 지연 씨를 좋아하고 있어요. 그렇다고 모든 것이 용서되진 않아요. 언제 어디서든 나를 잃지 않는 것이 중요해요. 이 남자는 점점 더 이 족쇄를 조여 올 겁니다. 지연 씨가 조금만 움직여도 팽팽하게 조이도록. 결국 두 사람 사이에 신뢰는 무너지고 늘 의심하고, 오해하고, 그러다 마음대로 안 되면 폭력을 행사하는 사람이 될 수도 있어요."

"그럼 헤어져야 할까요?"

"어떻게 하고 싶어요?

"아직은… 헤어지고 싶지 않아요."

"그럼 솔직하게 대화해 보는 건 어때요?"

겁이 많은 개가 크게 짖는 법. 남을 공격하고 해치려는 자들도 마찬가지였다. 알량한 자존심을 지키려고 오히려 타인을 해친다.

이 남자도 그런 타입으로 보였다. 같은 업종에서 일하고 있으니 이 바닥의 생리를 너무도 잘 알 것이다. 여자 친구는 믿어도 그녀의 남자 손님들은 믿지 못할 것이다. 그러다 보면 다툼이 많아진다. 그리고 더 이상 여자 친구를 믿지 못하게 된다. 의심만 많아진다. 그것이 이들의 문제였다.

조서란이 카드 더미에서 한 장을 뽑았다. 타로 카드의
조언을 구하는 과정이다.

"자, 이건 제가 드리는 팁 카드입니다. 바보 카드가 나왔
네요."

"제가 바보인가요?"

지연이 너무 진지하게 물어서 조서란과 미로는 그만 웃
고 말았다.

"이 카드 뽑으시면 다들 그렇게 물어요. 내가 바보냐고."

조서란은 설명을 이어 갔다.

"바보 카드의 키워드는 용기죠. 새롭게 시작할 용기. 서

로를 잘 알고 있다고 생각했을 수도 있지만 그것은 겉모습일 뿐. 서로의 약점을 물어뜯는 사이가 되면 안 되잖아요."

서로의 약점을 덮어 주고 보호해 줄 수 있어야 비로소 동반자가 될 수 있다는 조언도 덧붙였다.

"그런데 이 남자가 지연 씨에게 솔직하지 않다면, 과감하게 떠나라고 말씀드리고 싶어요. 혼자 지내기 두렵고, 무서울 수 있지만 해내야 한다구요. 그런데 이렇게 소유욕 많은 남자는 자존심도 셀 확률이 높아요. 헤어지자고 말하는 순간, 목숨이 위험할 수도 있어요. 시간을 두고 천천히 멀어져야 합니다. 분명 지연 씨에게 시들해지는 순간이 올 겁니다. 과일 썩는 거 본 적 있죠? 처음에는 작은 점이에요. 그때 도려내면 먹을 수 있어요. 그걸 놔두면 과일 전체가 썩어서 먹지 못해요. 건강하지 않은 관계는 그런 거예요. 썩은 과일 같은."

지연의 표정이 떨떠름했다. 그 모습이 조서란의 마음에 걸렸다. 가끔 그녀는 상담자에게 직설적으로 말한다. 그렇게 충격을 줘야 자신의 상태를 이해하는 사람들도 있기 때문이다. 게다가 제일 어려운 일은 자기 자신을 믿는 것이었다. 지연은 그걸 두려워하고 있었다.

조서란도 이혼을 결심할 때 그랬다. 두려웠다.

결혼 전, 수많은 인생 조언자가 배우자로 동반자를 구하라고 했다. 하지만 목적지가 다른 동반자와 함께하는 길은 고역이었다. 때로는 같은 목적지라고 말하면서 자신의 길로 끌고 가는 사람도 있었다. 결국 희생을 사랑이라고 강요하는 순간이 온다.

하지만 평범한 인생에서 탈선하고서야 깨달았다. 자신의 인생에서 탈선은 이혼이 아니라 결혼이었다는 것을.

그녀가 지연을 바라봤다. 자신이 겪었던 두려움과 같은 불안감이 눈동자에 가득한 것이 보였다. 하지만 섣불리 도와주거나 손을 잡아 줄 수 없다. 결국 홀로서기를 위해서는 혼자 터널을 지나야 한다.

"더 궁금한 거 있으면 연락해요. 언제든지."

조서란은 흩어진 타로 카드를 정리하며 무심히 물었다. 지금까지 참아 왔던 질문이었다.

"마담 카밀라와 아직도 연락하세요?"

이것이 조서란이 이 술집을 찾은 이유였다. 누구든 동생의 소식을 들려줄 것이라고 기대했다.

지연과 미로가 서로 눈짓을 주고받았다.

"아뇨."

차가운 대답이 돌아왔다.

"마담 언니 소식은 못 들었는데, 돈 못 받았던 애들은 입금됐다는 소식만 들었어요."

카드를 정리하던 조서란의 손이 멈췄다.

"그 언니가 의리는 있거든요."

지연의 대답에 미로가 부연 설명을 했다.

"완전히 정리하고 떴겠죠. 이 바닥에서 일하는 여자들, 자랑은 아니잖아요."

까불거리며 어리광만 부릴 것 같은 미로의 입에서 이런 말이 나올 줄은 몰랐다.

"그렇잖아요. 화류계 일을 이력서에 쓸 수도 없고, 밖에 나가서 당당하게 말할 수도 없고. 결국 돈 때문에 하는 일인데. 또 버는 만큼 우리는 써야 하잖아요. 다단계처럼 가게가 가져가고. 우린 남은 돈에서 먹고, 자고, 꾸밈비 쓰고. 그러고 나면 남는 게 없어요. 가끔 씨-발 비용이라고, 진상들 받고 나면 우리도 스트레스 풀어야 하잖아. 그럼 마이너스야. 그런데 엄마 아빠는 돈을 맡겨 놨나. 맨날 전화해서 돈, 돈, 돈."

조서란은 단골인 미로의 사정을 어렴풋이 알고 있었다.

"미로 씨도 대단해. 집 사 드리고, 지난번 인공관절 수술도 해 드렸잖아요."

"이번에는 차를 바꾸고 싶으시답니다."

그녀의 목소리에는 자조적인 웃음이 짙게 배어 있었다.

"아무튼 마담 언니 찾지 마요. 이 바닥 떠난 사람들은 다신 돌아오지 않거든요. 여기서 일했던 과거를 잊고 싶기도 하겠죠."

조서란도 그 말에는 동의했다.

"혹시나 해서 물어봤어요."

"근데 왜 그렇게 마담 언니를 찾아요? 돈 빌려줬어요?"

아. 미처 생각지도 못한 질문에 조서란은 들릴 듯 말 듯 낮은 탄식을 내뱉었다.

"돌려줄 물건이 있어요."

급한 대로 꾸며 냈다. 동생의 일기장을 갖고 있으니 아주 틀린 말은 아니었다. 그때까지 가만히 듣고 있던 지연이 입을 열었다.

"사실 얼마 전에 연락이 왔어요."

조서란과 미로가 동시에 놀랐다.

"뭐야. 왜 말 안 했어?"

미로가 서운함을 드러냈다. 비밀 없이 지내는 사이라고

생각했을 것이다. 하지만 누구에게나 비밀은 있었다.

"혈액형을 물어봤어요."

뜻밖의 대답이었다. 조서란은 그 이유를 예측할 수도 없었다. 서희가 갑자기 왜 혈액형을 물어봤을까? 상담 시작 전 뽑았던 검 3 카드가 떠올랐다. 빨간 심장에 꽂힌 검들. 조서란의 눈앞에 검붉은 피가 사방으로 튀는 환영이 스쳤다. 손이 무의식중에 떨렸다.

"그래서 뭐라고 대답했나요?"

"A형이거든요, 제가."

"혹시 알에이치 마이너스(Rh-) 타입인가요?"

"맞아요."

지연이 놀란 눈으로 미로를 바라봤다. 둘이 호들갑을 떨었다. 이러니 마담 타로가 신통한 점쟁이로 보일 뿐이었다.

"어떻게 아셨어요?"

"종종 급하게 혈액형을 구하는 분들이 있잖아요. 알에이치 마이너스는 특히 귀하니까. 방송 자막으로 본 기억이 있어서요."

조서희는 Rh- A형이다. 전 세계 인구의 약 6~7%가 이

음성 혈액형을 가지고 있다. 동아시아 인구는 1% 미만이다. 유전으로 발생하는 희귀 혈액형이었다.

조서란이 어렸을 땐, 엄마와 동생의 혈액형을 부러워했었다. 뭔가 특별해 보였으니까. 하지만 다쳤을 때 수혈이 어렵다는 것을 알고는 동생을 주의 깊게 챙겨야 했다. 엄마는 동생을 위해 수시로 헌혈했었다.

이런 조서희가 성형 수술을 하려면 응급 시를 대비해 본인 피를 미리 뽑아 보관하는 자가혈을 저장했을 것이다. 아니면 혈액 예약을 요청했거나. 응급 상황에서 같은 혈액형을 가진 사람을 찾기 어렵기 때문에 필수적이다.

그러니 조서란은 동생이 혈액형을 물었다는 말을 듣는 순간 직감했다. 동생에게 무슨 일이 생겼다는 것을.

"지금 피가 필요하다고 했나요?"

조서란이 걱정스럽게 물었다. 교통사고일 수도 있고, 출산을 앞두고 있을 수도 있었다. 마지막으로 봤을 때 신체 변화가 없었으니 임신중절 수술일 가능성도 있었다. 아니면 또다시 성형 수술을 받으려는 것일 수도.

심장을 찔렀던 세 개의 검이 떠올랐다. 수술실의 메스와 바늘을 연상시켰다.

"저도 알에이치 마이너스거든요. 그걸 말했더니 마담이 다음에 피를 팔라고 하더라구요. 돈 많이 준다고."

지연이 별일 아니라는 표정으로 입꼬리를 살짝 올리며 말했다.

"피를 팔라고? 미친 거 아냐?"

미로가 호들갑을 떨었다.

"헌혈 증서는 무료로 피를 주는 건데. 돈 좀 받으면 어때."

"그거 불법이잖아."

"불법이야?"

지연이 조서란의 눈치를 살폈다. 피를 사고파는 매혈은 불법이었다.

"걱정 마요. 경찰에 신고 안 할 테니까. 그럼 연락처가 있나요?"

"아뇨. 발신자 표시 제한으로 걸려 와서 번호는 몰라요. 나중에 필요할 때 다시 연락 준다고 했어요."

"연락이 다시 오면 알려 줄래요? 같이 만나도 좋고."

"네."

지연은 어렵지 않다는 표정으로 고개를 끄덕였다.

"그런데 워낙 까다로운 사람이라 누군가 자신에 관해 묻는 걸 싫어하더라고요. 직접 만나는 것도 싫어하고."

지연이 조서란의 눈치를 살폈다.

"괜찮으시면 제가 그냥 전달해 드릴까요?"

"아뇨. 직접 만나야 해요."

조서란은 단호하게 말했다. 물건은 핑계일 뿐, 직접 만나야 한다. 동생을 만나 언니를 만나고도 도망쳤던 이유를 들어야 하니까.

4

약국 아르카나

✦

조서란이 운영하는 타로샵 〈아르카나〉는 원래 위치에서 두 골목을 옮겨 왔다. 작은 약국이 있던 오래된 상가다.

유흥가 근처에 무슨 약국일까? 유흥가 골목을 살펴보면 오래된 약국들이 제법 있다. 소화제, 숙취해소제, 소독약, 두통약이 잘 나갔다. 지금이야 편의점이 그 역할을 하지만 여전히 유흥가 골목에는 작은 약국이 있다.

이곳도 마찬가지였다. 제때 병원에 갈 수 없는 아가씨들이 주요 고객이었다. '24시간 영업'이라는 간판은 없지만, 약국 간판은 밤새 불이 켜져 있다. 출입문도 잠긴 적이 없었다.

건물 주인은 여자 약사다. 칠순이 넘도록 약국에 딸린 작은 방에서 살았다. 그러니 새벽에도 영업할 수 있었다.

심근경색으로 쓰러진 후에야 자신의 몸이 전 같지 않다는 것을 깨달았다. 스스로 일을 멈추지 않으면 그만두지 않을 것 같아서 가게를 내놓았다. 손님들이 눈에 밟혔지만, 한 골목만 가면 이제 편의점에서 상비약을 살 수 있으니 다행이라고 했다.

길목이라 매매가가 상당했다. 하지만 주인은 월세만 고집했다. 보석 디자인을 하는 딸이 돌아오면 이곳을 매장으로 쓰게 할 생각이라고 했다. 언제든 동생을 찾아 떠나야 하는 조서란에게 최상의 조건이었다.

건물주의 유일한 조건이 있었다. 약국 간판을 떼지 말라는 것이었다. 간판이라고 해 봤자, 초록색의 십자가와 '약국'이라는 검정 글자뿐이다. 다른 곳의 네온사인보다 색감이 세련되긴 했다. 글자도 고딕체에 가까워서 세월이 흘렀지만 촌스럽지 않았다.

약사는 딸이 디자인해 준 '작품'이라며 아꼈다. 조서란도 어려운 부탁이 아니라서 수용했다.

그래서 이 가게의 외관은 초록색 십자가가 빛나는 '약국 아르카나'로 보인다.

조서란은 상관없었다. 몸이 아픈 사람들이 약국을 찾듯이 마음이 아픈 사람들은 타로샵을 찾아오니까.

새 보금자리에는 아직도 약 냄새가 은은하게 풍겼다. 수십 년 동안 밴 냄새가 하루아침에 빠질 리 없었다. 싫지 않았다. 출입할 때마다 소독된 듯, 청량한 느낌이 들었다.

조서란은 밤새 실내가 밀폐되다시피 한 유흥가 주점들을 돌아다닌다. 몸에서 불쾌한 냄새가 나는 것만 같았다. 이곳으로 옮긴 후에는 일을 마치고 들어올 때마다 기분이 한결 좋아졌다.

조서란이 아침 식사를 준비했다. 전기 주전자 속 물이 부글거리는 소리가 정적을 깨뜨렸다. 오트밀 봉지를 찢는 소리가 유난히 크게 들렸다. 거친 귀리 알갱이들이 하얀 수프 볼 바닥에 후드득 떨어졌다. 뜨거운 물을 부으니 김이 올라왔다. 고소한 냄새가 번졌다. 꿀을 한 바퀴 둘러 넣자 달콤한 향이 은은하게 코끝에 닿았다.

새벽 두 시에 예약이 있었다. 출장이 원칙이지만 이런저런 사정으로 사무실을 직접 찾는 손님들도 더러 있었다. 오늘 손님도 방문하겠다고 했지만, 연락도 없이 오지 않았다.

간혹 예약 시간에 늦거나 아예 나타나지 않는 사람들이 있다. 그래도 조서란은 재촉 전화를 하지 않았다. 누구에게나 뜻밖의 일은 일어날 수 있으니까. 무엇보다 재촉 전화가 아가씨들을 위험에 빠뜨릴 수 있다는 생각에 절대 먼저 연락하지 않았다.

오트밀이 부드럽게 풀어지기를 기다리며 오늘의 타로 카드를 뽑았다. 카드들 사이로 손가락이 스치는 감촉이 상쾌했다.

오늘의 카드는.

전차 카드다.

용감한 전사가 흑백 스핑크스 두 마리가 끄는 전차에 올라탔다. 일을 추진하거나, 사업에 진척이 있거나, 저돌적

마담 타로

으로 연인에게 다가가라는 뜻이다.

오늘의 타로 카드로 쓰일 때는 고정된 뜻에서 벗어나야 한다. 하루를 보내고 침대에 누워서 그 카드를 떠올려 보면 그 뜻을 알 수 있다. '오늘'이 지나기 전까지 알 수 없다. 물론 며칠씩 답을 기다려야 할 때도 있지만. 그래서 오늘의 카드를 뽑은 다음에는 어림짐작으로 카드의 메시지를 읽을 뿐. 뜻을 확정 짓지 않는다.

오늘따라 전차를 타고 있는 전사의 하반신이 눈에 들어왔다. 몸과 하반신이 이질적으로 느껴졌다. 조직폭력배들이 사람을 땅에 묻거나, 드럼통에 시멘트를 붓고 사람을 넣어 버린 것 같은 느낌이 들었다. 전사는 한 걸음도 나아갈 수 없어 보였다.

조서란은 어디서 이 불길한 예감이 오는지는 알 수 없었다. 좋지 않은 소식이 이미 기다리고 있는 것일까?

그때, 전화가 울렸다. 모르는 유선전화 번호였다. 다시 상담을 재개했으니, 전화번호를 가려 받을 순 없었다.

"여보세요?"

"안녕하십니까, 여기 경찰입니다. 혹시 아르카나 되십니까?"

상대는 상호를 인명으로 알고 있었다. 경찰이라고 해서 유한과 연관된 사람인가 싶었는데, 아니었다. 유한과 같이 일하는 사람이라면 '아르카나'가 어떤 곳인지 알고, 인명과 헷갈리지 않았을 것이다.

"예. 타로샵입니다."

"점집이군요."

타로 상담이 신내림 받은 점집과 같을 리가 없지만 일반 인들 대부분이 그렇게 생각했다. 조서란은 점집이 아니라는 대답이 중요한 것 같지는 않아서 그 부분을 굳이 정정하지는 않았다.

"무슨 일이시죠?"

"신원 불명의 무연고자 사망 사건인데, 유일한 연락처가 그 점집 명함입니다. 혹시 아시는 분은 아닐까 해서 연락드렸습니다."

죽은 사람은 20대 여자라고 했다.

조서란은 머릿속에 동생의 얼굴이 떠올랐다. 곧 경찰서로 가겠다고 말했다. 먹기 좋게 풀어진 오트밀을 뒤로하고 경찰서로 향했다.

겨울 초입임에도 잔뜩 흐린 눈구름 때문에 한겨울 같았

다. 회색 건물인 경찰서가 더욱 차갑게 느껴졌다. 조서란은 경찰로 일했을 때는 느끼지 못했던 쓸쓸함을 느꼈다.

경찰이 되어 국민에게 봉사한다는 마음으로 출근하던 시절. 겨울에도 가슴은 뜨거웠다. 하지만 얼마 되지 않아 엄마도, 동생도 잃은 후 일에 대한 열정은 차갑게 식어 버렸다.

그때부터 경찰서 건물을 볼 때마다 비아냥이 솟구쳤다.

'당신들은 아무도 구하지 못했잖아. 위선자들.'

욕지거리를 해도 마음이 편해지지 않았다. 결국 자신도 경찰이지 않았던가.

조서란은 자신에게 연락한 김도영 형사를 만났다. 그는 블랙 슈트를 입고 다크 레드 펌프스를 신은 그녀를 힐끗 쳐다봤다. 생각했던 무당과 다른 모습에 어안이 벙벙한 표정이었을까.

"아르카나 씨?"

김 형사는 조서란을 그렇게 불렀다. 역시나 그는 타로 카드를 모르는 사람이었다.

"아르카나는 제 가게 이름이고, 전."

마담 타로라고 소개해야 할까? 본명을 밝혀야 할까? 고민했다.

"마담 타로라고 불러 주시면 됩니다."

"가게 이름이었군요. 죄송합니다. 바쁘신데 와 주셔서 감사합니다. 이쪽으로 앉으시죠, 마담 타로 선생님."

김 형사는 책상 옆에 보조 의자를 펼치며 자리를 안내했다.

"전 아르카나가 사람 이름인 줄 알았습니다. 외국인이요. 변사자의 외모가 한국인인데, 중앙아시아나 유럽계 혼혈처럼 보여서 그렇게 생각했습니다."

조서란은 이국적인 외모라는 말에 일단 동생은 아닐 거라는 확신이 들었다. 늘 망자에게는 미안했지만, 동생이 아니라는 확인을 받으면 안도감이 들었다. 다행이라는 말이 떠오를 때마다 망자에게 미안한 마음이 드는 건 사실이었다.

"지인 중에 그런 분 안 계십니까?"

"네."

김 형사는 서류철 사이에서 투명한 증거 봉투를 꺼냈다.

"변사자가 갖고 있던 유일한 소지품입니다. 여기 아르카나 명함. 본인 거 맞으시죠?"

조서란을 이곳으로 불러낸 자신의 명함이었다.

"네, 맞습니다. 하지만…."

조서란이 고개를 갸웃거리며 설명했다.

"제가 준 건 아닙니다. 저는 상담 전에는 명함을 주지 않거든요. 반드시 상담 후에 건네줍니다, 누구에게든. 그러니까 제가 모르는 사람이 제 명함을 갖고 있을 수가 없을 겁니다."

"상식적으로 이해가 안 되는데요?"

그의 말도 맞았다. 보통 영업하는 사람이라면 사업을 위해 틈날 때마다 명함을 돌릴 것이다. 하지만 조서란은 달랐다. 타로 카드 상담은 사업이 아니라 동생을 찾는 수단일 뿐이었다. 명함을 줄 때도 '상담하고 싶을 때 언제든 연락하세요'가 아니라 '카밀라와 연락되면 언제든 전화 주세요'였다. 이런 사실을 형사가 알 리 없었다.

"제가 형사님을 완전히 이해시켜 드릴 수 없겠지만. 다시 말씀드리지만 저는 모르는 사람이고, 제가 이 명함을 직접 준 적 없습니다."

"어떻게 증명하시겠습니까?"

"반대로 형사님은 어떻게 증명하시겠어요, 제가 이 사람을 안다고?"

"그야 뭐…."

김 형사가 구시렁거렸다.

조서란은 그의 상황도 이해됐다. 신원 불명의 무연고자
사건이었다. 내국인이라면 쉽게 처리할 수도 있지만 외국
인으로 의심되어 난감했을 것이다. 대충 처리했다가 추후
변사자의 가족이 찾아온다면 큰 낭패가 될 것이다. 그렇다
고 이 사건에만 매달릴 수도 없는 게 대한민국 경찰의 현
실이었다.

"형사님, 제가 그 변사자 사진을 볼 수 있습니까?"

"사진을 보면 아시겠습니까?"

"아무래도요."

하지만 김 형사는 보고서를 손에 들고 주저했다.

"일반인이 시신을 처음 보면 놀라실 수도 있는데."

"괜찮습니다. 그 정도 마음의 준비는 하고 왔습니다."

"그럼, 다행입니다. 국내 전산망에도 없고, 출입국 기록
도 없습니다. 불법체류자로 보이지만, 신원도 국적도 불분
명해서 난감합니다."

"범죄 정황이 있습니까?"

조서란이 날카롭게 물었다.

"CCTV도 없는 사각지대에서 발견됐습니다. 부검 중인
데, 아직 특정된 범죄는 없습니다."

"어디서 발견됐습니까?"

"천사 약국 아십니까? 지금은 문 닫은."

조서란은 고개를 끄덕였다. 자신이 살고 있는 건물이니까.

"그 건물 뒤편, 지금은 폐업한 노래방이 있는데 거기서 발견됐습니다. 혹시 짚이시는 분 없습니까?"

"없습니다. 우선 사진부터 보여 주시겠습니까?"

"그 시신이란 게, 특히나 경찰들이 보는 상태는."

"저도 경찰이었습니다."

조서란은 또 말하고야 말았다. 가끔은 전직을 밝혀야 할 때가 있다. 특히나 이런 경찰서에서는.

"그러셨군요. 그럼 보시기 수월하시겠습니다."

"아무래도요. 보여 주시죠?"

"예."

김 형사는 손에 든 수사 기록을 펼쳐 사진을 보여 줬다.

얇은 복사용지에 기록된 죽음은 참혹했다. 살아서 움직이고 조잘거렸을 20대 여성이 화장기 없는 얼굴로 누워 있었다.

조서란은 인쇄된 피해자의 얼굴을 들여다봤다. 낯선 얼굴이었다. 눈, 코, 입을 하나씩 떼어 보며 주변 사람들을 떠올렸다. 한 번 스쳐 지나갔을지 모를 아가씨들까지 모조리 기억해 봤지만, 비슷한 사람을 찾을 수 없었다.

"누군지 아시겠습니까?"

"전혀요."

조서란은 신중하게 한 번 더 쳐다봤다. 확실히 모르는 사람이었다.

"아는 사람은 아닙니다. 혹시 전신을 볼 수 있을까요?"

"괜찮으시겠습니까? 전신은 뒷장에 있습니다만."

조서란은 대답 대신 보고서를 한 장 넘겼다. 사망자의 전신이 보였다.

먼저 네일아트를 한 손톱에 시선이 멈췄다.

네일아트는 독특했다. 베이스는 누드톤이었고, 각 손톱 끝에 작은 백조가 그려져 있었다. 섬세한 붓질로 그어진 백조의 목선이 우아하게 휘어져 있었다. 작은 크리스털이 백조의 눈 부분에 박혀 반짝였다. 엄지손가락에는 풍성한 모양의 분홍색 리본이 앙증맞게 표현되어 있었다.

검지와 중지는 깨져 있었지만, 이 단서로 그녀의 흔적을 찾기에는 충분했다. 네일아트가 기성제품이라면 불가능하겠지만, 특정 네일샵의 시술 방식이나 디자인이라면 고객 리스트에서 찾아낼 수 있으니까.

"혹시 손톱 아래서는 DNA가 발견되었습니까?"

"본인 것 외에는 없습니다."

대답을 들은 조서란은 계속 사진을 살펴봤다. 불현듯 오늘의 카드로 뽑았던 전차 카드가 떠올랐다. 그리고 잘린 듯 보였던 전사의 하체도. 그래서 사진 속 하체를 꼼꼼하게 살폈다.

"무용했군요, 이 여자는."

이 말에 김 형사는 놀란 표정이 되었다. 이 여자는 정말 점쟁이인가? 아니면 거짓말을 하는 것일까? 얼굴도 모르는 여자가 무용했다는 것을 어떻게 알았을까?

"모르는 사람이시라면서요?"

"예."

"무용했다는 걸 어떻게 아십니까?"

"적어도 청소년기 이전에 무용을 시작했고, 죽기 직전까지 춤을 춘 여자라는 것은 알 수 있습니다."

조서란은 단호하게 말했다.

김 형사는 더 기가 찼다.

"어딜 봐서 그렇습니까?"

그녀는 대답 대신 시신의 발을 가리켰다.

"발가락 관절들이 몸의 하중을 버티면서 마디가 굵고 뭉

툭해졌습니다. 엄지발가락과 둘째 발가락 관절은 특히 더 심하네요. 발등을 보시죠. 발등의 아치형 선이 무너져 있습니다. 발레 공연 보신 적 있으십니까?"

"없습니다만."

"발레는 인간의 몸으로 표현할 수 있는 최상의 선을, 최고의 테크닉으로 보여 줍니다. 발레 동작이 잘 드러날 수 있도록 몸을 만드는 것도 테크닉이죠. 피해자의 발을 보시죠. 노력으로 발등의 아치도 깎아 냈습니다."

혹독하고 냉정한 무용의 세계에서 아무리 뼈를 깎는 노력을 해도 모두가 프리마돈나가 될 수 없다. 그럼에도 매일 연습을 한다. 이 여자도 그런 열정으로 버텨 냈을 것이다. 하지만 마지막 무대는 영안실이 되었다. 대체 무슨 일을 겪은 걸까?

"좋습니다, 선생님. 자, 주장하신 대로 이 여자가 무용수라고 합시다. 지금도 하고 있다는 보장이 있습니까?"

김 형사는 어디 들어나 보자는 심산으로 팔짱을 낀 채 몸을 젖히며 의자에 기댔다.

조서란은 사진에만 집중했다. 습관처럼 눈을 가늘게 떴다. 그렇다고 단서가 더 잘 보이는 것은 아니다. 한때는 책으로 유행하고, 지금은 유튜브 영상에서 쉽게 찾아볼 수 있는 '매직 아이'처럼 단서가 튀어 오르길 바랄 뿐이다.

"발톱이요. 네일아트를 좋아하는 성격이라면 발톱에 간단한 페디큐어라도 했을 겁니다. 게다가 강박적으로 짧아요. 일반인보다 더 짧게 관리하고 있습니다. 발레화를 매일 신어야 하는 무용수들처럼요. 물론 이것만으로 지금도 무용을 한다고 주장하는 건 아닙니다. 발목에 이 자국들 보이십니까?"

조서란은 하체를 중심으로 찍은 사진에서 발목을 가리켰다.

"아토피성 피부인데, 발레화 끈이 쓸리면서 자국이 남아 있습니다. 과거 흔적이라면 희미하게 자국만 남아 있겠지만, 잘 보시면 붉게 염증 반응이 있습니다. 며칠 전에도 발레 슈즈를 신었다는 이야기 아닐까요?"

그 말에 김 형사도 다시 보고서 속의 사진을 들여다봤다. 그 말을 듣고 보니 그렇게 보이는 것 같기도 했다. 그럴싸했다. 하지만 이 사람이 거짓말을 하는지, 소설을 쓰는지 알 수 없는 상황이었다. 문제는 설득된다는 것이었다.

"더 이상 조사할 거 없으면, 가 봐도 되겠습니까?"

조서란이 말했다. 더 있어 봤자 확인할 수 있는 정보가 없었다. 김 형사의 생각도 마찬가지였다.

"예. 수고하셨습니다. 추후 이 여성에 대해 생각나는 게 있다면 언제든 연락 주십쇼."

김 형사가 명함을 내밀었다.

"알겠습니다."

그녀가 명함을 받으면서 물었다.

"앞으로 어떻게 됩니까, 수사는."

"아마 무연고자 자살 사건으로 마무리되지 않을까, 싶습니다. 특별한 증거가 없다면."

"아뇨, 타살입니다."

조서란도 그 말을 내뱉고 스스로에게 놀랐다. 머리로 생각 중이었는데 다급하게 튀어나온 것이다. 자신을 제어할 수 없었다. 본능적이었다.

김형사가 불쾌한 표정으로 조서란을 노려보았다. 사건에 관해 잘 알지도 못하는 일반 시민이 타살이니 자살이니 훈수 두는 꼴이니 그럴 만도 했다.

"타살 증거가 있습니까?"

"정황상 그렇다는 겁니다. 이렇게 손톱이 화려한 여성이 지저분한 뒷골목, 연고도 없는 상가에서 자살할 확률은 얼마나 될까요?"

두 사람은 납득 가능한 가설 앞에서 침묵에 잠겼다. 이

가설을 뒷받침할 단서들을 찾아내야 한다.

아르카나로 돌아온 조서란은 아침에 뽑았던 전차 카드를 다시 봤다. 분명 아침에는 묘한 불길함이 깃들어 있었다. 그런데 지금은 그런 느낌이 완전히 사라졌다. 오히려 명쾌했다. 이 카드가 아니었다면 시신의 발을 주의 깊게 보지 않았을 것이다.

변사자는 얼마나 많은 땀을 흘리며 가느다란 발가락으로 온몸을 들어 올렸을까? 곧은 종아리 근육을 만들기 위해 얼마나 치열하게 스트레칭했을까? 무수한 노력의 끝이 객사라니.

어느새 허기가 가셨다. 대신 머릿속이 맑아졌다. 식어 버린 오트밀이 담긴 그릇을 싱크대에 처박고 책상에 앉았다. 미지의 인물을 알아내야 했다. 그 여성이 누구에게 명함을 얻었는지 알 수 없지만, 몇 다리 건너면 찾을 수도 있을 것 같았다.

그 전에 확인할 것이 있었다. 예약자 수첩을 펼쳤다. 어제 예약했지만 나타나지 않았던 사람일까? 휴대폰 번호를 눌렀다.

뚜루루루- 뚜루루루-

신호음이 울리는 동안 조서란은 첫마디를 준비했다. 이름을 물어야 할까, 왜 안 왔냐고 물어야 할까. 상대방이 전화를 받는다면 변사자는 자신의 손님이 아닌 것이다. 상관없어지는 것이다. 차라리 누군가 전화 받기를 기대했다.

"고객이 전화를 받을 수 없어 음성 사서함으로 연결됩니다. 삐 소리 후…."

꺼져 있다.

정말 어제 예약 손님이었을까?

그 예약자는 누구에게 소개를 받았는지 말하지 않았다. 직접 와서 말하겠다고 했다. 그래서 중간 연결 고리가 없다.

그렇다면 직접 찾아야 한다.

조서란은 다시 전차 카드를 봤다. 전차에 올라탄 자신의 모습이 보였다.

전차가 움직이기 시작했다. 이 카드 속 전사는 스핑크스 두 마리를 몰면서 고삐도 채우지 않았다. 오로지 그의 의지로, 정신력으로 흑백의 두 스핑크스를 조종한다. 힘 조절을 못 하면 전차는 뒤집힌다. 게다가 두 마리는 늘 한곳을 보지 않을 것이다. 제멋대로 움직이려고 할 테니 정신을 바짝 차려야 한다. 이들을 제압하지 못하면 전차는 출발조차 제대로 할 수 없다.

그렇다고 출발조차 안 할 순 없다. 신속하게 움직이기 위해서는 전차에 올라타야 한다.

어쩌면 길거리에서 죽어 간 무용수에 대한 소문이 이미 유흥가를 뒤덮었을지도 모른다. 소문은 전차보다 빠르다. 조서란은 서둘러 탐문을 시작했다.

우선 단골 술집들을 돌기 시작했다. 아가씨들에게 백조 모양 네일아트 사진을 보여 주며 물었다. 세 번째 술집에서 답을 얻었다.

"아, 이거 인스타에서 봤어요. 그 사거리 스타벅스 뒤에 네일샵 있어요. 거기거든요. 네일아티스트가 미술 전공자라 이런 그림 스타일로 네일 해 준다고 들었는데. 잠깐만요."

아가씨는 인스타 계정을 찾아냈다. @nailpicasso였다.

그날 오후 조서란은 네일피카소를 찾아갔다. 좁은 계단에 오르자, 2층 출입구에 걸린 분홍색 간판이 반겼다.

문을 열자 싸구려 향수 냄새가 쏟아져 나왔다. 아세톤 냄새도 섞여 있었다. UV 램프의 보라색 불빛도 눈에 들어왔다. 벽면을 가득 채운 네일 샘플들이 알록달록 반짝였다.

한쪽 벽에는 뜻밖의 그림이 걸려 있었다. 화가 피카소의 작품 〈아비뇽의 처녀들〉이었다. 각진 얼굴들과 기하학적 형태로 해체된 여성의 몸이 네일샵의 화려함과 기묘한 대조를 이뤘다.

"어서 오세요."

인사를 하는 사장은 40대 중반의 여성이었다. 금발로 염색한 머리를 높게 묶었다. 화려한 네일아트를 한 손으로 조서란이 내민 사진을 받아 들었다. 사진을 보자마자 고개를 끄덕였다.

"Oh, I Know. 알아요. 러시아에서 온 고려인. 맞죠?"

"고려인이요? 그럼 이름도 아시나요?"

"나타샤? But. 본명은 아니라고. 발레단에서 일하다가 한국에 왔다고 했어요."

사장은 영어 단어를 섞어 가며 말을 이었다.

"발레리나인가요?"

"Maybe. 그럴지도 모르죠. 정확한 직업은 몰라요. Part-time으로 술집에서 일한다는 것만 알고 있어요. 한 달에 한 번씩? 오셨는데. 왜요, what happened?"

"혹시 예약 전화번호가 이 번호 맞습니까?"

조서란은 휴대폰을 꺼내 번호를 보여 줬다. 사장은 번호를 확인했다.

"Yeah, 맞아요. 나타샤 번호."

"혹시 그 술집은 어딘지 아시나요?"

"이름은 모르고. 외국인 손님들이 많은 바가 있대요. 거기서 일한다고. 거기 교포 아가씨들도 많다고 하던데. 그쪽 가서 다시 물어봐요. But, 왜 찾아요?"

조서란이 적당한 거짓말을 지어내려는데 사장이 먼저 말했다.

"돈 떼였어요? 다음 달에 오면 내가 연락할 테니까. 얼마인지 모르지만 5퍼센트만 떼어 줘. Sure하게 잡아 놓을 테니까."

사장은 수완 좋은 협상가처럼 말했다.

그 말을 들은 조서란은 시선을 피해 창밖을 내다봤다. 건너편 술집의 네온사인이 대낮임에도 깜빡이고 있었다. 출근을 앞둔 호객꾼들이 골목 입구에서 담배를 피우며 시시덕거리는 것도 보였다.

사장은 여전히 5퍼센트 수수료 이야기를 중얼거리고 있었다. 죽음 앞에서도 계산기를 두드리는 손가락이 멈추지 않는 모양이다.

벽에 걸린 〈아비뇽의 처녀들〉 속 헐벗은 여인들의 모습이 형광등 불빛 아래에서 더욱 일그러져 보였다. 이 작품은 최초의 입체주의 작품으로 미술사에서 중요한 의의가 있다. 놀랍게도 홍등가에서 영감을 받아 술집 아가씨, 즉 창녀들을 모델로 그렸다.

덕분에 조서란도 여기가 유흥가라는 걸 상기했다. 무자비하고 돈이면 모든 것이 해결되는 치외법권 지역. 사장에게 이 말을 꼭 해 주고 싶었다.

"죽었어요, 그 여자."

사장의 얼굴에서 영업용 미소가 사라졌다. 좋은 건수를 놓쳤다는 아쉬움이 스쳐 갔다.

조서란은 네일샵 원장이 알려 준 술집 골목을 찾아갔다. 완전한 어둠이 내려앉은 후였다. 유흥가 아가씨들이 전자 담배를 피우며 별것 아닌 일에도 큰 소리로 웃어 댔다. 그들을 지나쳐 골목 끝 클럽으로 들어갔다. 간판도 'The Bar(더 바)'라고만 적혀 있는 담백한 외형이었다.

지하 계단으로 내려간 조서란은 바 테이블에서 술잔을 정리하고 있는 남자 바텐더에게 다가갔다.

"실례합니다."

그는 40대 초반으로 보였다. 검은 셔츠 소매를 팔꿈치까지 걷어 올린 채 유리잔을 닦고 있었다. 짧게 자른 머리에 턱수염을 길렀다. 손목에 찬 은색 시계가 잔을 닦는 동작에 맞춰 반짝였다.

"예, 그쪽에 앉으시면 됩니다."

"손님은 아닙니다. 혹시 이 여자를 아십니까?"

조서란은 경찰서에서 몰래 스마트폰으로 찍어 놓은 사진을 보여 줬다. 바텐더가 그 사진을 유심히 봤다. 그녀는 바텐더의 표정을 살폈다.

"사고로 사망한 사람입니다. 살아 있을 때와는 차이가 있을 겁니다. 혹시 비슷한 아가씨를 본 적 없으십니까?"

바텐더는 한쪽 눈썹을 치켜올렸다. 기억해 보려고 애쓰는 모양새였지만 당장 떠오르지 않는 듯했다.

"이름은 뭡니까?"

"모릅니다. 나타샤라고도 불렀다던데…."

"저도 모르겠네요."

바텐더도 흥미를 잃었다.

조서란은 5만 원 지폐를 바 위에 놓았다.

"더 생각해 보시죠?"

바텐더는 지폐를 끌어당기며 말했다.

"비슷한 애들이 많아서⋯. 본 것 같기도 하고⋯."

5만 원을 한 장 더 올려놓았다.

"이런 스타일 있잖습니까, 외국인 애들."

그가 말을 끊고 손가락을 튕겼다. 조서란이 지폐 두 장을 더 올려놓았다.

"걔들은 저 위쪽 클럽에서 주로 일합니다. 아무나 들어올 수 있는 이런 곳 말고요."

"프라이빗 클럽인가요?"

"일종의."

"들어갈 방법이나, 그쪽 사람들을 소개해 주실 수 있으실까요?"

"잠시만요."

그가 자리를 비웠다.

그사이에도 손님들이 계속 들어왔다. 남자들끼리, 여자들끼리, 때로는 섞여서. 여성 바텐더와 웨이트리스들만 보였다. '아가씨'들은 보이지 않았지만 은밀한 연결 고리가 있을 터였다.

바텐더가 명함 몇 장을 들고 돌아왔다.

"그냥은 못 들어가고. 이 명함 보여 주시면 됩니다."

각기 다른 상호의 명함이지만 모두 '브라이언'이라고 적혀 있었다.

"브라이언이 누굽니까?"

그는 싱긋 웃었다.

"생각해 봐요, 누구 명함일지. 직접 받았다고 하면 바로 들어가실 겁니다. 안 되면 연락 주시죠. 거래는 거래니까."

브라이언은 지폐를 넣은 주머니를 두드리며 눈꼬리를 올리고는 뱀처럼 웃었다.

조서란에게는 고마운 일이었다. 보통 이런 곳이라면 문고리조차 잡아 보지 못하고 쫓겨나기 일쑤였다. 경찰 시절에도 마찬가지였다. 살인 사건이 일어나야 현장에 접근할 수 있었다. 사람 하나 실종되어서는 누구도 눈 깜짝하지 않았다.

홀쩍, 홀연히 사라지는 여자들. 실종 신고조차 하지 않은 경우도 부지기수였다. 특별한 정황 없이는 굳게 닫힌 술집 서터를 열 방법이 없었다. 조서란도 그렇게 여러 번 돌아섰었다.

그런데 경찰도 뚫지 못한 출입구를 명함 하나로 무사통과한다니. 고작 이런 명함에. 씁쓸한 감정을 내색하지 않고 그곳을 나왔다. 다음 장소로 발걸음을 옮겼다.

조서란은 이미 두 곳의 바를 둘러본 후 세 번째 목적지인 〈미드나잇〉에 도착했다. 명함에 적힌 주소 덕분에 찾을 수 있었다. 간판 없이 운영되는 멤버십 바임이 분명했다.

부티크 호텔의 외관은 이탈리아 로마의 관광지에서 볼 법한 오래된 성당을 연상시켰다. 입구 양쪽에는 코린트식 기둥들이 위풍당당하게 서 있었다.

정문에 입구가 없었다. 간판이 없다 보니 출입구를 찾는 것도 쉽지 않았다. 건물을 몇 바퀴 돌다가 지하로 내려가는 입구를 발견할 수 있었다.

출구를 지키는 사람은 보이지 않았다. 조서란이 들어가려던 순간, 검은 정장을 입은 사내 두 명이 불쑥 나타났다. 2대 8 가르마가 세련되게 어울리는 보디가드가 정중하게 말했다.

"예약하셨습니까?"

"아뇨."

조서란은 당당하게 말했다.

"죄송하지만 예약제로 운영되고 있습니다."

조서란은 그들의 제지에 당황하지 않고 여유 있게 명함을 꺼냈다. 그리고는 엄지와 검지로만 명함 귀퉁이를 잡고 건방지게 내밀었다.

이런 곳에서는 먼저 도도하게 행동해야 한다. 기세를 보이지 않으면 대접받을 수도 없다. 호기롭게 행동했지만, 과연 브라이언의 명함이 마스터키 역할을 할 수 있을지는 미지수였다.

보디가드는 명함을 살펴보더니 조서란을 위아래로 훑어보았다. 이 명함을 어떻게 손에 넣었는지 궁금해하는 눈치였다. 어쨌든 그들은 바로 비켜섰다.

조서란은 재즈 선율이 흘러나오는 계단을 따라 지하로 내려갔다.

바의 분위기는 상당히 폐쇄적이었다. 좁은 복도를 사이에 두고 개별 룸들이 즐비하게 늘어서 있었다. 복도 끝에는 작은 홀이 보였다. 얼핏 봐도 한국인은 몇 안 되고, 다양한 인종이 어울리고 있었다. 앞서 방문했던 두 곳보다 외국인 방문객의 수가 눈에 띄게 많았다. 우선 매니저를 만나야 했다.

좁은 복도를 따라 걸어가는데, 홀에 도착하기도 전에 중년 남자가 조용히 다가왔다. 그가 팔을 내밀어 길을 막지 않았다면 바로 곁에 있는 줄도 모를 만큼 은밀하게 접근했다.

남자는 말없이 고개를 끄덕였다. 인사였다. 호의적인 눈빛은 아니었다. 그리고 복도와 연결된 오른쪽 통로를 가리켰다. 무언의 몸짓이었지만 '이쪽으로 오시죠'라는 목소리가 들릴 것만 같았다. 조서란은 그 남자를 따라갈 수밖에 없었다.

남자가 안내한 곳은 사무실이었다.

벽면에는 여덟 대의 모니터가 설치되어 있었다. 출입구부터 복도와 홀까지, 출입하는 사람들의 모습을 또렷하게 확인할 수 있을 정도로 선명한 화질이었다. 당연히 조서란이 들어오는 모습도 이 사무실에서 지켜보았을 것이었다.

"저는 여기 매니저입니다. 브라이언 소개로 오셨다구요?"

그가 정중히 물었다.

"네. 혹시 이 여자를 아십니까?"

조서란은 불필요하게 시간 낭비하며 호구조사를 당하고 싶지 않아 바로 본론으로 들어갔다. 하지만 그의 생각은 달랐는지 대답 대신 심문을 이어 갔다.

"브라이언과는 어떻게 아십니까? 어울려 다니는 분은 아닌 거 같습니다만."

그의 눈빛에는 경계가 가득했다. 이럴 때 경찰이다, 형사이다, 수사 중이다. 이렇게 거들먹거려 봤자 소용없다.

"종종 타로를 봐 드립니다. 제가 타로 마스터거든요."

"타로 카드요?"

남자는 경계를 풀고 느긋한 미소를 보였다. 이제야 상대가 만만하다고 판단한 것 같았다.

"네. 타로 보신 적 있으세요?"

"없습니다. 미신은 안 믿습니다. 브라이언은 믿던가요?"

"아뇨. 대신 손님을 많이 소개해 줬어요. 바텐더라 아가씨들을 많이 알더라구요. 아가씨들은 타로 많이 보잖아요. 신점도 보고. 사주도 보고. 그러다 돈도 빌려주고."

상대방은 이 말을 믿는 눈치였다. 조서란은 기회를 놓치지 않고 다시 사진을 내밀었다.

"급하다고 빌려줬는데 연락이 안 되잖아요, 이 아가씨랑."

남자는 사진을 받아 들었다. 사진을 보며 인상을 찌푸렸다.

조서란은 그의 표정을 살폈다. 죽은 여자의 사진이니 그럴 만도 했다. 그런데 죽었다고 말하지 않으면 그냥 자는 것처럼 보였다. 급히 둘러댔다.

"마사지할 때 찍은 사진이라 잘 안 보이시죠?"

다행히 이곳 조명도 그리 밝진 않았다.

"러시아 쪽인가?"

그는 어렴풋이 인종을 구별해 냈다.

"어렸을 때 발레를 했어요."

"러시아 애들 치고 발레 안 한 애들이 없습니다. 죄송하지만 우리 소속은 아닙니다."

"혹시라도 이 친구나 실종된 러시아 여자가 있으면."

조서란은 자신의 연락처를 이런 곳에 남기고 싶지 않았다.

"브라이언에게 연락 주세요."

"좋습니다."

그는 먼저 자리에서 일어났다. 이 번거로운 이방인을 빨리 내보내고 싶은 마음이 역력했다.

조서란도 서둘러 사무실을 나섰다. 어차피 사진 한 장만으로 사람을 찾기란 쉽지 않은 곳이 화류계였다. 성형 수술은 물론이고 화장한 얼굴과 민낯의 차이도 상당했다.

여자의 행방은 찾지 못했지만 성과가 전혀 없는 것은 아니었다. 이들 사이에서 브라이언이 신뢰받는 인물이라는 점, 미드나잇에 확실히 외국인 손님이 많다는 사실, 그리고 이렇게 안면을 튼 이상 언제든 다시 방문할 여지를 남겨 두었다는 점이 그것이었다.

사무실을 나온 조서란이 복도를 걷고 있을 때, 금발의 아가씨가 룸에서 나왔다. 외형은 유럽인, 어쩌면 러시아인일지도 모르겠다. 다급하게 쫓아가서 불러 세웠다.

"저기요?"

아가씨는 음악 소리 때문에 듣지 못한 것 같았다. 조서란은 그녀의 어깨를 두드렸다.

"저기!"

아가씨가 돌아보았다. 금발에 파란 눈동자였다.

"혹시 이 사람 알아요?"

조서란은 설명도 없이 사진부터 들이밀었다. 복도가 어두워서 잘 보이지 않았다. 휴대폰에 저장해 둔 사진도 보여 주었다.

"이 사람이요."

"몰라요."

어눌한 한국어 말투였다. '몰라요'라는 말을 습관적으로 사용하는 듯했다. 누가 아는 것을 물어 와도 '몰라요'로 방어했을 것이다. 아니면 그렇게 하라고 교육받았거나. 무심한 대답과는 달리 동공이 확대된 채 조서란을 쳐다보고 있었다. 분명 사진 속 여자를 알고 있는 눈치였다. 조서란은 확신이 들었다.

"알죠?"

"몰, 라요."

하지만 아가씨의 눈동자는 '알아요'라고 말하고 있었다.

"이 아가씨, 죽었어요."

그 말에 아가씨는 터져 나오려는 비명을 두 손으로 틀어막았다.

"이 사람 러시아에서 왔죠?"

조서란은 아가씨를 위로해야 했지만, 정보를 얻는 것도 중요했다. 마음이 급했다.

"네."

서툰 한국어 탓에 대답하는 모양새가 유치원생 같았다. 눈에는 두려움이 가득했다. 조서란은 여자의 사진을 다시 보여 주며 이름이라도 알아내려 했다.

"이름. 이 여자 이름 알아요?"

러시아 아가씨는 고개를 끄덕였다. 조서란은 명함을 꺼내 건네며 달랬다.

"난 타로 마스터예요. 말해도 괜찮아요. 도와주려는 거예요, 내 손님을. 경찰과 상관없어요. 그러니 안심해요."

그 아가씨는 명함을 받아 들고도 주춤거렸다. 우선 대답부터 하면 좋으련만. 그녀가 입을 열려는 순간, 덩치 큰 보안요원이 나타났다.

"손님?"

팔짱을 낀 채 조서란을 노려봤다. 적대감이 가득했다. 그녀가 손님이 아니라는 것은 이미 알고 있을 터. 위협적으로 다가왔다.

"일행이 있으십니까?"

"아뇨."

"그럼?"

"매니저님을 만났습니다."

"그럼 용무는 끝나셨다는 말씀인데, 여긴 보안이 중요한 VIP바입니다. 아시다피시."

"찾는 사람이 있어서요. 잠시면 됩니다."

"그건 우리가 알 바 아니고."

보안요원이 본색을 드러냈다.

"나가시죠?"

그가 한 걸음 다가서며 조서란을 위협했다. 하지만 조서란의 시선은 러시아 아가씨가 사라진 룸에 머물러 있었다.

"저 아가씨, 러시아 아가씨만 만나면 됩니다."

"나가라고!"

보안요원은 조서란의 팔을 낚아채고 끌어냈다. 순순히

끌려 나갈 그녀가 아니다. 조서란은 몸을 틀어 보안요원의 무게 중심을 흔들었다. 그가 휘청했다. 넘어지던 보안요원은 한 손으로는 벽을 짚으면서도 한 손에 잡혀 있는 그녀를 놓치지 않았다. 어떻게든 빠져나가려고 발버둥을 치던 조서란에게 그 남자의 주먹이 날아오려던 순간.

"경찰입니다!"

제복을 입은 경찰들이 들이닥쳤다.

조서란은 눈앞의 상황을 보고도 믿기지 않았다. 차라리 주먹이 날아왔으면 시원하게 받아쳤을 텐데. 그 상황이 훨씬 자연스럽기도 했다.

그런데 대체 누가? 왜? 신고했단 말인가.

마음이 개운하지 않았다. 어쨌거나 신고자에게 고마운 마음을 가지려는 순간, 경찰들이 조서란을 둘러쌌다.

"취객이 난동 부린다는 신고가 있었습니다."

취객이라. 조서란이 이곳에 들어온 후로 취객이나 난동자를 보지 못했다. 종종 손님들의 웃음소리가 들리기는 했지만, 확실히 난동은 아니었다.

그때 경찰이 눈짓을 보냈다. 당신 때문에 우리가 출동했다는 무언의 압박이 느껴졌다.

"같이 가실까요?"

"저요?"

조서란은 눈을 동그랗게 뜨며 어이없다는 표정을 지었다.

"제가 취객으로 보이십니까?"

"술 안 드셨습니까?"

"예."

자신 있게 대답하다가 아차 싶었다. 이전 바에서 칵테일 한 잔을 마셨다. 알코올 분해를 못 하는 체질이라 볼이 빨갛고, 술 냄새가 날 수 있을 것이다. 오해받기 딱 좋은 상황이라는 것을 깨달았다. 경찰도 술 냄새를 맡은 것 같았다.

"예, 예. 압니다. 선생님."

경찰들은 늘 취객들에게 이런 말을 들었을 테니 건성으로 대꾸했다. 조서란은 졸지에 경찰에게 비협조적인 취객이 되어 버렸다.

"그런데 선생님, 신고가 들어와서…. 남의 영업장에서 이러시면 안 되시고, 서에 가서서 말씀하시죠."

"알겠습니다. 그런데 대체 누굽니까? 누가 신고했습니까?"

조서란은 주먹을 꽉 쥐었다. 치밀어 오르는 화를 누르며 평정심을 유지하려고 노력했다. 경찰서로 가면 신원 확인부터 시작해서 온갖 서류 작성과 조사에 시달릴 것이 뻔했다. 결국 무고로 끝날 일에 시간을 빼앗기고 싶지도 않았다. 더군다나 오늘 밤 해야 할 일들이 산더미였다.

"누군지 말씀해 주시면 여기서 오해 풀고 가겠습니다."

"말씀드릴 수 없습니다, 선생님. 가시죠?"

경찰이 말끝마다 붙이는 '선생님'이라는 호칭이 귀에 거슬렸다. 마치 떼쓰는 아이를 달래는 듯한 말투였다.

흥이 깨진 손님들이 수군거리며 구경하고 있었다. 여기서 더 버티면 정말 취객으로 보일 것 같았다. 조서란은 고개를 끄덕이며 경찰을 따라나섰다.

그 순간 매니저와 눈이 마주쳤다. 남자는 팔짱을 끼고 무표정한 얼굴로 서 있었다. 보안요원들도 마찬가지였다. 문틈 사이로 보이는 러시아 아가씨는 창백한 얼굴로 떨고 있었다. 그녀의 눈에는 절망이 가득했다.

계단을 올라가며 조서란은 등 뒤로 시선이 꽂히는 것을 느꼈다. 누군가 자신의 움직임을 감시하고 있다. 누굴까? 이곳과 차단시키려는 사람이. 누군지 모를 그 사람 때문에 한 가지는 확실해졌다. 이곳에 중요한 단서가 있다는 것.

밖으로 나오면서 조서란은 몇 번이고 뒤돌아봤다. 그 러시아 아가씨가 무사하기를 바랄 뿐이었다. 재방문할 때까지 말이다. 귀찮은 일을 해결하고 다시 찾아와야겠다는 마음을 먹었다.

경찰차 뒷문이 열렸다. 조서란이 뒷좌석에 앉으며 물었다.

"어느 서로 가는 건가요?"

전 직장에 경찰차를 타고 가는 기분이 좋을 리가 없었다. 할 수만 있다면 경찰서를 선택하고 싶었다. 아는 사람이 없는 곳으로.

조서란은 접이식 의자에 꼿꼿한 자세로 앉았다. 형광등 불빛이 하얗게 쏟아지는 취조실이었다. 민원실에서 해결하면 될 일을 굳이 취조실로 안내한 것이 이상했다. 대단하신 분의 입김이 영향을 주었다는 것을 느낄 수 있었다.

장소가 어디가 되었든, 112 신고가 들어온 이상 조서 작성은 경찰에게는 피할 수 없는 일 처리 순서이리라. 어차피 결말은 훈방일 것이다.

조서란은 손가락으로 테이블을 두드렸다. 대체 누가 신고했을까? 왜 자신을 내쫓으려 했을까? 그 실마리를 찾는데 집중하느라 문이 열리는 소리도 듣지 못했다.

의자를 끌어당기는 소리가 났다. 조서란이 고개를 들어 보니 한 남자가 자리에 앉고 있었다.

"안부 묻기 딱 좋은 곳이군. 안 그래?"

전남편, 유한 형사였다.

수많은 형사들이 있는데 설마 그가 이 사건을 담당하리라고는 생각지 못했다. 그는 항상 굵직한 사건들을 맡아 왔으니까.

"당신 참 운이 좋아. 애들이 다 출동해서 나밖에 없거든. 이런 실적에도 도움 안 되는 취객 사건을 맡기에는 내가 좀 아깝잖아?"

유한은 파일을 탁자 위에 던지듯 올려놓았다. 편의점 사건 후에 그가 몇 번이나 전화했지만, 조서란은 받지 않았다. 그 불만을 오늘 풀어 버릴 작정 같았다.

"사적인 이야기 말고. 본론으로 들어가지? 조서부터 써."

조서란이 당돌하게 말했다. 이렇게 말을 끊어 주지 않으면 계속 사적인 대화만 할 사람이라는 걸 알았다.

"뭘 하고 다녔길래 허위 신고를 받아?"

그는 단번에 이 사건의 핵심을 간파했다.

"술은 잘 못 마시잖아. 마셔 봤자 와인 한 잔? 아니면 무알콜 칵테일? 주량도 약한데, 어떻게 음주 난동으로 신고를 받으셨을까? 대체 누구에게 미움받은 건지."

"그러니까 누구야, 날 신고한 사람이?"

"알고 싶어?"

"당연하지."

"그게…."

유한은 들고 들어온 서류를 훑어보며 대답했다.

"몰라."

"무고한 시민 잡아다 놓고 무슨 소리야!"

"누군지 알면 또 편의점 사건처럼 쫓아가서 두드려 패려고?"

"검거, 라는 좋은 표현이 있는데 굳이 그렇게 말하셔야겠습니까, 형사님?"

"검거는 경찰이 하는 거고. 시민은 두드려 팬 거지."

조서란은 그 말에 동의할 수밖에 없었다. 사실이니 반박할 수도 없었다. 아니지? 다른 좋은 말이 떠올랐다.

"조력이라고 합시다, 형사님. 용감한 시민의 희생을 그런 식으로 폄하시키면 누가 경찰을 돕겠습니까?"

"예, 예, 선생님. 일단 거기는 왜 가셨습니까?"

"찾을 사람이 있어."

"누구?"

"말해도 모를 사람."

"이렇게 비협조적으로 나올 거야? 조사 중에는 협조해야 할 의무가 있다고."

조서란은 시답잖은 대화를 계속하고 싶지 않았다.

"죽은 여자를 찾고 있어. 내 명함을 갖고 있었던."

"그 외국인?"

유한도 그 사건을 이미 알고 있는 눈치였다. 이제 그 사건은 그가 담당한다고 말했다. 증거품 중 '아르카나' 명함을 확인하고는 조서란에게 연락할 예정이었다.

"지난번에 김 형사 만나고 갔지? 조서 살펴봤는데, 아는 사이는 아니라고 적혀 있던데. 그 여자는 왜 찾아다니는 거야?"

"나를 찾으려고 했으니까. 혹시 타로 상담하러 오는 길에 그런 사고를 당했을 수도 있잖아. 그러니 손 놓을 수는 없지, 내가."

조서란은 그 일 이후 마음이 편치 않았다. 명함을 갖고 있는 사람들은 어떻게든 동생과 연결된 사람일 것이다. 그런 사람들에게만 명함을 줬을 거니까. 하지만 그 죽은 여자에게는 준 기억이 없다. 누군가의 소개를 받았다는 것인

마담 타로

데…. 동생과 어떻게든 연결되어 있을 것이다.

"그래서 미드나잇까지 갔다? 혼자? 그 술집 사장이 어떤 사람인 줄이나 알아? 우리 경찰도 어쩌지 못하는 또라이라고. 앞으로는 절대 미드나잇에 가지 마."

조서란은 대답하지 않았다.

"그리고 이 사건은 내 담당이니까 끼어들지 마. 더 복잡해지니까."

그도 단호하게 말했다.

하지만 순순히 받아들일 조서란이 아니었다.

"당신은 당신대로 수사해. 나는 나대로 수사할 테니까."

"오늘 같은 꼴을 당하고도 그 말이 나와? 봐. 당신이 술도 안 마시고, 난동도 안 부렸는데 이렇게 경찰서에 잡혀 왔잖아. 그게 무슨 뜻인지 몰라? 경고라고. 더 이상 여길 찾아오지 말라는 경고."

"역시 내 직감이 맞았네. 분명 거기 단서가 있을 거야. 그 여자에 관한 단서가."

"직감? 넌 아직도 그 직감을 믿어? 지난번 사고로 죽다 살아났으면서 직감을 믿는다고?"

유한의 목소리가 떨렸다. 조서란이 살인범에게 납치됐던 그날이 불현듯 떠올랐다. 그때의 무력감과 분노가 다시 밀려왔다. 아무것도 할 수 없었던 자신이 한심했고, 조서란의 무모함이 원망스러웠다.

유한은 숨을 깊게 들이마셨다. 하지만 가슴속에서 타오르는 화가 쉽게 가라앉지 않았다. 그는 볼펜을 세게 잡았다. 손가락 마디가 하얗게 질려 버렸다.

조서란은 그걸 알면서도 모르는 척했다. 유한의 떨리는 목소리와 꽉 쥔 주먹을 보면서도 애써 시선을 돌렸다. 마음이 저릿했지만 내색하지 않았다.

"직감을 믿어. 그 덕분에 살아남았으니까."

조서란은 테이블 위의 물컵을 들었다. 손이 미세하게 떨렸다. 유한이 눈치채지 못하도록 컵을 두 손으로 감쌌다. 목이 말랐다. 납치의 기억이 떠오를 때마다 등골이 서늘해졌다. 일부러 천천히 물을 마시자, 마음이 좀 진정되었다. 그리고 유한을 똑바로 바라봤다. 눈빛만은 흔들리지 않으려 애썼다.

유한도 한동안 그녀를 응시했다. 그리고 조용히 말했다.

"네 마음대로 해. 하지만 조서란, 이건 네가 감당할 수 있는 사건이 아니다. 경찰이 해결할 거니까, 제보할 거 있으면 번거롭게 112에 하지 말고, 나한테 전화해. 번호 안 바뀌었으니까."

"당신이야말로 그 여자 소식 들으면 나한테 연락해. 아르카나로 오거나. 아무래도 서희랑 연결된 사람 같으니까."

유한은 처제 이름이 나오자 경직됐다. 눈앞에서 사라진 처제. 결국 두 사람 사이에는 아직 풀지 못한 수수께끼처럼 조서희가 자리 잡고 있었다.

5

탈출

♦

아르카나의 약국 표시 네온사인이 꺼진 지 며칠째였다.
간판 아래 '휴무'라고 적힌 푯말이 바람에 펄럭였다.

조서란은 커튼 사이로 새어드는 가로등 불빛을 바라보
며 소파에 앉아 있었다. 상담 일정이 없어도 새벽까지 잠
들지 못했다. 새벽 여섯 시가 넘어가자, 창밖으로 희미하
게 동이 트기 시작했다. 그제야 까무룩 잠들 수 있겠지만,
유흥가 리듬에 맞춰진 생체 시계는 쉽게 바뀌지 않았다.

종종 걸려 오던 동생 제보 전화도 들리지 않았다. 오지
않는 연락을 기다리는 것만큼 무료한 일이 또 있을까. 휴
대폰을 집어 들었다. 화면을 켰다 껐다 반복했다.

이럴 때야말로 오늘의 타로 카드를 뽑기 좋은 순간이다.
조서란은 타로 카드를 양손에 쥐고 섞기 시작했다. 카드

들끼리 스치며 서걱거리는 소리를 냈다. 섞인 타로 더미를 가지런히 정리해 쌓아 놓고 가장 위에 있는 카드 한 장을 뒤집었다.

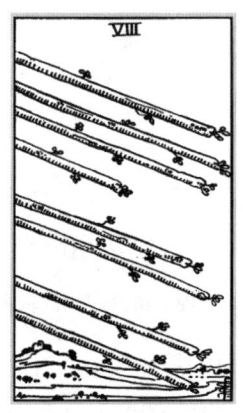

완드 8번 카드다.

카드 속 세상은 한낮이다. 하늘은 구름 한 점 없이 푸르다. 그 허공에서 사선으로 여덟 개의 막대, 완드가 낙하하고 있다. 화면을 가로질러 바닥으로 떨어질 것이다. 그 속도가 빨라서 공기를 가르는 소리까지 들리는 것 같았다. 이대로 날아가면, 땅에 곤두박질치거나 아예 꽂혀 버릴 수도 있다.

마담 타로

막대에는 드문드문 초록색 잎사귀, 싹이 붙어 있다. 꺾꽂이가 가능한 식물이라면 이대로 땅에 꽂혀 나무가 될 수도 있다.

한마디로 급변을 상징한다.

조서란은 이 카드를 바라보며 손끝으로 테이블에 두드렸다. 점쟁이처럼 미래를 단정하지 않으려 했지만, 카드가 보여 주는 오늘의 신호들은 무시할 수 없었다. 우연히 예언이 맞아떨어진 적이 있었다. 그럴 때마다 자신의 오만함을 경계했다. 얕은 지식이 눈을 가리고 귀를 막아 버린 순간들이 얼마나 많았던가.

완드 카드를 정리하는데, 문 앞에서 오토바이 엔진 소리가 들렸다. 그러고 보니 마침 신문 배달, 우유 배달 시간이긴 했다. 하지만 그런 서비스를 신청한 적은 없다.

쿵.

묵직한 소리가 났다. 이어서 오토바이가 급하게 출발하는 소리도 들렸다.

조서란은 미간을 찌푸렸다. 방문할 예약자도 없고, 새벽 배송 택배 주문도 없다. 이 새벽에 누가 찾아올 리도 없었다. 서늘한 기운이 등줄기를 따라 흘렀다.

문을 조심스럽게 열자 500㎖ 우유팩 하나가 놓여 있었다. 멀어지는 오토바이를 따라 고개를 들어 보니 배달부는 이미 서너 집을 돌며 멀어져 가고 있었다.

조서란은 우유팩을 집어 들었다. 배달 실수일까. 고객센터에 전화해서 회수하라고 해야 하나. 아니면 그냥 먹으라고 하려나.

잠깐.

우유팩을 들어 고객 상담실의 전화번호를 찾으려는데 이상했다. 액체가 출렁이는 대신 딱딱한 물체가 흔들리는 소리가 났다. 우유가 아니었다. 입구를 자세히 보니 뜯었다가 접착제로 다시 붙인 자국이 선명했다.

메시지였다.

조서란의 손이 빨라졌다. 우유팩을 뜯어 안을 들여다봤다.

그 안에는 구형 3G 휴대폰이 들어 있었다. 전원을 켰다. 다행히 작동에는 문제가 없었다. 휴대폰에는 비밀번호도 걸려 있지 않았다. 누군가 봐주길 간절히 원하는 것처럼.

조서란은 우선 사진 폴더를 열었다. 수백 장의 사진이 있었다.

구형 휴대폰이라 사진이 선명하지는 않았다. 그래도 사

진 속 인물은 알아볼 수 있었다. 변사자였다. 생기 가득한 얼굴로 활짝 웃고 있었다. 배경은 모두 술집, 바 화장실, 미용실, 원룸뿐이었다. 또래 친구들이 놀러 다니는 홍대, 강남, 명동, 한강 등 한국의 관광지는 보이지 않았다. 온통 실내에서 찍은 사진들뿐이었다. 타국에서의 삶이 어땠는지 유추할 수 있었다.

이번에는 녹음 파일을 확인했다. 최근 날짜가 표기된 녹음 파일을 클릭했다. 마이크가 작동되면서 잡음이 들렸다가 녹음자의 목소리가 나왔다. 여자였다. 어눌한 한국어였다.

- 나는 당신이 누군지 몰라요. 하지만 내 친구 죽인 사람 찾아 줄 것 같아요. 용기를 냈어요.

목소리가 낯익었다. 아무래도 술집에서 잠시 대화를 나눴던 그 아가씨 같았다. 떨리는 목소리, 서툰 한국어지만 왜 이 녹음을 했는지 이유는 분명했다.

- 내 친구 이름은 타티아나 김. 나는 지금 나갈 수 없어요. 여기서 나갈 방법 몰라요. 타티아나는 나갔어요. 죽었

어요. 우리는 집에 가고 싶어요.

이름 모를 이국의 아가씨는 흐느꼈다. 친구의 죽음을 애도할 새도 없이, 자신의 목숨마저 위태롭다는 공포와 불안이 묻어 있었다. 한동안 흐느끼는 소리만 들렸지만, 조서란은 인내심을 갖고 계속 들었다.

녹음 파일에서 문 여는 소리가 들렸다.

"야! 뭐 해!"

굵고 퉁명스러운 남자의 목소리였다. 자비라고는 전혀 느껴지지 않았다.

"빨리 나오라고. 씨발."

들숨에 재촉하고, 날숨에 욕설을 내뱉는 남자였다.

"울 시간에 손님이나 받으라고, 씨발년아."

그 말에 아가씨는 울음을 삼키고 말짱한 목소리로 대답했다.

"네. 가요."

그리고 녹음은 종료되었다.

더 이상의 정보는 없었지만, 그녀들의 삶이 어땠는지 충분히 유추할 수 있었다.

조서란은 녹음 파일을 닫고 휴대폰을 손에 꼭 쥐었다.

마담 타로

'타티아나 김'이라는 이름을 손에 넣었으니 본격적으로 그녀의 흔적을 찾아 나설 때다.

다시 브라이언을 만나려고 했지만 쉽지 않았다. 그가 개인적인 일이 있다면서 며칠간 휴가를 낸 것이다. 조서란은 그 사실을 알면서도 하루도 빼놓지 않고 그곳을 찾았다.

직원들은 이틀 뒤에나 그가 출근할 것이라고 말해 줬다. 하지만 조서란은 오늘도 찾아왔다. 어쩐지 그가 하루 일찍 나타날 것 같았다. 며칠째 타로 카드가 같은 그림을 보여 주고 있었으니까.

그 카드는 운명의 수레바퀴 카드. 오늘 아침에도 이 카드를 뽑았다.

운명은 예측 불가능하지만, 수레바퀴는 결국 돌고 돌아 제자리로 돌아온다. 떠났다가 다시 돌아오는 귀환이나, 운명 같은 예정된 만남을 상징하기도 한다. 물론 '아니면 말고'의 심정이기도 했다.

조서란이 〈더 바〉 출입문을 열고 들어갔다.

"어서 오세요."

브라이언의 목소리가 들렸다. 그녀의 입꼬리가 올라갔다. 운명의 수레바퀴가 돌아가는 소리가 그녀에게만 들렸다.

바 카운터 뒤에서 브라이언이 집게로 얼음을 집고 있었다. 그가 손님을 확인하기 위해 등을 돌리는 순간, 조서란과 눈이 마주쳤다. 그의 손은 멈췄다.

"오랜만이네요, 브라이언."

"아직 휴가 안 끝났습니다."

"휴가 안 끝났는데 왜 출근하셨어요?"

"일할 사람이 없으니까 억지로 왔지, 오고 싶어 왔겠습니까? 대신 내일 쉽니다."

조서란은 며칠 사이에 그의 태도가 바뀌었다는 것을 대번에 알 수 있었다.

"그러게요. 내일 왔으면 또 못 볼 뻔했네요, 우리."

일부러 더 너스레를 떨며 맞장구쳤다. 얻어 낼 정보가 있으니 그냥 돌아갈 수 없었다.

"오늘은 바쁩니다. 그만 돌아가시죠?"

그의 노골적인 거절에도 조서란은 아무렇지 않은 듯 의자에 앉아 주문했다.

"준벽, 한 잔이요."

"억지로 주문하지 마시고. 아무거나 시키지 마시고 메뉴판이라도 보시죠? 그게 매너입니다."

"준벽 좋아합니다. 미도리 멜론 리큐어를 베이스로 하고 코코넛 럼주, 바나나 리큐어, 파인애플 주스, 스위트 앤 사워 믹스를 얼음과 함께 넣어 만든 칵테일. 한국에서 개발했다죠? 한 잔 부탁드립니다, 바텐더님."

브라이언은 고개를 끄덕였다. 거절할 이유를 찾지 못했다. 곧이어 셰이커를 흔드는 소리가 바 안을 채웠다. 얼음이 부딪히는 소리, 리큐르가 섞이는 소리가 지나가고, 연둣빛 준벽이 글라스에 부어졌다.

브라이언이 칵테일을 조서란 앞으로 밀었다.

조서란은 글라스를 천천히 돌려보았다. 연둣빛 액체가 잔 안에서 소용돌이를 만들었다. 그리고 한 모금을 마셨다.

달콤했다.

브라이언이 바 수건으로 손을 닦으며 시선을 돌렸다. 다른 손님을 찾는 듯했다.

조서란은 글라스를 든 채로 물었다.

"그 아가씨, 이름 알았죠?"

브라이언은 그 일은 전혀 모르는 듯한 표정을 지었다.

조서란은 구형 휴대폰을 꺼내 타티아나의 사진을 보여줬다.

사진을 보자마자 브라이언의 표정은 굳었다. 시선은 허공을 헤맸다. 마치 무언가를 찾다가 길을 잃은 사람처럼. 입이 살짝 벌어졌고, 숨을 삼키면서 목울대가 꿀렁거렸다. 이어서 바 수건을 꽉 움켜쥐었다. 손등의 핏줄이 도드라졌다.

조서란은 그 모든 변화를 놓치지 않았다. 눈동자의 흔들림, 목젖의 움직임, 어깨가 미세하게 뒤로 젖혀지는 것까지. 형사 시절 체득한 관찰력은 여전히 예리했다.

"몰라요?"

"예, 모릅니다."

"타티아나 김. 정말 몰라요?"

"그렇다니까요."

"좋습니다. 한 잔 더 주시겠어요? 같은 걸로요."

조서란이 빈 글라스를 가리키며 요청했다. 브라이언은 준벅을 한 잔 더 만들었다. 그가 글라스에 칵테일을 채울 때, 다시 물었다.

"그 여자도 여기 자주 왔었죠? 그냥 그럴 거 같아서요."

질문을 부드럽게 던졌다. 마치 날씨에 대해 묻는 것처럼. 별일 아닌 것처럼.

조서란은 준벅을 한 모금 마시고는 글라스를 바 테이블 위에 내려놓았다. 그리고 그를 빤히 봤다.

입을 다물고 있던 그가 왼쪽 눈썹을 씰룩거리더니 입을 열었다.

"잠깐 일했었습니다, 여기서. 아주 잠깐."

"어떤 일을 했습니까? 점원? 바텐더?"

그의 시선이 출입문 쪽으로 흘렀다.

"아가씨지, 뭐."

그의 어깨가 미세하게 움츠러들었다.

"여기도 그런 바를 운영합니까?"

'그런 바'란 대부분 불법 운영이다. 여성이 접객 서비스를 하는 것이 아니라, '여성' 자체가 상품으로 매매되기 때문이다.

"잠깐, 진짜 잠깐 일하다가 옮겨 갔습니다. 그 외국인 바들로. 비자 문제도 복잡하고, 말도 잘 안 통하고. 러시아에서 발레를 했었다는데, 그게 뭐 중요합니까. 자꾸 도망치니까 외국인 바로 넘겼죠, 여기 사장이."

그때, 40대 초반의 여자가 조서란에게 다가왔다.

"무슨 일이십니까, 손님?"

브라이언은 조서란을 향해 눈짓을 보냈다. 그녀가 사장이라는 의미였다.

그녀는 사실 몇 분 전부터 이들의 대화를 엿듣고 있었다. 출근하던 길이었는데, 아무래도 대화 내용이 심상치 않아 보였다. 검은 슈트를 입고 준벅을 마시는 매력적인 여자의 상냥하면서도 옅은 목소리도 마음에 쓰이던 차였다.

"제가 사장입니다. 혹시 불편하신 점이 있으십니까?"

사냥한 말투였지만 단어를 내뱉는 사이사이 경계심이 가득했다. 빠르게 조서란의 머리부터 발끝까지 훑어보는 눈빛이며, 팔짱을 낀 모습에서 그녀의 진의가 느껴졌다.

조서란의 눈에는 바텐더의 약지와 사장의 약지에 같은 반지가 끼워져 있는 것이 보였다. 연인 사이였으니 아무리 손님을 상대하는 남자 친구지만, 노골적으로 낯선 여자와 수다 떠는 것이 마음에 안 들었나 보다.

조서란이 형사였을 때는 표정 없이 사무적으로 범죄자들을 마주했다. 조그마한 친절도 오해로 비춰질 수 있기 때문에 표정을 숨기곤 했다. 타로 마스터로서 사람을 대하면서는 좀 더 친절하게 보여야 했다. 그래서 오늘 같은 오해가 종종 생긴다.

우선 명함을 건네주며 사장을 안심시켰다. 타티아나를 고용했던 사장이니 명함을 줄 만했다.

"타로 마스터시군요."

"네. 타티아나 김, 이 아가씨 아시죠?"

조서란은 사진을 보여줬다.

"잠깐 데리고 있었어요. 고용한 건 아니고, 아주 잠깐. 무슨 일이시죠?"

"그 아가씨가 길에서 죽었어요, 경찰은 아직 신분을 확인 못 했고."

"그렇겠죠, 걔들 신분증은 모두 가짜니까. 타티아나 김, 본명이군요. 저도 몰랐습니다. 그런데 왜 찾으시는 거죠? 경찰은 아니신데."

사장은 방금 받은 명함을 만지작거리며 의심스럽게 쳐

다봤다.

"제 손님이었어요, 예약 손님. 그날 오질 않았는데, 그게 마음에 걸려서 이렇게 묻고 다니고 있습니다."

"친분이 없는 사이인데, 이렇게 신경 쓰시는 걸 보면…"

"타로 마스터니까요. 제 타로 카드가, 그 친구의 죽음을 알아보라고 자꾸 말을 걸어옵니다."

조서란의 말에 두 사람은 오싹한 기운이 드는 눈치였다. 타로 마스터가 된 후로 곤란한 상황이나, 상식적으로 이해 안 되는 상황에 부닥치면 마법의 단어 '타로'를 외치는 습관이 생겼다.

신점도 아니고, 사이코메트리 능력을 갖춘 것도 아닌데 사람들은 마치 '신내림 받은 무당'처럼 바라봤다. 무지한 자들에게는 그렇게 보일 수 있겠지. 자신들의 눈동자, 표정, 몸짓에서 수많은 단서가 포착된다는 것은 모른 채.

그래서 상황이 복잡해지면 타로 핑계를 댔다.

"언제든 연락 주세요, 타티아나에 대해 알고 있는 게 있으시다면요."

조서란은 준벽 한 모금을 마시고 나왔다. 멜론의 달콤한 맛이 입안 가득 퍼졌다.

계단을 걸어 올라가는데, 브라이언과 여사장이 다투는

마담 타로

소리가 들렸다. 두 사람의 싸움이야 어찌 되든 알 바는 아니었다. 타티아나에 대해 아는 사람을 확보했으니 절반은 성공이었다.

조서란은 자정이 넘어서야 아르카나로 돌아왔다. 가게 앞에는 유한의 차가 주차되어 있었다. 가게 문을 열면서 곁눈질로 보니 기다리다 차 안에서 잠든 것 같았다. 깨울 필요가 있을까? 조서란은 그냥 가게로 들어왔다.

출입문을 여닫는 소리가 유한을 깨웠는지, 잠시 후 그가 들어왔다.

"전화는 왜 안 받아?"

인사치고는 꽤나 공격적인 말투였다.

"무음이라 몰랐어. 연락이 올 곳도 없고."

"왜 없어?"

유한은 소파에 깊숙이 몸을 기대며 말했다.

'네 걱정하는 나도 있고, 네가 연락 기다리는 서희도 있는데.'

그 말들이 목 끝까지 올라왔지만 삼켜 버렸다. 어차피 돌아올 건 냉소적인 한마디일 것이 뻔했다. 유한은 모처럼 조서란이 후배였던 시절을 떠올렸다. 그때는 겁 많고, 눈물 많던 새내기 형사였다. 하지만 지금은 그 눈물이 모조리 말라 버렸는지 냉철한 사람으로 변했다.

그런데 조서란이 뜻밖의 말을 했다.

"안 그래도 내일 경찰서로 갈 생각이었어."

"경찰서로?"

언제든 그에게 직접 연락할 수 있는데 굳이 경찰서까지 올 이유는 무엇일까. 아르카나의 은은한 조명 아래서 조서란의 표정을 읽기는 어려웠다.

"설마 그 사건 때문에 여기저기 뒤지고 다니는 건 아니지?"

유한은 눈치를 보며 물었다.

조서란이 탁자에 있던 카드 더미를 가지런히 정렬하며 대답했다.

"어떻게 알았지? 이렇게 실력 좋은 전직 형사가 가만히 있을 순 없잖아?"

그녀의 입꼬리가 살짝 올라갔다.

유한은 양팔을 세워 턱을 괬다. 늘 무뚝뚝하던 그녀가 농담까지 던진다는 건, 뭔가 큰 걸 찾아냈다는 뜻이다.

"누군지 밝혀내긴 한 건가?"

"김."

조서란이 말하려는 찰나, 유한이 낚아챘다.

"타티아나. 한국 이름으론 김정의. 러시아 출신, 고려인."

"제법이네?"

"대한민국 경찰을 뭘로 보고. 이제 경찰이 수사하니까 손 떼."

"공조 요청하러 온 거 아니었어?"

"경찰이 일반 시민에게 공조 요청? 추리 소설 너무 많이 읽었구나, 조서란 형사."

"전직."

"그래, 전직 조서란 형사."

유한은 모처럼 조서란이 후배였던 시절을 떠올렸다. 그때는 겁 많고, 눈물 많던 새내기 형사였다. 하지만 지금은 그 눈물이 모조리 말라 버렸는지 냉철한 사람으로 변했다.

"경찰이랑 공조할 일도 없고, 넌 더 이상 형사도 아니야. 대신 제보한다면 그건 받아 주지."

그의 말에 조서란은 코웃음을 쳤다.

"당신은 당신대로, 나는 나대로 수사하면 그만이야. 난 범인 찾는 게 아니거든."

"그래서 주의 주려고 온 거야. 그렇게 사건 현장에서 맴돌면 너도 의심받을 거다. 공범으로."

조서란은 눈을 가늘게 떴다.

"우물쭈물하다가 사건 종결하는 걸 두 눈으로 보고만 있으라고? 그냥 덮어 버릴 거잖아, 이번 사건. 목격자도 없고, 연관된 사건도 없으니까."

"그건 우리 경찰이 판단할 일이니까 신경 써. 끼어드는 건 방해가 될 뿐이니까."

"겨우 그 말, 방해되니까 그만두라는 말 하려고 이 늦은 시간까지 기다렸어?"

"그래. 넌 이쯤에서 빠져."

유한이 조서란의 처지를 모르는 것이 아니었다. 왜 이 사건에 집착하는지도 알고 있다. 자신도 조서희의 행방이 궁금했다. 마담 카밀라로 신분을 숨기고 살아가다 지금은 아예 자취를 감춘 처제를 한시라도 빨리 찾아야 한다. 그렇다고 조서란이 직접 수사하며 위험하게 날뛰는 것을 볼 수 없었다.

조서란은 손가락으로 탁자를 가볍게 두드렸다. 전남편과의 대화는 늘 답답했다. 늘 답답한 말밖에 할 수 없는 그의 처지를 모르는 것은 아니었지만 말뿐인 수사는 원치 않았다. 내색하진 않았지만 자신을 바라보는 걱정 어린 눈빛도 애써 외면하고 싶었다. 어서 돌려보내야 했다.

"알았어. 더 이상 수사하지 않을게. 대신, 내가 틀리지 않았다는 것만 기억해."

유한은 대답 대신 고개를 끄덕였다.

경찰서로 돌아오는 유한은 다시 사건 파일을 펼쳤다. 타티아나 김, 김정의의 사건 파일이다. 한국계 러시아인으로 만 22세였다. 여권 없이 불법 체류 중이었으며, 강남의 고급 클럽에서 일하다가 폐업한 노래방에서 사망한 채 발견됐다. 부검 결과 사인은 익사였다.

조서란의 말대로 타살로 추정된다. 도심에서 발견된 시신이 익사인 것도 수상했지만, 범인들이 대체 어디서 살해하고, 왜 거기다 시신을 유기했는지 종잡을 수 없었다. 길게 숨을 들이켰다. 본격적인 수사를 하기 전에 숨을 골랐다. 미제 사건일수록 호흡이 깊어진다. 오늘처럼.

"현수, 서연."

유한은 후배들을 불렀다. 두 사람은 하던 일을 놓고 바로 달려왔다.

김현수는 이제 서른 살이 된 형사다. 실행력이 좋은데 무턱대고 달려들어 성급하다는 지적을 받기도 한다. 이서연도 서른 살로 데이터 분석과 끈질긴 추적이 특기인 형사다. 농담으로 '경찰 안 됐으면 우리 오빠들 스토커 됐을 거예요'라며 아이돌 콘서트 날에 강력 사건이 일어나지 않길 바라는 보이 그룹의 열성팬이기도 하다.

유한이 서연에게 먼저 수사 진행 상황을 물었다.

"어디까지 진행됐지?"

"클럽 CCTV 분석 결과, 타티아나가 마지막으로 포착된 건 새벽 3시 42분. 얼굴이 창백했고, 계속해서 뒤를 돌아봤습니다. 시선과 걸음이 불안합니다. 쫓기듯이 클럽을 나간 게 마지막입니다."

이어서 현수가 대답했다.

"3시 44분 클럽 앞 우측 골목에서 목격됩니다. 두 남자가 뒤이어서 나타났고, 한 명은 클럽 직원 복장이고, 한 명은 정장 차림인데 신원 파악이 안 됩니다."

"클럽 직원이라며?"

유한은 인상을 쓰며 물었다.

"맞습니다. 그런데 3시 50분에 골목으로 사라진 후 완전히 증발했습니다. 클럽에 확인해 봤는데 직원 명단에 없었습니다. 직원복은 위장 같습니다."

"'같습니다'가 뭐야, 위장이면 위장이지. 위장 같기는."

"지난번에 확신하지 말라고 하셔서…."

현수가 말끝을 흐렸다.

"그건 그거고. 너는? 뭐 더 없나?"

유한이 서연을 다그쳤다.

"예. 없습니다. 골목 끝 CCTV를 모두 확보했는데 어디에도 없습니다."

"피해자 신변을 확인할 수 있는 인물들을 모조리 추적해야 해."

유한이 말했다. 피해자와 관련 있는 모든 정보가 필요했다. 같이 일했던 동료, 고객 리스트까지. 후배들은 VIP 고객 리스트 확보는 쉽지 않을 것 같다며 고개를 내저었다.

"빼내야지."

유한이 단호하게 말했다.

"클럽 내부 사정을 잘 아는 사람이 필요해. 우리가 직접 들어가서 확인할 수도 없고…. 내부 협조자를 만들어야 해. 출입이 쉬운 사람이나."

서연은 좋은 생각이 떠올랐는지 볼이 상기되어 유한에게 말했다.

"그 마담 타로 어때요? 저도 소문만 들었는데, 아가씨들이 엄청 좋아하더라구요."

유한이 얼굴을 찌푸렸다.

"그런 소문은 대체 어디서 듣고 오는 건가? 나한테는 한 번도 안 들리더만."

"못 들어 보셨어요? 완전 유명하잖아요, 강남 아가씨들 사이에서. 저도 수사하면서 들었습니다."

유한은 열변을 토하는 서연을 보고 헛웃음이 났다.

"다른 소문은 못 들었냐?"

"어떤 소문이요?"

"그 사람 남편이 경찰이잖아. 이혼했지만."

서연은 꽤나 놀란 눈치였다.

"뭐야, 우리 패밀리였어. 아는 경찰이세요?"

"잘 알지."

서연과 현수의 눈동자가 호기심으로 커졌다.

"니들도 잘 알걸?"

두 사람은 고개를 내저었다. 마담 타로의 남편에 대해 들은 바가 없었다.

"나야, 그 남편이."

"팀장님?"

서연은 정말 놀란 토끼 눈을 하며 입을 틀어막았다.

"왜 진작 말씀 안 해 주셨어요!"

원망이 섞여 있었다.

"요즘 애들은 싫어하잖아, 개인정보. 그러니까 마담 타로 끌어들일 생각하지 말고 과학적으로 사건을 해결하자고. 나탈리아 페트로프라고 같은 러시아 출신인데 타티아나의 사망 추정일부터 클럽을 그만뒀다. 방금 사당동에 있다는 거 파악됐으니까 가 보자고."

유한은 힘차게 일어났다.

세 사람은 사당동 여관 복도에 도착했다. 유한이 문에 귀를 대고 인기척을 살폈다. 케이팝이 희미하게 들렸다. 노크하며 '경찰입니다'라고 말했다. 그러자 안에서 음악 소리가 꺼졌다. 문은 열리지 않았다. 다시 문을 두드렸다.

"나탈리아 씨?"

이름을 부르자 안에서 발자국 소리가 들렸다. 잠금장치 푸는 소리도 들렸다. 그리고 문이 열리더니 마담 타로가 서 있었다. 조서란을 본 적 없는 서연은 그녀가 나탈리아인 줄 알고 당황했다.

"나탈리아 러시아 사람 아니야?"

현수에게 슬쩍 물었다.

"고려인."

그가 아는 척을 했다.

유한은 자신의 경고에도 이 사건 주변에서 맴도는 조서
란을 보자 기가 찼다. 사실은 그녀의 탁월한 실력에 놀랐
다. 핵심 증인과 벌써 라포르를 형성하고 있었다. 나탈리
아를 어떻게 찾아냈고, 어떻게 신뢰를 얻었을까? 정말 타
로 카드인가? 그의 머릿속이 복잡할 때, 조서란이 딱딱하
게 물었다.

"무슨 일이시죠?"

"타티아나 김 사건 때문에 나탈리아 씨에게 몇 가지 물
을 게 있어 왔습니다."

유한은 이를 악물고 화를 참으며 친절하게 물었다.

"타로점은 다 끝났습니까?"

서연과 현수는 그제야 서로 눈짓하며 '마담 타로'를 알아
봤다.

"아직. 거의 끝나 가요, 들어오시죠."

조서란이 집주인처럼 손님맞이를 했다.

나탈리아는 순간 움찔했지만, 조서란이 안심시켰다.

방은 작고 허름했으며, 침대는 없었다. 개어 놓은 이부
자리 옆에 보스턴백과 여행용 캐리어가 놓여 있었다. 모든
짐은 정리된 상태였다. 몇 시간만 늦었다면 유한은 나탈리
아를 놓쳤을 것이다.

겁에 질린 나탈리아는 조서란에게 귓속말을 했고, 조서
란은 그녀의 어깨를 다독여 주며 진정시켰다.

유한의 시선이 방바닥으로 향했다. 펜타클 5 카드가 뒤
집혀 있었다.

눈 내리는 겨울밤. 성당 앞을 지나는 두 명의 거지가 그
려져 있었다. 동화 〈성냥팔이 소녀〉가 떠올랐다.

카드 속 두 소녀의 모습이 타티아나와 나탈리아로 겹쳐
보였다. 조서란도 이런 식으로 사건을 읽어 내는 걸까.

그는 정신을 차리려고 고개를 저었다. 근거 없는 추측에
휘둘릴 순 없었다. 타로 카드는 과학수사에 익숙한 자신에

게 신선한 시각을 선사했을 뿐, 그 이상도 이하도 아니었다. 의미를 두지 않기로 했다.

"타티아나와는 어떤 사이였습니까?"

유한의 질문에, 나탈리아가 찻잔을 두 손으로 감쌌다. 잔에서 올라오는 김이 그녀의 얼굴 앞에서 아른거렸다.

"호텔에서 일할 수 있다고 했어요. 한국 호텔 공연팀."

유한이 차분하게 분위기를 이끌었다.

"그런 다음에는?"

"부산 갔어요. 바로."

나탈리아의 손가락이 찻잔 손잡이를 만졌다.

"여권…. 휴대폰…. 모두 가져갔어요."

그사이 조서란은 이야기를 들으며 새로운 카드를 뽑았다. 검 8이었다.

마담 타로

"전에는 이해 못 했어요."

나탈리아가 창밖을 바라보며 후회 가득한 목소리로 말했다.

"왜 도망 안 하는지. 왜 도움…, 안 하는지."

그녀의 한국어는 서툴렀지만, 어떤 의미로 그 말을 하는지 모두가 알아들을 수 있었다.

이 말을 듣고 있던 조서란은 카드를 가만히 쳐다봤다.

검 8 카드의 첫인상은 위협적으로 꽂혀 있는 장검이 눈에 들어온다. 눈이 가려진 채 묶여 있는 사람도 보인다. 하지만 그 검들 뒤편으로 외딴 성 하나가 있다. 작은 창문은 있지만 출입할 수 있는 성문이 보이지 않고, 길도 없다.

장검은 사람을 둘러싼 것처럼 보이기도 하지만, 창살처럼 성을 에워싸기도 했다. 라푼젤이 갇혀 있던 탑처럼.

조서란은 카드 속 사람을 찬찬히 봤다. 비록 몸은 묶여 있지만, 발은 그렇지 않았다. 도망칠 수 있는 상황이었다. 저 멀리 있는 성에는 출입문이 보이지 않지만, 뒤편에는 길이 있을 수도 있다. 결국 탈출할 수 있는 길이 있음에도 불구하고 이 사람은 그 사실을 알아채지 못한 채 절망에 빠져 있는 모습이다.

조서란이 나지막이 말을 꺼냈다.

"이 카드는 스스로 만든 감옥을 보여 주고 있어요."

나탈리아의 어깨가 미세하게 떨렸다.

조서란은 카드에서 시선을 떼고 나탈리아를 바라보았다. 그녀의 눈빛에서 자책과 두려움이 읽혔다.

"검들이 당신을 가두고 있는 것처럼 보이지만, 실제로는 자기 자신이 그 검들을 세웠어요. 타티아나도 마찬가지였을 거고요."

조서란의 목소리가 부드러워졌다.

"도망칠 수 없다고, 도움을 청해도 소용없다고. 우리를 믿어 주는 사람은 아무도 없다고. 그렇게 포기했죠? 스스로를 설득하고."

속마음을 들킨 나탈리아의 눈동자가 커졌다. 물컵을 쥔 손이 바들바들 떨리기 시작했다.

"맞아요."

그녀가 간신히 대답했다.

"처음에… 정말 무서웠어요. 나는 한국 가고 싶었어요. 그것이… 내 잘못이에요. 내가 바보였어요. 누가 우리 믿어 줘요? 돈 벌려고 온 우리… 잘못이라고 했어요. 불법… 몰랐어요."

나탈리아의 눈가에 눈물이 고였다.

"타티아나도 똑같이 말했어요…. '우리는 아무도… 아니야. 아무도… 우리 찾지 않을 거야'라고…."

가만히 듣고 있던 유한은 주변을 두리번거리다가 갑 티슈를 발견하고, 그녀에게 건넸다.

유한은 조서란이 나탈리아의 심리를 정확히 꿰뚫어 보는 모습에 놀랐지만 내색하지 않았다. 일반적인 탐문 수사로는 접근하기 어려운 피해자의 내면을 타로 카드 한 장으로 읽어 내다니. 경찰이 놓친 아까운 인재였다.

과학수사가 발달하기 전에는 경찰이 비공식적으로 무당의 도움을 받으며 수사했던 시절도 분명 있었다. 지금 조서란의 능력이 바로 그런 직관적 통찰력을 보여 주는 것 같았다.

마음이 진정된 나탈리아가 다시 말을 시작했다.

"한국말… 잘 못해서 미안해요. 너무… 어려워요."

"괜찮아요, 잘하고 있어요."

조서란이 친근하게 말을 붙였다.

"우린 아무도 러시아어 할 수 없는걸요."

그 말에 긴장이 풀린 그녀가 웃었다.

"내가 하는 일, 불법이니까⋯. 한국 사람들한테 말 못 했어요."

"돈은 많이 벌었어요?"

모두가 궁금한 말을 조서란이 물었다.

"한 번. 처음에."

유한은 그 돈이 브로커들의 수법이라는 것을 잘 알고 있다. 선수금으로 받는 몇천만 원은 공짜가 아니었다. 초 단위로 이자가 올라가는 빚이라는 걸 외국인이 알 리가 없었을 것이다.

"지금, 돈, 없어요. 일 많이 했어요. 돈 없어요."

나탈리아는 지갑에서 구겨진 영수증을 꺼냈다.

"나 빚이 있어요. 이자? 몰랐어요, 그땐."

유한이 간이 영수증 내역을 확인했다. 매달 방값, 꾸밈비, 이자 등 단란주점에서 빼 가는 돈이 적혀 있었다. 거기에 의상, 화장품, 미용실, 홀복 대여, 월세, 콜비 등으로 에이전시가 700만 원을 가져갔다. 말이 좋아 에이전시지 전형적인 불법 브로커들이었다.

나탈리아가 수원으로 옮겼을 때, 타티아나를 만났다고 했다. 발레 전공인 타티아나는 한국 발레 공연단 모집 공고를 보고 한국에 왔는데, 한국어를 할 수 있어 브로커와

말이 잘 통했다고 했다. 배를 통해 한국으로 들어왔고, 그때 위조여권이 사용되어 서류상으로 타티아나는 현재 러시아에 있는 상태였다. 브로커는 위조여권을 사용하면 이동 경비, 체류비 등을 공제해 주겠다고 제안했고, 타티아나가 받아들인 거였다.

"…잘 몰랐어요. 다들… 이렇게 한다고 했어요."

도착해 보니 나이트클럽이라고 했다. 그 후로 다양한 국가, 다양한 나이의 여자들이 일하는 유흥업소를 전전했다고 고백했다.

형사들은 그녀가 떠듬거리며 한국어로 말하는 것을 온전히 이해할 수는 없었다. 그러나 몇몇 단어만으로도 클리셰처럼 뻔한 상황들을 유추할 수 있었다.

그 뒤에 일어난 일들은 한국 업소 아가씨들이 겪는 일과 비슷했다. 그러다 탈출 기회가 있었고, 타티아나는 한국에 먼저 와 있던 나탈리아에게 그 기회를 줬다.

"그래서 내가 살았어요. 내일 러시아 가요."

대신 타티아나는 죽었다.

모두 숙연해졌다. 꿈을 이루기 위해 한국으로 날아온 러시아 소녀들은 악몽 속에서 견디고 있었다.

"그 비디오는…."

나탈리아가 조서란을 보며 망설였다. 유한은 그 '비디오'가 무엇인지 궁금해서 조서란을 쳐다봤다. 조서란은 '동영상 증거'라고 입 모양으로 알려 줬다.

　"비디오는 러시아 가서, 나를 믿을 수 있을 때 보내 줘요. 지금은 무사히 돌아가는 것만 신경 써요. 나, 그 증거 얻으려고 도운 거 맞지만, 부탁하러 온 거지 뺏으러 온 거 아닙니다."

　조서란은 진심 어린 눈빛으로 그녀를 안정시켰다. 타로 마스터라고 모두의 마음을 쉽게 얻는 것은 아니다. 목숨 걸고 한국을 탈출하려는 그녀 앞에 불쑥 나타난 조서란이 의심스러울 수도 있다.

　조서란은 솔직히 지금이라도 동영상을 보여 달라고 말하고 싶었다. 그 동영상에 무엇이 들어 있을지, 조서희와 연관이 있을지, 또는 다른 사건의 증거일지 물음표가 연신 떠올랐지만 지금은 서로의 안전과 신뢰가 우선이었다.

　그때 조서란의 휴대폰이 울렸다. 낯선 번호였다.

　"여보세요?"

　건너편에서는 러시아 말이 흘러나왔다. 알아들을 수가 없었다.

　"Wait a minutes, please."

급히 말해 놓고 나탈리아에게 대신 전화를 받아 줄 수 있겠냐고 부탁했다. 그녀는 흔쾌히 허락했다.

나탈리아가 전화를 받자마자 얼굴이 굳어졌다. 러시아어로 짧은 대화를 주고받던 목소리가 점점 작아졌다.

"Что? Брайен… мёртв?"

나탈리아의 손에서 휴대폰이 미끄러져 바닥에 떨어졌다. 그녀는 창백해진 얼굴로 조서란을 바라보았다.

"브라이언… 죽었어요."

그 말을 들은 조서란의 머릿속은 갑자기 텅 비어 버렸다. 생각해 보니 수화기 너머로 러시아어를 하던 여자는 〈미드나잇〉에서 만났던 그 아가씨였다. 타티아나의 휴대폰을 우유팩에 넣어 보내 준 사람이기도 했다. 그 아가씨가 전한 소식은 브라이언의 부고였다.

6

의혹

♦

조서란은 서둘러 〈미드나잇〉 바에 도착했다. 유한도 함께 오고 싶어 했지만, 나탈리아를 공항까지 안전하게 데려다줘야 했다.

조서란도 유한도 타티아나에 대해 더 묻고 싶었지만, 그녀는 알고 있는 것은 모조리 말한 것 같았다. 며칠 더 잡고 있다가 일당들이 찾아내면 고향으로 돌아갈 수 없는 상황이 닥칠지도 모른다. 범죄의 세계에서는 한 치 앞도 알 수 없고, 내일도 보장할 수 없었다.

조서란은 〈미드나잇〉의 출입문을 열었다. 재즈 음악이 흘러나오며 간간이 낮은 웃음소리가 들렸다. 유리잔들이 부딪치며 핸드벨처럼 청량한 소리가 울렸다.

"어떻게 오셨습니까?"

웨이터의 목소리는 상냥했지만, 몸으로 복도를 가로막으며 물었다. 어떻게 왔는지 정확히 말하지 않으면 절대 들여보내지 않겠다는 무언의 압박이었다.

조서란은 잠시 멈칫했다. 브라이언의 부고를 전한 러시아 여성의 말을 너무 성급하게 믿은 건 아닐까? 거짓 정보일까? 반신반의하며 약속한 그 사람을 찾았다.

"정 마담을 만나러 왔습니다."

그와 동시에 왼쪽 첫 번째 방에서 여자 목소리가 흘러나왔다.

"여기, 내 손님."

그 소리에 조서란의 눈썹이 살짝 올라갔다. 웨이터는 더 이상 묻지 않고, 그 룸으로 안내했다.

룸은 예상보다 컸다. 희미한 조명 아래 열 명은 넉넉히 앉을 수 있는 대형 테이블이 중앙에 자리 잡고 있었다.

테이블 오른편에는 검은 원피스를 입은 여자가 앉아 있었다. 머리에 꽂힌 흰 머리핀이 상중임을 알렸다. 지난번 칵테일 바에서 브라이언을 만나던 날 마주쳤던 사장 정윤서였다. 화장을 지운 맨얼굴인데도 도시적인 화려함이 그대로 남아 있었다.

"우리 초면 아니죠?"

정윤서가 먼저 말을 건넸다. 입가에 옅은 웃음이 스쳐 지나갔다. 며칠 사이에 이런 자리에서 만나게 된 자신의 처지를 비웃는 듯한 표정이었다.

"와 줘서 고마워요."

그녀가 앉은 채 손짓했다.

"안쪽으로 앉으세요."

조서란을 룸 깊숙한 상석으로 안내했다. 적당히 건방진 태도였지만 예의는 지키고 있었다.

"마담 타로 이름이야 전부터 들었지만 이렇게 제 일로 뵙게 될 줄 몰랐습니다."

정윤서가 자리에 앉으며 말했다.

"다시 한번 인사드리죠. 더 바 운영하는 정윤서입니다. 여기도 제가 운영하고요."

"반갑습니다. 마담 타로입니다."

조서란이 차분히 대답했다.

"아가씨들은 편하게 언니라고 부르는데, 편하신 대로 부르시면 됩니다. 선생님도 좋고요."

"예, 선생님으로 하죠."

정윤서는 테이블 한쪽에 놓인 병을 집어 들었다. 달모어

포트우드. 호박색 액체가 전용 위스키 잔에 부어졌다. 그 잔을 조서란 앞으로 밀어 주었다.

"상담 중에는 술을 마시지 않습니다."

조서란이 정중히 사양했다.

"안 드셔도 됩니다."

정윤서의 목소리가 잠시 낮아졌다.

"그 사람이 가장 좋아하던 위스키거든요. 위스키치고는 부드럽잖아요."

가만히 있던 조서란은 잔을 제 앞으로 끌어당겼다.

"삼가 고인의 명복을 빕니다."

애도의 의미로 조용히 한 모금 마셨다. 빈속이라 위스키가 부담스러울 것 같았지만, 가벼운 베리 향이 풍겼고, 정말로 생각보다 부드러웠다.

"와 줘서 고마워요. 워낙 예약하기 힘든 분이시라 걱정했거든요. 이렇게 바로 뵙게 될 줄은 몰랐습니다. 사실 전 그런 거 안 보거든요. 사주니, 신점이니, 타로니."

"마음에 달렸지요, 어차피 과학적으로 증명할 수 없으니까. 이해합니다."

"그런 뜻이 아니에요. 너무 잘 맞아서 기분 나쁘잖아."

툴툴거리며 위스키를 반이나 마셨다.

"신점 볼 때마다 서방 잡아먹을 팔자라고 지겹게 들었거든요. 아니, 잡아먹어서 뭐 해요? 물장사해야 한다, 남자 그늘 아래 살 팔자가 아니다, 남자로 태어났으면 장군감이다. 다들 짠 것처럼 똑같이 말합니다. 이미 여자로 태어난 걸 바꿀 수도 없고. 전남편들이 죽은 게 다 내 탓은 아니잖아요?"

"실례가 아니라면, 브라이언이?"

"세 번째거든요."

인생의 풍파가 한여름 태풍처럼 거칠었던 여자는 잠시 침묵했다.

정윤서는 잔에 남은 위스키를 모조리 마셨다. 한 잔을 더 따라 놓고 이야기를 시작했다.

"그 사람, 오늘 장례가 끝났습니다. 타살이구요."

하도 담담하게 말해서 조서란은 하마터면 '그러시구나'라고 넘어갈 뻔했다.

"제가 죽였답니다."

정윤서는 심드렁하게 말했다. 삶에 배신당한 사람들에게 자주 보이는 표정이었다. 분노가 지나간 자리, 억울함도 메말라 버리면 비관적인 상황에서 사람은 웃는다. 어이없어 웃음이 난다.

"브라이언을 죽이지 않았잖아요, 윤서 씨는."

정윤서는 대답하지 않았다. 대신 그 말이 다정했을까? 그녀의 뺨을 타고 눈물이 흘렀다. 그것은 슬픔이 아니었다. 억울함이었다. 가슴 깊숙한 곳에서 터져 나오는 분노 섞인 눈물이 흘렀다.

"혹시 경찰 수사받고 있습니까?"

"아무래도요. 용의자니까."

그녀가 감정을 추스르면서 대답했다.

"경찰들은 모두 제가 범인이라고 생각하나 봅니다."

"무리는 아닙니다. 경우에 따라 배우자가 가장 먼저 의심받긴 합니다. 현행범이라면 현장에서 체포됐겠지만, 그럴 만한 증거를 찾지 못한 거죠. 그러니 장례 기간 동안 체포하지 않은 겁니다."

범죄를 저질렀다고 의심할 충분한 이유나 도망 또는 증거인멸 우려가 있다면 긴급체포 됐을 것이다. 그런데 결정적 증거가 없고, 도주 또는 증거인멸 우려가 없으면 불구속 상태로 계속 수사할 수 있다. 추가 증거가 확보되면 그때 체포될 것이다.

그런데 주요 증거가 이미 확보되었거나, 장례 중이라 현장 훼손의 가능성이 낮다면 불구속 수사가 유지될 수 있다. 물론 무죄라는 것이 아니다. 구속시켜서 수사할 수 없는 상태일 뿐이다.

조서란은 의문점이 생겼다.

"그날, 어떤 상황이었는지 말해 줄 수 있나요? 아니면 현장 사진이 있습니까?"

이미 조서란에게 마음의 문을 연 여자는 현장 사진을 보여 주며 진술했다.

"바까지 20분 정도 걸리거든요? 도착하면 네그로니 한 잔 마시고 싶다고 말했어요, 제가."

"네그로니. 세계에서 많이 팔린 칵테일 중 하나죠."

"아시는구나. 한국에서는 별로 인기가 없지만. 그런 날 있잖아요, 씁쓸한 어른 술이 필요한 날. 운전이야 그 사람이 하면 되고, 분위기 좋으면 같이 마시고 대리를 불러도 좋고."

그런데 주차하고 지하로 내려가는 입구부터 분위기가 달랐다고 했다. 형언할 수 없는 직감이라 설명하기 어렵다고 했다. 자신의 어린 시절 이야기를 끌고왔다.

"초등학교 때, 학교 끝나고 집에 가는데 우리 집, 단독주택인데, 철제 뒷문이 불이라도 난 것처럼 시뻘건 거예요. 붉은 정도가 아니라 불난 줄 알았어요. 가슴이 덜컹했죠.

그런데 소방차도 없고, 동네 소란도 없고. 보니까 그날따라 유난히 노을이 붉었어요. 아름다운 게 아니라 끔찍하게. 집에 들어와서 '엄마!' 하니까 없는 거야. 시장에 가셨나, 옆집에 계시나. 그런데 집도 어수선했어요. 싱크대도 막 열려 있고. 엄마 화장대가 비어 있고. 그날이에요, 엄마가 집 나간 게. 제가 그런 감이 좋은가 봐요. 그 사람이 죽은 날도, 계단을 내려가는데 가슴이 철렁 내려앉았어요. 이유는 모르겠어요, 그냥 그랬어요."

그녀는 푸념을 늘어놓았다.

이어서 사건 당일을 회상했다. 주차를 마친 정윤서는 브라이언을 만나기 위해 서둘렀다. 그런데 지하 입구에 들어서는 순간, 왠지 모를 서늘함이 느껴졌다. 불안한 마음을 애써 지우며 가게로 들어갔는데, 인기척이 없었다. 긴장한 채 남편의 이름을 불렀다.

"브라이언?"

정윤서의 목소리가 바 안에 울려 퍼졌다. 공허한 메아리만 돌아왔다. 화장실, 주방을 돌다가 바텐더 스테이션 뒤편에서 그를 발견했다.

늘 단정하게 빗어 넘긴 헤어스타일, 세탁소에서 다려 온

셔츠의 깔끔한 깃, 하얀 단추들, 고급 브랜드 허리 벨트까지 어느 것 하나 흐트러지지 않았다. 마치 잠들어 있는 것처럼 보였다. 술이 과했을까?

"자기?"

정윤서가 그의 어깨에 손을 올렸다. 그 순간 그녀의 얼굴이 일그러졌다. 온기라고는 모두 빠져나간 차가운 살갗에 소름이 돋았다.

"아무튼 경찰이 그러더라고요. 왜 청산가리를 탔냐고."

정윤서의 목이 메었다. 잠시 침묵이 흘렀다.

"저 진짜 안 죽였거든요? 그런데 경찰한테 전 용의자일 뿐이에요. 아무도 제 말을 들어 주지 않습니다."

그리고 테이블 위에 놓여 있는 자신의 핸드폰을 밀어서 조서란 앞에 놓이도록 했다.

"한번 보세요, 현장 사진입니다."

조서란이 휴대폰을 들어 사진을 확인했다. 액정 화면에는 브라이언이 누워 있는 사진, 바텐더 스테이션 사진, 붉은 액체가 담긴 칵테일 잔 사진이 차례로 나타났다. 피 한 방울 없는 사진들이었다.

"제가 그 사람을 빨리 발견하지 못했다면…."

정윤서가 빈 잔을 바라보았다.

"갈증 때문에 그 청산가리 든 술을 저도 마셨을지도 몰라요."

조서란은 다시 사진들을 찬찬히 들여다보았다. 최초 목격자이자 신고자인 이 여자를 경찰이 의심하는 것은 당연했다. 수많은 사건이 그런 식으로 흘러간다. 가장 믿었던 사람이 범인인 경우는 셀 수도 없다.

하지만 정윤서의 떨리는 손끝이, 눈가의 다크서클이, 며칠째 제대로 잠들지 못했음을 보여 주고 있었다. 남편을 잃은 미망인을 흉내 내다기에는 얼굴이 무척 상해 있었다.

"이렇게 살인자로 오해받을 줄 알았다면 청산가리 술을 마실 걸 그랬어요. 몇 번이나 후회되네요. 그러다 생각났어요, 선생님이. 제가 이렇게 상담을 청할 줄 저도 몰랐습니다."

"예약 전화 주신다고 모두를 상담하지 않습니다."

"그것도 알고 있고. 그래서 무례한 부탁인 줄 알지만 연락드렸어요. 지난번에 주신 명함을 어디에 두었는지 기억이 나지 않아 어떻게 연락을 드려야 할지 고민했어요. 그러다 마리아에게도 명함을 주신 게 떠올랐죠. 미안해요. 그날 취객 신고한 건 저예요."

정윤서의 느닷없는 고백에 조서란은 당혹스러웠다. 자신을 골탕 먹인 이 여자에게 호의를 베풀어야 할지, 사과를 받아 내야 할지 헷갈렸다.

"사과는 안 할게요. 그쪽 생각해서 신고한 거니까. 첫 번째 남편이랑 공동 투자 개념으로 운영하고 있는데, 그 새끼. 죄송해요. 그 사람이 밖에서 무슨 일을 하고 다니는 건지. 무척 예민하더라구요. 찾고 있는 그 애랑 정말 연관된 건지. 아무튼 선생님을 처리하기 위해 여차하면 조폭을 부를 것 같은데…. 그것보다야 그냥 경찰이 낫겠다 싶었어요."

조서란은 이제야 그날의 사건을 이해할 수 있었다.

"솔직하게 말씀해 주셔서 감사합니다. 그런데 왜 저를 보자고 하셨습니까?"

"저, 진범 잡을 겁니다. 타로 카드가 이런 걸 말해 주나요?"

"질문하면 답을 주긴 합니다. 원하지 않는 답일 때도 있지만요."

이게 타로 카드의 매력이다. 묻는 자에게는 답을 준다. 그것이 정답인지 오답인지는 알 수 없다.

정작 손님도 모르는 자신의 미래를 맞히는 것이 타로 마스터의 일이라고 착각하는 사람들이 있다. 정답을 맞히기를 바란다. 하지만 아직 오지 않은 미래의 정답을 누가 알겠는가. 신점도 과거는 잘 맞히지만 미래가 빗나가는 이유가 이것이다. 아무도 미래는 모른다.

그래서 타로 카드에는 답이 없다. 정답으로 가는 것도, 오답으로 가는 것도 당사자의 몫이다. 당신의 선택이 그 답을 만든다고 아무리 설명해도 제대로 이해하는 사람이 없었다.

그리고 자신의 답을 정답으로 만들 만큼 선택에 확신이 있는 사람은 애초에 타로 카드를 보러 오지 않는다.

반면, 다시는 똑같은 실수를 하지 말라고 해도 늘 똑같은 문제로 조서란을 찾아오는 손님이 있다. 특히 유흥가 아가씨들은 자신의 굴레를 벗어나기 힘들어했다. 남자, 돈, 다툼, 술 문제가 끊임없이 일어났다. 이런 문제들은 타로 카드를 보지 않아도 답이 나와 있다. 삶의 지혜를 조금만 얹어서 해결 팁을 주기만 하면 된다.

하지만 오늘은 달랐다. 살인 사건이었다.

브라이언의 얼굴이 떠올랐다. 프라이빗 바에 접근할 수 있었던 것은 그의 도움 때문이었다. 그래서 오늘 요청을 거절할 수 없었다.

"좋습니다. 저도 진범이 궁금합니다."

"선생님은 왜 저를 의심하지 않으세요?"

"아니라고 말씀하셨으니까, 믿어요. 손님을 제가 믿지 않으면 누가 믿어 주나요?"

그녀에게 잘 보이기 위해 하는 말이 아니다. 상대가 작정하고 거짓말을 해도 괜찮다. 타로 카드는 거짓말도 잡아낸다. 상황에 맞지 않은 카드가 나오거나, 상대방과 대화를 이어 가지 못한다. 스스로 탄로가 난다. 그러니 '사실은 거짓말이에요'라는 말을 직접 듣기 전까지는 모든 것을 믿는다. 믿는 편이 조서란에게도 도움이 되었다.

조서란은 직접 코바늘로 만든 검은색 사각형 가방에서 블랙 벨벳 천을 꺼내 테이블에 깔았다. 이어서 타로 카드를 꺼냈다. 가방 바닥에서 작은 물건들도 꺼냈다. 주먹만 한 크기의 싱잉볼과 향초였다.

정윤서의 시선은 조서란의 손놀림을 따라가기 바빴다.

조서란은 싱잉볼을 손바닥 위에 올려놓았다. 한 뼘 정도 되는 나무 막대기를 들어 볼의 겉면을 가볍게 두드렸다.

땅-

맑은 공명음이 룸 안을 가득 채웠다. 재즈 음악도, 복도의 속삭임도 모두 그 소리에 흡수되는 듯했다.

땅-

두 번째 소리가 울려 퍼졌다. 정윤서가 든 술잔이 미세하게 떨리는 것 같았다.

땅-

세 번째 소리와 함께 공기가 정갈해졌다. 정윤서는 무의식적으로 술잔을 테이블에 내려놓았다. 누가 시킨 것은 아니지만 그래야 할 것 같았다.

조서란이 성냥갑을 열었다. 성냥개비 하나를 꺼내 마찰면에 그었다. 쉭- 소리만 났을 뿐 불꽃은 피어나지 않았다. 성냥 머리의 붉은 덩어리가 힘없이 부서지며 떨어졌다. 또 다른 성냥을 시도했다. 마찬가지였다.

정윤서가 라이터를 건넸다.

"이걸로 하세요."

정윤서를 주머니에서 라이터를 꺼내 불을 붙였다.

"요즘도 성냥 파는 곳이 있나요? 최근엔 본 적이 없어서."

"UN이라고 적힌 팔각 성냥통, 아직도 팝니다. 디자인이 제 취향은 아니지만. 라이터는 익숙하지가 않네요, 아무리 써도. 향은 괜찮으신가요?"

"라벤더네요. 원래 이렇게 복잡한가요? 타로 카드 보기가."

"제 방식이죠. 카드에 집중하려구요."

타로 카드를 섞으며 조서란이 말했다.

"타로 카드는 질문이 중요합니다. 질문을 생각하고 계세요. 제가 먼저 타로 카드에 물어볼게요. 저는 윤서 씨를 믿어요. 지금 이 상황에 대해 물어볼게요."

조서란은 질문을 떠올리며 타로 카드를 다시 섞었다. 테이블 위에 타로 카드를 무지개 모양으로 스프레드하며 말했다.

"두 장을 뽑아서 제게 주시면 됩니다."

"두 장이요? 그걸로 알 수 있어요?"

"그럼요. 어떤 경우에는 한 장으로도 충분합니다."

그녀가 타로 카드를 고르는 동안 조서란은 상대의 행동을 분석하기 시작했다. 이 방에 들어올 때부터 상대의 미세한 얼굴 근육의 움직임과 시선의 방향 그리고 목소리의 떨림까지 집중하고 있었다.

카드를 고르는 정윤서를 보니 눈동자는 미세하게 좌우로 움직였고, 호흡은 가빠 보였다. 불규칙했다. 장례식의 고단함과 위스키 때문일 수도 있다.

사람들은 거짓말을 할 때 대체로 무의식적으로 얼굴을 만지거나 시선을 피한다. 목소리 톤도 미묘하게 바뀐다.

낯이 변하지 않 사기꾼들은 '사기'라고 생각하지 않는다. 그들은 '사기'를 '진심'으로 한다. 그래서 상대방의 마음을 훔칠 수 있다.

지켜본 결과, 거짓말 증후는 보이지 않았다.

그사이 정윤서는 카드를 하나씩 골라 조서란에게 건넸다.

"좋습니다. 이제 뒤집어 볼까요?"

조서란은 첫 번째 타로 카드를 뒤집었다.

메이저 카드인 정의 카드다. 두 번째는.

마담 타로

메이저 카드인 달 카드다. 두 카드를 나란히 놓고 리딩을 시작했다.

"좋습니다. 달 카드를 보면 어두운 밤이에요, 달이 떴지만요. 어둠 자체가 변하지는 않습니다. 달은 고뇌하고 있어요, 어쩌면 진실을 숨기고 있을지도 모르죠. 달 아래에선 개가 짖어요, 개들은 위험이 다가오면 짖어서 경고하죠. 지금 달에게 경고하고 있어요. 숨겨진 진실을 말하라고. 진실을 기만하지 말라고. 억울한 상황일 때 나오기도 해요."

"정말 카드가 그렇게 말하나요? 혹시 뭘 미리 알고 오신 건 아닌가요?"

"타로 카드가 말해 주는 힌트를 눈치챌 마음만 있다면

누구나 가능합니다. 그림이 같다고 늘 해석이 같은 것은 아니고, 지금 윤서 씨 상황에서 그렇게 읽을 수 있다는 거죠. 다행인 건 정의 카드도 함께 나왔다는 거죠. 진실은 결국 드러납니다. 밤은 늘 지나가니까요."

"타로 카드를 믿어도 될까요?"

"믿고 싶으세요?"

상대방은 고개를 끄덕였다.

"카드는 거짓말하지 않습니다. 거짓말은 사람이 하는 거죠. 그리고 눈동자."

조서란은 그녀의 눈동자를 부드럽게 바라봤다.

"사람 눈동자도 거짓말은 못 합니다. 이제 질문하시면 됩니다. 뭐가 궁금하신가요?"

"진범. 진범은 누구입니까?"

질문을 받은 조서란은 다시 카드를 섞었다. 다시 한 번 사건 현장 사진을 봤다. 이 사진을 보고, 카드에게 물었다. 대체 진범은 누구냐고. 제멋대로 섞인 카드를 모아서 하나의 덩어리로 만들고, 다시 무지개 모양으로 카드를 펼쳤다.

"하나를 뽑아서 주세요."

정윤서는 왼쪽에서 하나를 뽑았다. 고민도, 주저함도 없었다. 카드를 뽑을 때 심사숙고하는 사람도 있고, 망설임

없이 뽑는 사람도 있다. 어떻게 뽑든 상관없다. 그 모든 것이 운명이니까.

카드를 건네받은 조서란이 그것을 뒤집으며 바닥에 내려놓았다.

"검 7 카드네요. 이 카드는 배신자 카드죠."

이 카드에는 일곱 개의 칼 중 다섯 개를 들고 도망가는 남자가 그려져 있다. 그 사람 뒤편, 카드 왼쪽 구석에는 사람들 무리가 있다. 도둑이 든 걸 아는지, 모르는지 알 수 없다. 속수무책으로 당하는 장면일 수도 있고, 도둑을 잡으려고 움직이는지도 모른다. 어쨌거나 누군가를 속이고 달아나는 모습이다.

"윤서 씨는 자신이 누구 같아요? 이 칼을 들고 훔쳐 가는 사람? 아니면 이 뒤에 보이는 그림자 집단?"

"전 없는 거 같아요."

"가끔은 카드를 뒤집었을 때, 가장 먼저 눈에 들어오는 이미지가 단서가 되기도 하거든요. 아직은 알 수 없지만 누군가 배신했어요. 내가 여기 없는 거 같다면, 어쩌면 제3자가 있었을지도 모르겠네요."

"저도 그 부분이 궁금해요. 그날따라 CCTV가 고장 나서 아무 기록이 없거든요."

조서란은 누군가 의도를 갖고 CCTV 카메라를 껐을 수도 있다는 생각이 들었다.

브라이언이 껐을까?

동기가 없다.

정윤서가 금방 도착한다고 했는데 그사이 껐다는 것은 상식을 벗어난다. 오히려 꺼졌던 카메라가 다시 켜졌다면 말이 된다.

그렇다면 사건 전부터 꺼져 있었다는 말인데. 범인은 그것을 조작할 수 있는 내부자라는 결론이 나온다. 이런 생각들이 재빠르게 머릿속에 떠올랐지만, 정윤서에게 말할 단계는 아니었다. 카드를 하나 더 뽑아 봐야 확실히 할 수 있을 것 같았다.

"하나 더 뽑아 주세요."

정윤서가 고른 카드는.

컵의 여왕 카드였다.

바닷가에 놓인 황금빛 왕좌에 앉은 여왕은 왕관을 썼다. 크고 화려한 성배를 양손으로 들고 있다. 성배는 뚜껑이 있는 잔이며, 왕관보다도 더 크다. 왕좌에는 아기 천사 조각이 새겨져 있었다.

조서란 눈에 들어온 그림은 여왕이 앉아 있는 왕좌의 아랫부분, 그녀가 깔고 앉은 곳에 새겨진 아기 천사였다.

"혹시 임신하셨나요?"

"아뇨. 그건 왜요?"

"보시다시피 타로 카드에는 이미지가 많습니다. 상징이죠. 이 상징들이 모두 똑같은 순위로 들어오지 않아요. 이 카드를 뒤집었을 때, 이 아기 천사가 눈에 들어왔거든요. 그래서 여쭤봤습니다."

조서란은 브라이언에게 내연녀가 있었는지 궁금했지만 질문하지 않았다. 만약 그런 상태라면 그 관계는 어떻게든 드러날 테니까.

"마지막으로 하나만 더 뽑아 보죠."

아직 진범이 보이지 않았다. 더 많은 정보가 필요했다. 이번에 정윤서가 뽑은 카드는.

마담 타로

달 카드였다.

"달 카드네요, 아까 뽑았던."

정윤서는 카드를 물끄러미 쳐다봤다. 방금 그 카드의 뜻을 들었기 때문에 의미도 알고 있었다.

"누군가 절 속이고 있군요. 맞죠?"

"네. 달이 지면 날이 밝아요. 진실이 곧 드러나겠군요. 이렇게 같은 카드가 연속해서 나올 때가 있어요. 중요한 메시지거나, 해결해야 할 문제일 겁니다. 우린 이 카드를 잊지 말아야 해요."

조서란은 정윤서에게 직원 명단과 사고 발생 전 일주일치 CCTV 동영상을 요청했다.

"빠르게 주실수록 좋습니다."

정윤서가 고개를 끄덕였다.

조서란이 타로 카드를 정리하며 일어섰다.

그리고 미드나잇을 나오면서 생각했다. 분명 그 자료 어딘가에 진범이 숨어 있을 것이다. 컵의 여왕이 보여 준 직관적인 힘을 믿어 보기로 했다. 붉은 네온사인이 점점 멀어져 갔다.

그 시각.

유한은 퇴근도 못 하고 경찰서에서 더 바의 CCTV 영상을 반복해서 보고 있었다. 결정적인 순간은 기록되지 않았다. 그래도 계속 보는 이유가 있었다. 주요 출입자와 브라이언의 습관을 파악하기 위해서였다.

영상 속 브라이언은 카운터 안쪽에서 칵테일을 만들며 손님과 대화를 이어 갔다. 활발한 성격이었다. 주로 단골 손님들이 찾아왔고, 며칠 사이 새로운 손님은 없었다. 손님이 없을 때도 쉬는 법이 없었다. 잔을 닦고, 술을 관리하며 성실하게 일하는 모습뿐이었다.

사건의 전조나 의심스러운 인물은 보이지 않았다. 바텐더라기보다는 수도승 같은 차분한 일상이었다.

그러다 새로운 인물이 나타났다.

조서란이었다.

놀란 유한이 모니터에 얼굴을 가까이 댔다. 잠이 완전히 달아났다. 조서란은 손님이 아니었다. 주문을 하지 않았다. 얼마간 브라이언과 대화를 나누었고, 떠나는 찰나 브라이언이 무언가를 건넸다. 조서란이 카메라를 등지고 있었기 때문에 그 물건이 무엇인지 알 수 없었다.

마약일까? 금전 거래?

유한의 머릿속에 온갖 가능성이 스쳤다. 사실 범죄자들

마담 타로

은 뻔한 패턴에서 벗어나지 않는다.

그런데 조서란이라니.

궁금해서 참을 수가 없었다. 이미 새벽 1시가 넘었지만 기다릴 수 없었다. 유흥가 사람들에게 이 시간은 오히려 가장 분주한 시간일지도 모른다.

바로 휴대폰을 들었다. 상대방은 깨어 있었는지 금방 전화를 받았다.

"여보, 난데."

잠시 침묵이 흘렀다.

유한은 저도 모르게 불쑥, 예전 호칭이 나와 버렸다. 졸리 기운인지, 수사하고 싶은 마음이 앞서서인지 습관이 나온 것이다. 수화기 너머에서는 아무 소리도 들리지 않았다. 아랫입술을 깨물었다가 아무렇지 않은 듯 대화를 시작했다.

"12일에 더 바는 왜 갔지?"

"지금 그거 물어보려고 이 시간에 전화한 거야?"

"왜 갔냐구."

"칵테일 바야. 한잔하러 갔겠지."

"주문은 안 하고?"

"CCTV 영상 보고 있구나."

역시 촉이 빠른 여자였다. 그리고 정보력도 있었다.

"나도 그 영상 봤는데, 특별한 거 없어. 그게 다야. 진술할 것도 없으니까 경찰서로 나와라, 마라 하지 말고."

"그 남자한테 뭘 받은 거야?"

"왜? 돈이라도 받았을까 봐? 받으면 어때, 이제 경찰도 아니고, 잘 봐줄 일도 없는데."

유한은 뻔한 추측이 들키자 주춤했다.

"명함 받았어. 몇 개 남았는데 줄까?"

지금 상대방이 어떤 표정을 지었을지 눈에 선했다. 조서란의 말투에는 비아냥이 묻어 있었다. 정보를 쥐고 있는 자의 당당함이 느껴졌다.

유한은 반박하지 못했다. 오히려 그 명함이라도 받아 봐야 하나, 지문이라도 남아 있을까, 고민했다. 사망자의 지문을 받아서 어디에 쓰겠는가? 조서란은 분명 뭔가를 알고 있다. 직접적으로 물어보기에는 자존심이 상했다.

그런데 자존심을 세울 일인가?

형사가 범인을 못 잡는 것이 더 자존심 상하는 일이다. 그래, 수사라고 생각하자. 그 명함을 왜 받았는지 물어보려던 찰나였다.

"그 명함을 왜 받았는지 물어보고 싶겠지?"

유한은 놀라서 '아니'라고 반사적인 대답을 할 뻔했다.

"물어본다고 쉽게 답해 줄 사람은 아니지, 당신은."

말해 놓고 보니 자신이 너무 옹졸해 보이기는 했다.

"이 매끈한 살인 솜씨가 누구인지 나도 궁금해. 내 의뢰인을 위해서. 내일 오후에 더 바에 갈 거야. 영상 봐서 알겠지만, 주목할 만한 단서가 없어. 그런데 바 테이블 왼편 보이지? 그 끝에는 싱크대가 있거든, 잔을 씻을 수 있는."

"안 보이는데?"

"맞아, 사각지대야. 현장 가 봐서 알아. 만약, 독을 넣었다면 그곳에서 주입했을 가능성이 높아."

"용의자 정윤서 편인가?"

"글쎄. 누구 편도 아니야. 편들어서 얻을 게 없거든. 정윤서, 유력한 용의자지만, 유일한 용의자는 아니야. 생각 있으면 내일 5시 30분, 더 바에서 만나. 감식반도 같이 오고."

통화를 끝낸 유한은 묘한 감정을 느꼈다. 조서란과 사내 연애를 하다가 들킨 순간, 얼마나 많은 선배들의 놀림이 쏟아졌던가. '형사를 속인 형사'로 낙인찍혀 고생했었다. 당시 '공범'이었던 조서란은 지금 무엇을 속이고 있을까.

전화를 끊고 나니 약속 시간까지 시간이 더디 가는 것만 같았다.

유한은 〈더 바〉 앞에서 조서란을 기다렸다. 정확한 약속 시간에 그녀가 나타났다.

"감식반은?"

조서란이 형식적인 인사를 건너뛰고 바로 물었다.

"곧 도착해. 무슨 일인데 감식반까지 필요해?"

"필요 없다면 당신을 부르지 않았겠지."

유한의 눈썹이 올라갔다.

"나를 이용한 건가?"

"당신도 날 이용하고 있잖아."

조서란이 지하 계단으로 내려가며 말했다.

"진범이 누구인지, 내가 알 거 같으니까 온 거 아니야?"

유한은 반박할 수 없었다.

가게로 들어가 보니 정윤서가 기다리고 있었다. 유한을 보자 어색하게 고개를 돌렸다. 그녀 입장에서는 자신을 범인으로 의심하는 형사와의 만남이 마땅찮았다.

"유 형사님하고는 이미 아는 사이시죠?"

"네."

"유리한 증거가 나왔는데, 저희끼리 처리하다 오염되면 안 되니까 제가 형사님을 불렀습니다. 전화로 말씀드렸던

대로, 우선 CCTV 사각지대부터 확인해 보겠습니다."

조서란이 바로 본론으로 들어갔다.

"그 전에 한 번 더 확인하죠. 그날 마시려고 했던 칵테일
이 뭐였습니까?"

"네그로니요."

정윤서가 별것 아니라는 듯 답했다.

유한은 고개를 갸웃했다. 무엇을 마셨든 청산가리가 들
어 있었다는 사실은 변하지 않는데, 왜 다시 묻는 것일까.

"그 칵테일 어떻게 만드는지 설명해 주세요."

"지금요?"

"네."

"워낙 간단해요. 잔에 얼음을 넣고 진, 스위트 베르무트,
캄파리를 1대, 1대, 1의 비율로 넣어요."

정윤서가 손짓하며 설명했다.

"레몬 껍질을 트위스트 해서 가니시로 쓰거나, 오렌지를
써도 되구요. 저한테는 향긋한 오렌지가 낫더라구요."

"어떤 얼음을 쓰나요? 이 칵테일에는."

"각 얼음이요. 다들 아시는 그런."

"얼음은 어디 있나요?"

"저쪽이요."

조서란이 바텐더 스테이션 뒤편으로 걸어갔다. 유한이 따라붙었다. CCTV 화면에서는 보이지 않았던 공간이 드러났다. 조서란이 유한과 눈을 마주쳤다. 그의 눈빛도 예리해졌다. 이래서 감식반을 불렀다는 것을 눈치챘다.

스테인리스 싱크대 옆에 업소용 냉동고가 서 있었다. 조서란은 미리 준비한 라텍스 장갑을 끼고, 냉동고 문을 열었다. 하얀 김이 피어올랐다. 안쪽을 살펴보던 조서란의 눈빛이 번뜩였다. 다시 냉동고 문을 닫는 모습은 마치 먹이를 낚아챈 맹수 같았다.

"유한 형사님."

그녀의 목소리가 낮아졌다.

"감식반은 언제쯤 도착할까요?"

"올 때가 됐는데."

유한이 출입문으로 고개를 돌렸을 때, 감식반원들이 들어왔다.

"왔네."

이쯤 되니 유한도 냉동고 속의 증거가 무엇인지 궁금했다.

조서란 그들에게 인사한 후 손짓했다.

"이쪽입니다."

감식반원들은 냉동고 앞으로 모였다.

"안녕하세요, 조서란입니다. 잠깐 경찰에 근무했었습니다. 실례인 줄 알면서 유한 형사님께 도움을 청했습니다. 전, 이쪽 제 의뢰인 때문에 왔습니다. 이미 아시겠지만 윤서 씨는 그날, 네그로니를 미리 주문했습니다. 현장 사진을 보니, 얼음은 없더라구요."

"당연하죠, 녹았으니까요."

정윤서가 말했다.

작은 각얼음은 실내 상온에서 쉽게 녹는다. 구급대원이나 경찰들이 도착했을 때, 얼음의 흔적을 찾아볼 수 없었을 것이다.

"브라이언은 그 칵테일을 만들 때마다 이 냉동고의 각얼음을 사용했습니다. 그래서 각얼음 상자를 확인해 보니 금속 집게가 있습니다."

조서란이 냉동고 문을 열었다.

감식반원들이 고개를 들이밀었다. 플래시가 터졌다.

얼음 상자 위에 금속 집게가 놓여 있었다. 그들은 금속 집게를 클로즈업해서 촬영했다.

유한은 눈을 가늘게 뜨고 그 장면들을 감시했다. 머릿속이 복잡해졌다.

조서란의 설명은 계속되었다.

"냉동고 안에 집게를 넣어 두는 건 습관이겠죠, 얼음을 집을 때마다 사용하는. 그리고 또 누가 사용했을까요?"

"없어요. 미진이도 그 냉동고는 안 써요. 주방 안에 있는 정수기 얼음을 쓰죠."

"미진이가 누구죠?"

조서란은 낯선 이름의 등장에 날이 섰다.

"알바요. 홀 알바. 그날은 휴무라서 안 나왔어요."

"그럼 이 집게에는 브라이언의 지문만 있어야 하네요?"

"네. 브라이언은 엄격했어요, 칵테일에 있어서는 그 어떤 도구도 못 만지게 했죠."

"만약 그걸 어기고 얼음에 손을 댔다면? 범인이 맨손으로 잡았을 경우 집게에 지문이 남아 있을 수 있습니다. 물론 냉동고이기 때문에 성에나 결로 현상에 의해 지문이 손상될 가능성도 높습니다. 그리고 이 트레이에 독극물이 들었는지 확인하셔야 합니다. 사망자가 의심하지 않고 마셨고, 피의자가 그날 근무하지 않았다면 얼음! 이 얼음에 독극물이 반드시 있을 겁니다."

조서란의 가설에 감식반원들이 고개를 끄덕였다. 유한은 감식반원들에게 집게와 얼음 트레이의 지문 감식을 요청했다. 지난번 조사에서는 빠진 부분이라 반드시 보강이 필요하다고 생각됐다.

유한은 정윤서의 표정을 살폈다. 가장 유력한 용의자의 반응이 궁금했다. 그녀는 평온한 표정이었다. 오해가 풀릴 수 있는 상황인데도 오히려 슬퍼 보였다.

수많은 범죄자는 자신이 용의자에서 벗어나는 순간을 기뻐한다. 자신의 결백을 보란 듯이 자랑한다. 하지만 그녀는 이내 눈을 감았다. 담담한 표정으로 조용히 눈물을 흘렸다. 결백이 밝혀져도 남편이 돌아올 리 없기 때문일 것이다.

조서란도, 유한도 배우자를 잃은 그녀를 위로할 수 없었다. 용의자에서 벗어난 것도 축하할 수 없기는 마찬가지였다.

사건 현장에서는 말로 표현할 수 없는 감정들이 생겨난다. 일반인은 겪어 볼 수 없고, 언어로도 표현하기 힘든 특별한 상황들이다. 진실이 드러나는 순간, 더 끔찍한 현실과 마주해야 할 때도 있다. 오늘이 그런 날이었다.

며칠 뒤, 정윤서가 약속도 없이 아르카나를 찾아왔다. 그사이 더 야위어서 종이처럼 바싹 마르고, 쓸쓸한 모습이었다. 생기라고는 찾아볼 수 없었다.

조서란은 카모마일 차를 내왔다.

"카모마일 향이 좋네요."

정윤서가 찻잔을 바라보았다.

"이 밤이랑 어울려요."

그렇게 말하면서도 차는 입에 대지 않았다. 두 손으로 찻잔을 감싸 쥐고 말없이 있었다.

잘 우러난 티백을 건져 낼 때 즈음, 그녀가 입을 열었다. 그리고 경찰에서 들은 말을 전했다. 담담한 목소리였지만 말끝에는 슬픔을 배어 나왔다.

"범인은 여미진이었어요."

조서란의 추리가 맞았다.

"사채가 있었대요. 브라이언에게 돈을 빌려 달라고 했다가 거절당했고."

그녀의 목소리가 잠시 끊어졌다.

"복수래요. 자신을 무시한."

정윤서가 자조적으로 웃었다. 그 웃음에는 쓸쓸함이 배어 있었다.

"이제는 거절도 죄가 되는 세상이 되어 버렸어요."

여미진은 얼음에 독극물을 넣어 얼렸고, 그 과정에서 집게에도 지문이 남았다.

"그 얼음, 손님 잔에 들어갔으면 어떻게 됐을까요? 이게 말이 안 되는 게, 처음부터 공격 대상은 브라이언이 아닌 거 같은데요?"

영업시간에 그 얼음을 사용했다면 다수가 사망했을 것이다.

"맞아요. 브라이언이 아니라, 그 사람을 살인마로 만들어서 파멸시키고 싶었다고 하는데, 기가 차더라구요."

사건의 자초지종이 밝혀졌지만, 누구도 승자가 아니다. 이미 브라이언은 죽었고, 정윤서는 사랑하는 이를 잃었고, 수감될 범인은 미래를 잃었다.

"고마워요, 덕분에 누명을 벗었으니까."

그 말을 들은 조서란은 조용히 고개를 끄덕였다. 감사를 받기 위해 움직였던 건 아니다. 브라이언에게 빚을 졌으니, 나름의 방법대로 갚았을 뿐이다.

"그 카드 있죠? 컵의 여왕."

"네."

조서란은 테이블에 있던 타로 카드 박스에서 그 카드를 찾아냈다.

"이 카드요?"

"네. 그때 저한테 임신했냐고 물어보셨죠?"

"기억합니다. 이 성좌에 있는 천사가 아기처럼 보여서요. 너무 신경 쓰지 마세요. 그날, 그냥, 그런 느낌이 들었어요."

"마담 타로 실력에 우연히 있을까요?"

조서란은 그 말을 이해하지 못해서 고개를 갸웃했다.

"저 임신했어요. 8주래요."

"아···."

조서란은 이런 상황에서 축하는 어떻게 해야 할지 난감했다. 눈치 빠른 상대방은 서로가 어색하지 않도록 먼저 말을 이었다.

"장례 치르고 몸이 피곤한 줄 알았는데, 임신일 줄 누가 알았겠어요."

한숨이 짙었다.

"아빠 없이 낳는 게 무슨 소용일까 싶다가도, 나도 평범하게 아이 낳고 사람답게 살아 봐야 하나. 고민도 되고. 생각이 많습니다."

모두의 삶은 다르다. 하지만 임신 앞에서는 누구나 같은 생각을 할 것이다. 내가 엄마가 될 자격이 있을까. 아직 마주하지 못한 미지의 존재, 아기. 아기의 건강과 인생을 오롯이 내가 책임져야 한다는 부담감이 밀려오기 때문이다. 누군가의 응원이 절실하다. 당신은 충분히 자격이 있다고.

"잘하실 겁니다. 이 카드, 선물로 드릴게요. 서양에서 타로 카드는 부적으로 쓰이기도 해요."

조서란은 카드를 집어 그녀 앞에 놓았다.

"컵의 여왕은 따뜻하고 사람의 마음을 꿰뚫어 보는 힐러예요. 깊은 공감력이 있고, 배려하고 헌신하는 인물입니다. 분명 그런 엄마가 되실 겁니다."

"그런 뜻도 있군요, 고마워요."

정윤서는 카드를 한동안 바라봤다. 카드를 내려놓고 본격적으로 꺼낼 이야기가 있는지, 자세를 고쳐 앉았다.

"카밀라를 찾고 계시다는 말을 들었습니다."

조서란이 원하던 정보였다. 그동안 차분하게 유지했던 감정이 요동치기 시작했다.

"카밀라가 서희인 줄 저도 몰랐어요. 근데 그 느낌이란 게 있잖아요? 이름도 바꾸고, 말투도 달라졌는데, 그 눈빛이 그대로였어요. 표독스럽지만 아가씨들을 챙길 때, 그 눈빛."

그녀의 말을 들으면서 조서란은 놀란 마음을 내리눌렀다. 정윤서가 서술하는 인물이 카밀라이길 바라면서도, 아닐 수도 있다는 의심도 놓치지 말아야 했다. 신중해서 나쁠 것은 없으니까.

"서희는 어떻게 아세요? 보통 카밀라로만 알고 있을 텐데."

"조서희. 이 바닥에서 그 이름 아는 사람 저밖에 없을 겁니다. 하도 신분증 도용하고, 남의 이름으로 사니까. 걔가 그러더라구요, 그게 자기 팔자라고."

자기 팔자.

그 말에 조서희는 쓴웃음이 일었다. 평소 동생이 입에 달고 살던 말이었다. 유독 고등학생이 된 후로 자주 말해서 엄마에게 혼나곤 했다.

"유난히 좋아하더라구요. 그 말을."

조서란은 쓸쓸하게 말했다. 동생이 분명했다.

"신점, 사주팔자, 별자리, 타로 카드까지. 걘 안 믿는 게 없었죠. 자신을 못 믿던 걸까요? 그런데 그깟 운명, 난 안 믿어요. 신년에 점집에 갔는데, 브라이언 운이 좋다는 거죠, 올해 정말 좋다고. 그런데 죽었잖아요."

"운명이란 한자를 보면, 움직일 운, 목숨 명. '움직이는 목숨'이잖아요. 고정된 미래와 안 맞는 거죠, 처음부터."

"흘러가는 우리 인생처럼요?"

조서란은 고개를 끄덕였다.

운명이란 개척하기도 하고, 타인의 운세에 짓이겨지기도 한다. 한날한시에 교통사고로 죽거나, 대형 화재로 다수가 죽는 일을 개인의 사주로 어떻게 설명할 수 있을까? 인생이란 계절의 순환처럼 행복과 불행이 번갈아 가며 찾아온다.

어느 명리학자가 말했다. 개인의 운은 가족의 운에 가려지고, 가족의 운은 사회의 운에 가려지고, 국가의 운은 세계의 운에 가려진다고. 서희는 누구의 운에 영향을 받았을까.

"걔, 내가 처음 데려왔어요. 이 바닥에."

"아."

조서란의 입에서 낮은 탄식이 흘러나왔다. 동생에게 유흥가로 들어가는 은밀한 문을 열어 주고, 손을 내민 사람이 바로 앞에 있었다. 동생이 그 손을 잡았으니 그녀를 탓할 수도 없다. 그때 내 손을 내밀지 못한 것이 마음에 걸렸다. 과거는 이 순간에도 지나가고 있다. 현재가 중요하다.

"서희는 지금 어딨죠? 연락은 되시나요?"

"도곡동 클래식바가 있어요. 겉보기엔 클래식 음악 듣고, 피아노나 바이올린 뭐 그런 거 라이브로 공연하는 곳 같은데, 포장만 그렇지 그냥 룸살롱입니다. 음악하고 싶은데 돈 없는 애들이 시급 세다고 들어왔다가, 스폰서 만나고, 텐프로 되는 그런 코스. 카밀라가 연결해 준 애들이 몇 있어요. 특히 아끼던 애가 있었는데…, 이름이…."

"김문영."

"맞다, 문영이. 걔는 카밀라가 유난히 아끼던 애였는데 죽었죠."

정윤서는 핸드백에서 명함집을 꺼냈다. 의자에 놓인 핸드백이 바닥으로 툭─ 떨어졌다.

"어머."

또르르륵.

가방에서 약통이 굴러 나왔다. 조서란은 자신의 쪽으로 굴러온 약통을 그녀에게 건넸다.

"고마워요. 그리고 이 명함."

미리 챙겨 온 명함을 조서란에게 주었다. 명함은 검은 바탕에 금색 글씨로 이름인 '유리'와 휴대폰 번호만 적혀 있는 간단한 것이었다.

"유리가 알고 있을 겁니다. 최근까지 연락했다고 했으니까."

"감사합니다."

"카밀라 만나면 전해 줘요. 미안하다고. 우리들끼리는 가족이 찾으러 오면 모르는 척해 주는 게 의리거든요."

"그럴게요."

조서란은 대답했지만, 동생을 만난다면 이 여자에 대해 언급하지 않을 것이다. 지나간 악연을 잊게 만드는 것이 언니의 도리니까.

"전 당분간 한국에 없어요."

정윤서가 선심 쓰듯이 말했다.

"네. 알겠습니다."

이미 이런 결말을 예상했을까? 조서란은 사무적으로 대

답했다. 그러자 정윤서의 눈꼬리가 슬쩍 올라갔다.

"안 궁금해요? 어디 가는지?"

"어차피 말 안 해 주실 거잖아요, 제가 물어도."

정윤서는 옅게 웃고는 자리에서 일어났다.

"그럼 이만."

가볍게 묵례하고 돌아선 정윤서에게 조서란은 마지막 인사를 전했다.

"그래서, 행복하세요?"

정윤서가 돌아봤다.

"무슨 뜻이죠?"

"행복에 다른 뜻이 있을까요?"

그녀는 조서란의 말을 이해하기 위해 미간을 찌푸렸다.

"다른 뜻이 있는 거 같은데요?"

"그럼 제 추측이 맞았나 봅니다. 브라이언의 아이를 임신한 여미진과, 나를 배신한 브라이언이 한 번에 사라졌으니 행복하시냐는 뜻입니다."

정윤서는 입가에 옅은 미소를 지으며 대답했다.

"제가 안 죽였습니다."

"맞아요, 죽이지 않았어요. 죽이도록 유도했죠. 미진 씨가 그런 일을 꾸미도록요. 질투하도록 유도했겠죠, 임신으로."

"재밌는 소설이네요."

"아뇨. 제 생각에는 범죄 다큐멘터리 같은데요? 아까 떨어트린 약통, 그 약은 임산부가 절대 복용해서는 안 되는 약물입니다. 에스트로겐은 태아 기형 또는 태아 생식기 이상을 유발할 수 있으며, 임신이 확인되면 즉시 투약을 중단해야 한다. 약통에 쓰여 있을 텐데요? 경고 문구가."

"타로점으로 그런 것도 나오나요?"

정윤서가 비웃었다.

"그럼요."

조서란은 벽에 걸어 놓은 패브릭 액자를 가리켰다. 대형으로 인쇄된 달 카드와 태양 카드가 나란히 붙어 있었다.

"약통을 주워 드릴 때, 저 달 카드가 눈에 들어왔습니다. 지난번에도 두 번이나 나오고. 달은 여자들에게 특별한 의미죠. 월경 주기라고도 부르잖아요."

"달은 숨겨진 진실이라고 하지 않았나요?"

"타로 카드의 의미는 고정되어 있지 않아요. 질문이 바뀔 때마다 해석도 달라지죠."

조서란이 정윤서를 바라보았다.

"타로 마스터로서 그걸 더 일찍 알아차렸어야 했는데…. 제가 늦었네요."

잠시 말을 멈추고 정윤서를 보니, 눈빛이 당황스럽게 흔들렸다가 이내 굳어졌다. 조서란은 자신의 가설을 확신했다.

"숨겨진 진실이 거짓 임신이라는 것, 그리고 그 약을 복용한다는 건 자궁적출술을 받았을 가능성이 높다는 것. 그걸 이제야 깨달았으니까요."

정윤서의 심장이 요동쳤다. 조서란의 시선은 예리한 송곳처럼 그녀를 꿰뚫고 있는 것 같아서 식은땀이 났다. 덫에 걸린 쥐 같다는 생각이 들었다. 경찰에 신고했을까? 이 대화가 녹음되고 있을까? 이 말을 꺼낸 조서란의 속내를 알 수 없었다.

조서란은 손가락으로 테이블을 천천히 두드리고 있었다. 그 단조로운 소리가 지옥의 북소리처럼 들렸다. 정윤서는 떨리는 손으로 테이블 위의 컵을 들었지만, 손목의 힘이 빠져 그만 바닥에 떨어뜨리고 말았다.

쨍그랑.

컵이 산산조각 나는 소리가 실내를 가득 채웠다.

"생각보다 더 용하십니다."

정윤서가 비아냥거렸다.

"경찰에 신고하실 건가요?"

"설마요. 미진 씨가 브라이언을 죽였다는 사실은 변함이 없는걸요."

"영리하시네요."

정윤서의 눈빛에 안도감이 스쳐 갔다. 조서란이 그걸 놓칠 리 없었다. 그럼에도 바뀔 것은 없었다.

"아시다시피 한국은 증거주의입니다. 증거가 없다면 경찰도 방법이 없습니다."

"유감이네요."

정윤서가 이죽거리며 말했다.

"미진이는 참 귀가 얇아요. 남 말도 잘 듣고. 약통만 들키지 않았다면 완벽했겠군요."

"아마도요."

"그런데 제가, 그쪽이 이 사실을 먼저 말했다면 유리의 명함을 줬을까요?"

"아니겠죠. 운명이란, 참 재밌죠? 저도 명함을 받게 될 줄은 몰랐으니까요. 고마워요, 어쨌든."

말문이 막힌 정윤서는 황급히 그 자리를 떠났다.

떠난 자리에는 부적으로 줬던 컵의 여왕 카드만 덩그러니 놓여 있었다.

7

구름

♦

　조서란은 오전부터 유리의 명함을 들고 망설였다. 상대방에게 단 한 번이라도 불신을 주거나, 수상한 기운을 내비치면 두 번 다시 전화를 안 받을 수도 있다. 숨어 버릴 수도 있다. 잠을 깨우거나, 식사를 방해하거나, 쇼핑 중에 연락 온 귀찮은 전화가 되지 않기 위해 기다리고 기다렸다.

　오후 네 시 반. 점심도 저녁도 아닌 모호한 시간을 골라 유리에게 전화를 걸었다. 신호음이 다섯 번쯤 울렸다. 전화를 끊으려는 찰나, 건너편에서 중년 여자의 목소리가 흘러나왔다. 동생과 또래인 20대 여자 목소리를 예상했다가 놀랐다.

　"유리 씨 전화 아닙니까?"

　"맞는데, 누구시죠?"

　"유리 씨가 제 동생 친구라서 연락드렸습니다. 물어볼

게 있어서요."

대답 대신 울음을 삼키는 소리가 들렸다. 잠시 침묵이
흘렀다.

"…제가 유리 엄만데요, 우리 유리가 죽었어요."

사고였다고 했다. 그 말에 조서란은 맥이 빠졌다. 겨우
실마리를 찾았는데, 놓쳐 버렸다.

하지만 자식을 잃은 상대 앞에서 내색할 수 없었다. 그
마음이야 말로는 위로할 수 없으니까. 어느 장례식장이냐
고 물었다. 동생이 유리와 친구라고 했으니 가 보는 것이
도리라고 생각됐다.

통화를 마친 조서란은 타로 카드 한 장을 뽑았다. 그냥
지금 이 마음이 무엇인지 알고 싶었다.

마담 타로

탑 카드가 나왔다.

탑이 무너지고, 천둥 번개가 내리꽂히고 있다. 보자마자 자신의 마음이라는 것을 알 수 있었다. 기대했던 것이 무너지는 심정이랄까. 느낌이 좋지 않았다.

유흥가는 매일 죽음이 목격되는 호스피스 병동 같다. 끊임없이 사건이 일어난다. 하루라도 빨리 동생을 찾아야 하는데…. 정작 동생은 신기루처럼 손에 닿을 듯하면 사라졌다.

조서란은 장례식장을 찾았다.

조문 차례를 기다리며 앞에 선 사람들을 봤다. 20대 여자 친구들이었다. 검은 옷을 갖춰 입고 왔는데, 평소와 다른 옷이라 아무래도 어색해 보였다. 그마저도 늦게 연락받아 브라탑에 미니스커트 차림으로 온 친구는 다른 친구들의 카디건을 빌려 입고 있었다.

흰 국화꽃을 집어 올리는 손끝의 화려한 네일아트가 눈길을 끌었다. 누군가는 철없다고 손가락질하겠지만 그걸 지울 생각조차 못 하고 슬퍼하는 마음이 더 먼저일 것이다. 조서란도 그들 뒤에 서 있다가 영정 앞에 조화를 놓았다.

창가 테이블에 혼자 앉아 있는데, 통화하던 유리 엄마,

오순희가 찾아왔다. 40대 초반의 젊은 여자였다. 사석에서 만났다면 '언니'라고 불렀을 것이다.

"전화 주셨던?"

"조서란입니다."

"우리 유리 친구 언니라구요?"

"네."

오순희는 피곤하고, 지쳐 있었지만 무언가를 기대하는 눈빛이었다.

"그럼 우리 유리 잘 알아요?"

"아뇨."

그녀의 낯이 굳어 버리고, 경계심을 보였다.

"혹시 지오 쪽에서 보낸 사람인가요?"

"지오가 누군가요?"

오순희는 머뭇거리다 입을 열었다.

"남자 친구요. 우리 애."

그러더니 그 사고에 대해 말해 줬다.

며칠 전, 원룸 자취방에서 딸이 숨진 채 발견됐다는 연락을 받았다. 경찰에서는 외부 침입 흔적이 없어 돌연사로 보인다고 했다. 오순희는 송지오가 의심스러웠지만, 수사

결과 사망 추정일에 그는 지방 출장 중이었다.

"왜 범인이 남자 친구라는 생각을 하셨죠? 말씀해 주실 수 있으실까요?"

조서란이 신중하게 물었다. 모든 범죄는 해결되기 전까지 가설이다. 작은 의혹이라도 들었다면 분명 그 연유가 있을 것이다.

"스타트업 대표라고 했어요. 학교는 해외에서 나왔고, 유리랑은 피아노 학원에서 만났다고 했어요. 우리 애가 피아노를 전공해서, 간간이 성인 피아노 레슨을 합니다. 프러포즈나 뭐, 그런 이벤트요. 딱 한 곡을 아주 잘 치게 만드는 거죠."

조서란은 이 학원이 정윤서가 말한 클래식바라는 생각이 들었다. 일단 계속 경청했다.

"부모님 결혼기념일에 연주해 드리고 싶다고 배우러 왔다가 우리 유리를 만났나 봐요."

그런데 송지오는 유리와 사귀면서 집착을 보였고, 다정하고 자상하다가도 술만 마시면 사람이 돌변했다고 했다.

"어느 엄마가 그걸 알고 사귀게 둬요? 당장 헤어지라고 했죠."

하지만 유리는 그러지 못했다. 교제 폭력이 확실했지만, 단칼에 끊을 수가 없었던 모양이었다. 그가 다른 여자에게 눈길 돌리기를 기도했지만, 그의 집착은 강도가 심해졌을 뿐이라고 했다.

"어쩔 수 없잖아요. 애가 그렇게 무서워하는데. 아쉬운 사람이 피해야지. 그래서 없는 살림에 유학 보내기로 했습니다…. 그게 다음 달인데…."

오순희는 북받쳐 올라오는 감정을 추스르지 못했다.

"죽기 전날 통화를 했는데…. 엄마. 내가 잘 말했어, 유학 간다고."

그게 딸과 마지막 통화였다고 했다. 다음 날, 딸이 죽었다는 전화를 받았다. 소식을 들은 송지오가 제일 먼저 달려왔지만 괘씸해서 돌려보냈다고 했다.

"그래서 내가 의심했어요. 그놈이 보낸 사람 아닌가."

조서란은 조용히 고개를 끄덕였다. 이해할 수 있었다.

"사실 저는… 동생이 가출했는데 연락이 닿지 않아요. 몇 년째 찾는 중입니다."

"어쩌다가."

"모르죠. 둘이 친구였다고 들었어요. 그래서 유리 씨에게 물어보려고 연락드린 겁니다."

조서란은 명함을 꺼내며 당부했다.

"이런 상황에서 부탁드리는 건 죄송하지만, 혹시 따님 물건 정리하시다가 조서희, 제 동생 이름인데 물건 나오면 연락 부탁드립니다. 그리고 제가 타로 가게를 하는데, 마음 답답하실 때 언제든지 오세요."

오순희는 명함을 물끄러미 쳐다봤다.

그때, 남자 한 명이 다가왔다. 단정한 흰 셔츠에 검은 바지를 입었다. 헤어스타일은 짧으면서도 세련됐다. 조서란은 근육이 단단한 팔뚝을 보고 그 사람이 형사라는 것을 직감했다.

오순희는 앉아서 인사를 했다.

"형사님이 어쩐 일이세요? 더 조사할 게 있으세요?"

사고 직후 이미 형사와 안면을 텄을 것이다.

"아닙니다. 조문 왔습니다."

"안 오셔도 되는데…. 감사합니다. 식사는 하셨어요?"

"아직입니다."

"그럼 두 분, 식사하고 가세요. 상 차리라고 할게요."

조서란이 정중하게 거절했지만, 그는 괜찮으시다면 같이 먹자며 너스레를 떨었다. 그사이 오순희는 손님을 맞으러 갔다.

"이 사건 들으셨습니까?"

그는 음식을 기다리며 먼저 말을 걸었다.

"간단하게 들었습니다."

"제가 그 사건 담당 형사, 논현경찰서 한시원입니다. 안타깝죠, 젊은 나이에."

다른 사람 눈에는 친절해 보이는 형사지만, 조서란에게는 수다스럽게 느껴졌다.

"제가 형사라 무서우신가요?"

조서란은 대답 대신 웃음으로 대답했다. 초면에 전직 형사였다는 말을 굳이 하고 싶지 않았다.

"형사들, 그렇게 무서운 사람들 아닙니다. 어떤 일 하십니까?"

그는 민원인과 친절한 대화를 하면서 분위기를 풀어 주려고 했다. 이런 상황에서 타로 마스터라고 말할 수 없었던 조서란은 운수업에 종사한다고 말했다.

"운수 좋죠. 버스? 택시?"

대답을 듣고서 조서란은 자신의 실수를 깨달았다. 점술업이라고 말하기 곤란해서 돌리고 돌려 말했는데, 너무 돌렸나 보다.

"혹시 필요하시면 연락하십쇼. 운전하다 보면 억울한 사고도 있고, 보험사기도 있으니까 저 같은 형사 한 명 알고 계시면 편하실 겁니다."

조서란은 예의상 명함을 챙겼다. 그리고 장례식장을 나오는 길에 휴지통에 버렸다.

일주일 후, 조서란은 오순희의 전화를 받았다. 장례를 치르고 딸의 물건을 정리하는데 아무리 생각해도 아이의 죽음이 이해되지 않는다고 했다. 답답해서 타로점을 보고 싶다고 했다. 마침 예약 손님이 없어서 오후 3시에 만나기로 했다.

정확히 3시가 되자, 누군가 밖에서 문을 두드렸다. 오순희임이 분명했다. 미리 도착해서 이 시간까지 기다렸을 것이다. 타로점, 신점 그리고 사주풀이 예약자들은 대부분 시간을 정확히 맞춰서 온다. 그만큼 당사자에게는 중요한 일이기 때문이다.

조서란도 타로 마스터가 되기 전까지는 점 보는 사람들을 '미신이나 믿는 나약한 사람들'이라고 무시했었다. 하지만 하루아침에 엄마가 돌아가시고, 동생까지 잃어버리자 나약한 사람이 되었다. 미신이라도 믿어야 견딜 수 있는 하루였다. 오순희도 그런 마음으로 찾아왔을 것이다.

조서란이 문을 열자 오순희가 서 있었다. 장례식장에서 봤던 모습보다 더 수척해졌고, 눈동자도 깊게 가라앉아 있었다. 그 얼굴을 보고 조서란이 '안녕하세요?' 혹은 '잘 지내셨어요?'라고 안부를 물을 수가 없는 상태였다.

"찾아오기 힘들지 않으셨어요?"

에둘러 말했다. 그 며칠 동안 얼마나 힘들게 지내셨습니까, 라는 안부를 담아서.

"골목에서 좀 헤맸습니다."

오순희는 웃음기 없이 말했다.

조서란은 그녀를 안쪽 소파로 안내했다.

오순희는 주변을 둘러보며 천천히 앉았다. 드문드문 벽에 걸어 놓은 타로 카드 액자에 시선이 머물렀다. 신비로운 그림들이 시선을 사로잡았다.

"차 드릴까요?"

"아니요, 괜찮습니다."

오순희는 떨리는 손으로 핸드백에서 봉투를 꺼냈다. 그러고는 테이블 위에 올려놓으며 물었다.

"타로점은 얼마를 드려야 하나요?"

　　　　　　　　　　　　　　　　　　마담 타로

"안 주셔도 됩니다."

"그래도요, 복채는 받으셔야지."

복채는 천기누설의 대가다. 그래서 심심풀이로 봐주는 사주도 꼭 커피 한 잔, 천 원짜리 한 장을 주고받는다.

하지만 조서란은 오늘 비용을 받을 생각이 없다. 미래를 점치는 것도 아니고, 누군가의 운명에 개입하는 것도 아니니까. 그저 딸을 잃은 부모의 마음을 어루만져 줄 생각이었다.

"오늘은 그냥 편하게 보시고, 다음에 오시면 그때 받겠습니다. 궁금한 거 물어보시면 됩니다. 잠시만요."

조서란은 먼저 싱잉볼을 연주했다. 싱잉볼을 손바닥 위에 올려놓고 나무 막대기로 가볍게 두드렸다.

땅-

맑은 공명음이 공간을 채웠다.

오순희가 고개를 숙였다. 어깨가 미세하게 떨렸다. 울고 있었다.

조서란이 조용히 휴지를 밀어 주었다.

오순희가 눈가를 닦고 고개를 들었다.

"질문은요. 내 딸이… 정말 혼자 있다가 사고로 죽은 건지 알고 싶습니다. 경찰은 타살 의혹이 없다고 하는데, 아니야. 분명 뭔가 있어요. 밤마다 울면서 나타나요. 무섭다고."

그녀의 목소리가 떨렸다.

조서란은 타로 카드 덱을 천천히 섞으며 그녀의 말을 들었다. 카드들이 부드럽게 스치는 소리가 정적을 채웠다.

"송지오라는 남자 친구 말씀하셨죠? 그 사람은 어떤가요?"

"애한테 듣기만 하고, 멀리서 잠깐 봐서 잘 모르죠. 인물은 좋았어요. 키도 크고. 우리 애가 정말 좋아했어요, 그 사람을. 그런데…."

오순희가 입술을 깨물었다.

"술만 마시면 완전히 달라지나 봅니다."

카드 섞는 소리가 그쳤다. 조서란은 잠시 멈추고 대화에 집중했다.

"폭력적으로요?"

"네. 처음에는 핸드폰 뒤져 보고, 남자 연락처 있으면 난리 치는 정도였다고 합니다. 술 먹고 주먹부터 썼으면 우리 애도 그냥 있었겠어요? 벌써 경찰에 신고했지."

"그렇죠."

하지만 폭력에 압도당한 후에는 신고할 기회를 조차 얻지 못하고 숨지는 사례가 많다.

조서란은 경찰이었을 때, 이 세상에 사소한 폭력은 없다고 결론 냈다. 폭력은 폭력이다. 그러나 많은 이는 '한 번의 기회'라며 스스로 폭력을 용인해 줬다. 이 마음이 상대에게 전달되어 폭력을 멈추면 좋으련만. 범죄자들의 마음이 나와 같을 리가 없다는 것을 사건이 벌어진 후에야 깨닫는 경우가 너무 많았다. 유리도 그랬을 것이다.

"유리 씨가 유학 간다고 했을 때, 남자 친구 반응은 어땠나요?"

"처음엔 말도 안 된다고 화를 내더니, 나중엔 자기도 같이 가겠다고 했대요. 그렇게까지 나올 줄은 몰라서 딸이 당황했죠. 유리는 클래식 피아노 전공하러 가는 건데, 갑자기 왜 따라가겠다는 건지…."

오순희의 목소리는 점점 높아졌다가, 이내 체념한 듯 낮아졌다.

"혹시 부검하셨어요?"

"아뇨. 부검한다고 죽은 애가 살아 돌아오는 것도 아니고. 애 몸에 손대는 것도 그렇고. 곱게 보내 주고 싶었어요. 아프지 않게."

한국인 정서에 부검은 여전히 터부시되는 일이다. 죽은 자를 또 죽인다는 이중 살인의 이미지가 강하다. 하지만 이제 과학수사 시대다. 석연찮은 구석이 있으면 반드시 부

검하고, 사인을 확실히 밝혀야 한다. 조서란은 그 부분이
아쉬웠다.

"알겠습니다."

조서란은 다시 카드를 섞었다.

"이제 타로 카드가, 유리 씨의 죽음에 대해 어떻게 말하
는지 들어 보도록 하죠."

조서란은 타로 카드를 바닥에 펼쳐 놓고 오순희에게 카
드 세 장을 뽑으라고 했다.

"이 사건의 처음, 중간, 끝을 보려고 합니다. 보통 세 장
은 과거, 현재, 미래를 말하기도 하죠."

오순희는 고개를 끄덕였다.

"아무거나 뽑으면 됩니까?"

그녀는 타로 카드가 처음이라 긴장하고 있었다.

"네. 평소 잘 사용하지 않는 왼손으로 하시면 됩니다. 이
카드들 위에 손을 올려놓으시고 느낌이 오는 걸 뽑으세요."

오순희는 설명대로 왼손을 타로 카드 위에 놓고 왔다 갔
다 했다.

"뭔가 따뜻한 기운이 느껴져요."

"네, 뽑아서 주시면 됩니다. 아직 뒤집지는 마시구요."

그녀는 세 장을 뽑아서 순서대로 조서란에게 건넸다. 조

서란은 카드를 받아 자신 앞에 하나씩 놓은 후 첫 번째 받은 카드부터 뒤집기 시작했다.

연인 카드였다.

남자와 여자가 서 있고, 그들 위로 천사가 날개를 펼치고 있다.

그런데 그 카드의 위아래가 거꾸로 뒤집어져 있었다. 역방향이었다. 타로 마스터 중에는 카드의 위아래가 뒤바뀐 역방향을 해석하는 사람도 있고, 아닌 경우도 있다. 풍부한 의미를 주기 위해서는 역방향에 의미를 두는 것도 방법이었다.

"이 카드는 과거를 나타내는 카드입니다. 연인 카드가 역방향으로 나왔죠."

조서란의 목소리는 신중해졌다.

"두 사람은 연인으로 시작했지만 관계가 건강하지 못한 걸로 보여요. 어쩌면 처음부터 잘못된 선택이었을지 모릅니다. 유리 씨는 이 관계가 힘들었을 겁니다. 연인이지만 힘이 역전된 관계는 악마 카드가 되거든요."

오순희가 카드를 뚫어져라 쳐다봤다. 거꾸로 있는 천사의 얼굴이 슬퍼 보였다.

그사이 조서란은 선택되지 않은 카드들을 뒤집었다. 수십 장의 카드 중에서 악마 카드를 찾아냈다. 천사 카드 옆에 놓으니 비교해 보기 좋았다.

이 카드는 천사 카드와 같은 구도로 남자와 여자가 서 있다. 다만, 이들의 머리 위에는 악마가 있고, 목줄이 채워져 있다.

"뒤집힌 천사는 악마 카드가 되는 거죠. 이제 두 번째 카드를 볼까요?"

조서란이 카드를 뒤집었다.

나인 소드, 검 9 카드였다.

이 카드에는 침대에 앉아 머리를 감싸 쥔 사람이 그려져 있다.

"가운데 카드는 현재를 뜻해요. 그림을 보면 바로 느끼

시겠지만, 이건 극도의 불안이나 신경쇠약 또는 악몽을 나
타내죠."

"이 사람, 꼭 딸 같아요."

오순희는 카드 속 사람을 연신 쓰다듬었다.

세 번째 카드는.

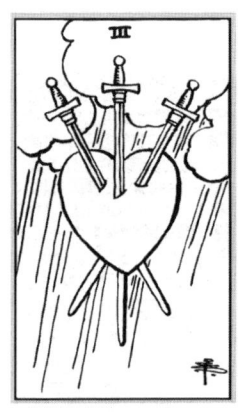

쓰리 소드, 검 3 카드였다.

빨간 하트 한가운데를 세 자루의 검이 꿰뚫고 있는 그림
이다. 하늘에는 먹구름이 끼어 있고, 빗줄기도 세차다. 저
검을 뽑을 것인가, 뽑지 않을 것인가.

타로 카드에서 검은 신념, 생각, 갈등 등 눈에 보이지 않

는 것을 의미하지만 때로는 눈에 보이는 대로 진짜 칼로 해석해도 된다.

"타로 카드는 점술이 아닙니다. 하지만 그림으로 그 상황을 추측해 볼 수 있도록 힌트를 줍니다. 이런 상황을 칼 융은 동시성의 원리로 해석하기도 해요. 이 사건의 처음, 중간, 끝을 우리는 이 타로 카드로 엿볼 수 있다는 겁니다. 믿으실지 모르겠지만."

"카드들을 보니 우리 딸 이야기 같아요. 특히 마지막 카드는 더 그렇군요."

"유감스럽게도, 이번 사고를 뜻하는 것 같죠. 저도 그렇게 느낍니다."

오순희는 고개를 끄덕였다.

조서란 검 3 카드를 짚으며 말했다.

"유리 씨는 남자 친구와 억압적인, 혹은 종속적인 관계로 고민이 많았을 겁니다. 불안하고, 힘들고."

"그럼… 그 애가 우리 유리를 죽인 건가요?"

"아직 알 수 없습니다."

오순희의 얼굴에 실망이 스쳐 지나갔다.

"따님 남자 친구가 어떤 사람인지 혹시 잘 아시나요?"

"잘 모르죠."

"그럼 타로 카드에 물어볼까요?"

"그런 것도 말해 줍니까?"

"물어보면 뭐든 대답해 줍니다."

조서란은 카드를 다시 섞고, 한 장을 뽑았다.

황제 카드. 정방향이었다.

왕좌에 앉은 남자가 오른손에는 생명의 상징인 앙크
(Ankh)를 들고 있다. 왼손에는 구슬(Orb)을 쥐고 있는데 세
속적 권력을 의미한다. 이는 지배욕과 통제욕이 강한 인물
을 뜻한다.

"황제 카드입니다. 연인 관계라면 상대를 소유물로 여기

는 성향을 보였을 겁니다."

조서란의 눈이 날카로워졌다.

"그래서 이 사건은 어떻게 된 겁니까, 선생님."

"그게…."

오순희의 말에 조서란은 대답할 수 없었다. 사건 현장을 보지 못했고, 유리가 손님도 아니었다. 정보가 부족했다.

"타로 카드에 물어보죠. 앞으로 이 사건이 어떻게 될지요."

조서란은 답답한 마음에 카드를 골고루 섞은 후 한데 모았다. 그중 가장 윗부분에 있는 카드를 뒤집었다.

정의 카드, 정방향이었다.

한 손에는 저울을, 다른 손에는 칼을 들고 있었다.

"저스티스, 정의 카드입니다. 지금은 어려워 보이지만, 사건의 진실이 밝혀질 것입니다."

"경찰도 손 뗐는데, 어떻게 진실이 밝혀지나요."

오순희는 무기력한 표정으로 눈물을 흘렸다.

"밝혀내야죠."

"무슨 수로요."

"경찰 수사에만 의존하지 마세요. 경찰만 조사할 수 있는 건 아닙니다. 혹시 따님 방을 보여 주실 수 있으세요? 사건 현장이요. 분명 단서가 나올 겁니다."

"경찰이 다 보고 갔는데…. 남아 있는 단서가 있을까요?"

오순희는 반신반의하는 표정이었다.

조서란은 대답 대신, 재빠르게 카드를 섞고 그중 한 장을 더 뽑았다.

컵 4 카드다.

한 남자가 나무 아래 앉아 있다. 팔짱을 낀 채, 무표정한 얼굴로 앞에 있는 세 개의 컵을 바라보고 있다. 공중에는 손 달린 구름이 컵 하나를 건네주고 있다. 그는 이 컵의 존재를 모르는지 외면하고, 받지도 않은 채 골똘히 생각에 빠져 있다.

이 카드는 감정을 모두 써 버려 무기력하거나 권태를 느끼는 상황을 나타낸다. 충족되지 않는 욕망이나 감정의 허기를 느끼는 상태기도 하다. 구름이 주는 컵은 타인의 호의나 기회다. 안타깝게도 그는 기회를 알아차리지 못했다.

조서란은 이 카드가 왜 나왔을지 생각해야 했다. 경찰의 호의를 거절했다는 의미일까? 내담자 오순희가 감정의 허기를 느끼고 있는가? 그럴 수도 있다.

하지만 질문에 집중해야 한다.

오순희는 단서가 나올 수 있는지 물었다. 그 대답으로 컵 4 카드가 나온 것이라면?

아무래도 정보가 더 필요했다. 그녀에게 호의를 베풀어 달라는 청을 더 간절히 하라는 뜻일까?

"따님이 살았던 곳을, 지금 볼 수 있을까요?"

아무래도 당장 현장을 확인해야 할 것 같다.

유리는 신축 원룸 오피스텔에 살고 있었다. 실평수 6평 정도의 평범한 원룸이었다. 낮은 싱글침대, 책상 겸 화장대, 1인용 소파만으로 가득 찬 공간이다.

인테리어는 모델하우스처럼 말끔했다. 침대는 모서리 하나 흐트러짐 없이 정리되어 있었고, 책상 위에는 먼지 한 톨 없이 깨끗했다. 화장대 거울은 손때 하나 없이 반질반질했다. 깔끔하고, 흐트러짐이 없는 주인의 성격을 닮았을 것이다.

하지만 주인을 잃은 방은 어딘가 공허함이 느껴졌다. 커튼을 통과한 빛조차도 생기를 잃은 듯했다.

"깔끔하죠? 딸 성격이 그래요."

오순희의 설명에 조서란은 고개를 끄덕였다. 주인을 닮은 방에는 범죄 흔적이라고는 전혀 남아 있지 않았다.

"천천히 살펴보세요."

"감사합니다."

조서란은 방 안을 천천히 살폈다. 그리고 벽을 유심히 봤다. 혈흔이나 찢긴 자국이 있을 수도 있다. 못 자국도 없고, 포스터나 사진을 붙였던 흔적도 보이지 않았다. 20대

여성의 방치고는 너무나 무미건조했다. 그 흔한 친구나 연인 사진도 없었다. 송지오는 이미 마음에서 정리한 것 같았다.

조서란은 서랍장으로 향했다. 첫 번째 서랍을 열자, 속옷들이 색깔별로 가지런히 정리되어 있었다. 두 번째 서랍에는 화장품들이 크기순으로 배열되어 있었다.

"이건 유리 씨가 정리한 게 아닙니다."

조서란의 목소리에 확신이 실렸다. 여자들은 화장품을 사용 순서 혹은 비슷한 용도끼리 보관한다. 특히 한창 꾸미기 좋아하는 20대라면 더욱 그렇다. 그런데 화장품 용기의 크기에 집중했다.

"누군가 이 방을 의도적으로 정리했습니다."

"누가? 왜요?"

"대부분 이런 경우는 흔적을 지우려는 의도죠."

세 번째 서랍을 열었을 때, 조서란의 손이 멈췄다. 액세서리 사이에 사진 한 장이 끼워져 있었다. 유리와 조서희가 연주회 드레스를 입고 찍은 사진이었다. 이제는 동생의 이름을 뭐라고 불러야 하나 난감했다. 조서희? 카밀라? 지금은 동생이 누구의 신분증으로 살고 있는지 알 수가 없었다. 혹시나 하는 마음으로 물었다.

"혹시 이 여자 아십니까?"

"유리 옆에요? 이름은 모르겠고, 음대 동기나 되려나."

오순희가 사진을 보며 말했다. 조서희를 전혀 모르는 눈치였다.

"찾는다는 동생이 이 사람이에요?"

"네."

조서란이 계속 사진을 들고 뚫어져라 보고 있으니, 사진을 줬다.

"가져가세요."

"아닙니다. 따님 사진이잖아요."

"유리 사진 많아요. 더 필요하신 분이 가져가세요. 복채 대신 받으세요."

조서란은 더 사양하지 않고 받았다. 사진을 수첩에 끼워 넣고는 조사를 계속했다.

옷장에 넣어 둔 캔버스 가방 안에 노트북이 보였다. 외출 후 가방과 함께 넣어 두었다가 아직 꺼내지 않았던 모양이다.

조서란은 노트북을 조심스레 꺼내 전원을 켰다. 비밀번호가 걸려 있지 않았다. 그리고 클라우드 저장 서비스에 자동 연결 중이라는 알람이 올라왔다. '1년 전 오늘 사진'

에 찍힌 사진이 팝업으로 올라왔다 사라졌다.

아, 클라우드!

조서란은 컵 4 타로 카드의 구름이 떠올랐다. 영어로 클라우드는 구름이다. 구름이 주는 단서가 바로 여기에 있었다.

클라우드 서비스는 디지털 데이터 등을 인터넷 속에 있는 원격 서버, 즉 데이터 센터에 저장하는 것이다. 클라우드 서비스 계정에 로그인만 해 두면, 인터넷이 연결되면 언제든 데이터가 자동으로 동기화된다. 자료를 수시로 업로드하고, 다운로드할 수 있다. 그리고 여러 기기에서 같은 파일을 동시에 열거나 수정할 수도 있다.

유리는 자신의 마지막을 직감하고 휴대폰 동영상 녹화 버튼을 눌렀을 것이다. 누군가 휴대폰에 저장된 동영상 파일을 삭제했더라도, 그 파일은 클라우드에는 고스란히 남아 있게 된다. 지금처럼.

늦은 밤이지만 논현경찰서는 환하게 불이 켜져 있었다. 한시원은 회의실 의자에 몸을 맡긴 채 노트북 화면을 멍하

니 바라보고 있었다. 화면에는 유리 사건의 수사 현황이
정리되어 있었다.

사망자는 외상이나 목을 압박당한 흔적이 없었다. 독성
검사 역시 음성이었다. 현장 감식 결과도 마찬가지였다.
감식반장 박 경위가 작성한 보고서에는 '침입 흔적 없음'이
라는 문구가 선명했다. 문과 창문의 잠금장치는 모두 정
상이었고, 실내에서 몸싸움이 있었던 흔적도 찾을 수 없었
다. 다른 사람의 지문도 발견되지 않았다.

가장 유력한 용의자였던 송지오의 알리바이도 확인됐
다. 사건 당일 밤 그는 회사 동료들과 함께 지방 노래방에
있었고, CCTV와 카드 사용 내역, 동료들의 증언까지 일
치했다. 완벽한 알리바이였다.

수사본부의 결론은 돌연사였다. 젊은 나이지만 스트레
스나 돌발적인 심장 질환으로 인한 급사 가능성이 높다는
것이 공식 견해였다. 세상에는 명확하지 않은 사망 사유가
셀 수 없이 많다. 이런 경우들이 '돌연사'로 설명된다.

한시원이 관자놀이를 문지르며 한숨을 쉬었다. 유가족
은 타살을 주장했지만, 증거가 없었다. 가장 답답한 케이
스다. 모든 증거는 자연사를 가리키고 있었지만, 이대로
사건을 덮기에는 아쉬움이 남았다.

똑똑똑.

회의실 문을 두드리는 소리가 들렸다.

"들어오세요."

"형사님."

오순희가 문을 열고 들어왔다. 그 뒤에는 조서란이 있었
다. 한시원이 반사적으로 자리에서 일어섰다.

"늦은 시간에 어떻게 오셨습니까?"

"꼭 드릴 게 있어서요."

그는 조서란을 보고 누구인지 기억하지 못했다.

"같이 오신 분은…."

"안녕하세요, 조서란입니다. 지난번 장례식장에서."

"아. 같이 식사하셨던. 운수업 하신다는 그분."

"네. 맞습니다."

"우선 앉으세요. 주실 게 있으시다구요?"

"이겁니다."

오순희는 캔버스 가방에서 노트북을 꺼내 테이블 위에
놓았다. 조서란이 설명을 보탰다.

"유리 씨는 타살입니다. 그 증거가 여기 있습니다."

한시원의 증거라는 말에 눈이 커졌다.

"유리 씨가 사용하던 노트북입니다. 증거로 제출하겠습

니다."

조서란이 노트북의 전원을 켰다. 바탕화면에는 클라우드 동기화 아이콘이 깜빡이고 있었다. 클라우드 폴더를 열었다. 수많은 파일들이 날짜순으로 정렬되어 있었다. 그녀가 가장 최근 날짜의 동영상 파일을 클릭했다.

"이 파일은 유리 씨가 죽기 바로 전날 밤에 자동으로 업로드된 겁니다."

한시원은 노트북 화면을 더 잘 보기 위해 의자를 조서란 쪽으로 끌어당기며 앉았다.

동영상 파일이 재생되자, 흔들리는 화면이 나타났다. 휴대폰으로 급하게 녹화한 듯한 영상이었다. 사건 현장인 유리의 원룸이 보였다. 물건들이 여기저기 흩어져 있었고, 의자는 넘어져 있었다.

- 야! 어디 있어! 어디 숨겨 놨어!

남자의 거친 목소리였다. 양복을 입고 구두를 신고 있는 그의 뒷모습이 나왔다. 서랍을 마구 뒤지며 물건들을 바닥에 던지고 있었다. 얼핏 얼굴이 찍혔는데, 송지오였다.

- 오빠, 뭘 찾는데?

유리의 떨리는 목소리가 들렸다. 그녀는 재빨리 휴대폰

을 침대 아래 숨어서 촬영을 이어 갔다.

- 너 타티아나에게 뭘 줬어? 뭘 알려 줬어?

송지오가 유리의 팔을 거칠게 잡았다. 유리가 아픈 듯
신음을 냈다.

- 아무것도 안 줬어! 정말이야!

- 거짓말하지 마! 걔가 죽기 전에 너한테 뭔가 말했잖아!

송지오는 동물처럼 포효하며 유리에게 달려들었다.

- 타티아나가 뭘 봤는지 너도 알고 있어, 그렇지?

- 몰라! 정말 몰라!

- 씨발!

송지오의 구둣발이 유리의 가슴에 날아들었다.

퍽!

이어서 유리의 탁한 비명이 들렸다. 절명의 순간이 적나
라하게 녹화되었다. 쓰러진 유리의 손이 휴대폰을 치면서
화면이 흔들리더니 영상이 끊어졌다.

회의실에 정적이 흘렀다.

사건의 전말을 보게 된 한시원의 얼굴은 창백했다.

오순희는 귀를 막고 흐느끼고 있었다. 원룸에서 이 영상
을 발견했을 때, 그녀는 기절 직전이었다. 영상을 다 보지

못하고, 조서란에게 확인해 달라고 부탁하고 자리를 비웠을 정도였다. 두 번, 아니 만 번을 봐도 딸의 죽음 앞에 눈물이 멈추지 않을 것이다.

"이걸 어떻게 발견하셨습니까?"

"방 정리를 돕다가 발견했습니다."

조서란은 둘러대며 오순희를 쳐다봤다. 그녀도 눈치껏 고개를 끄덕였다.

한시원이 더 물어볼 틈을 주지 않고 조서란은 말을 이었다.

"클라우드 자동 백업 시스템이에요. 유리 씨는 위험을 감지하고 녹화를 시작했을 겁니다. 남자 친구는 휴대폰에서 이 영상을 삭제했겠지만, 클라우드에는 자동으로 올라간 후였습니다. 이 사실을 몰랐을 거구요."

조서란이 마우스를 조작해서 파일 정보를 확인했다.

"자동 업로드 시간이 23시 47분. 그리고 유리 씨가 발견된 건 다음 날 오후였죠?"

한시원은 방금까지 보고 있던 수사 자료를 확인했다.

"네, 맞습니다. 그 시각에 송지오는 전주 호텔에서 투숙했다는 자료를 제출받았습니다. 이 새끼. 어떻게 된 거야!"

"거짓 자료겠죠, 그런 것쯤이야 우습게 아는 사람들이니까요."

"잠시만요."

한시원은 급하게 휴대폰을 들었다.

"한시원입니다. 긴급인데, 송지오가 범인입니다. 증거
확실하니까 전화했죠. 영상이 나왔어요, 현장 영상. 바로
긴급 수배 때리시죠?"

조서란은 그가 상관에게 보고하는 동안 기다렸다. 이제
는 경찰이 발 빠르게 움직일 것이다. 그래야 한다. 더 이상
경찰에 실망하고 싶지 않았다.

통화를 마친 한시원이 조서란에게 물었다.

"클라우드에 연결됐을 거라는 거, 어떻게 아셨습니까?"

조서란이 대답하기 전에 오순희가 낚아챘다.

"타로 카드요. 타로 선생님이시거든요. 장례 치르고 답
답한 마음에 찾아갔는데. 이렇게 증거도 찾아 주시고. 진
짜 용하세요. 정말로."

한시원의 표정이 묘해졌다.

"그럼 그 운수업이? 자동차 운수가 아니라, '운수 좋은
날'의 그 운수?"

"타로 안 믿는 분들께 굳이 타로 마스터라고 말씀드리기
어렵잖습니까? 그래서 그렇게 말씀드린 건데. 다른 직업

으로 오해하실 줄 몰랐습니다."

"어느 쪽이든 상관없습니다. 전 타로 카드로 어떻게 이 증거를 찾으셨는지가 궁금합니다."

"타로 카드에 대해 잘 아십니까?"

"그럼요. 따로 배우기도 했습니다. 경찰 하면서 청소년들 많이 만나는데. 이 녀석들. 대화하기 힘들지 않습니까? 상담 도구로 배웠습니다. 그런데 배운다고 다 하는 게 아니더라구요. 제가 말주변이 없어서 그런지 타로 카드도 효과가 없긴 했습니다만."

"그럼 쉽게 이해하시겠습니다. 컵 4 카드를 뽑았습니다. 구름이 컵을 들고 있는 그림, 기억하시죠?"

"예, 알고 있습니다. 전 뜬구름 잡는다, 이렇게 해석합니다."

"그렇죠. 그 뜬구름을 잡았습니다."

조서란이 노트북을 가리키며 말했다.

"클라우드."

"구름, 클라우드."

한시원은 감탄했다.

"그걸 이렇게 연결하셨다? 센스가 대단하십니다."

"처음부터 연결할 수 있었던 것은 아닙니다. 타로 카드는 질문하는 자에게."

"반드시 답을 주죠."

한시원이 맞받아쳤다. 조서란과 말이 잘 통했다.

"맞습니다. 지금은 경찰이 아니지만, 제 경험에 비추어 보자면, 범죄자가 아무리 증거를 없앤다고 해도 놓치는 게 있기 마련입니다. 이 사건, 용의자가 호텔 체크인은 했지만 중간에 빠져나왔을 가능성이 높습니다. 교통 CCTV나 통행료 기록을 확인해 보시죠?"

조서란의 제안에 한시원이 고개를 끄덕였다.

"네, 경찰에서 재수사 시작할 겁니다. 걱정하지 마십쇼. 어머님, 송지오 잡는 대로 연락드리겠습니다."

"감사합니다, 형사님."

"저희가 죄송합니다. 최선을 다해도 늘 죄송합니다."

그의 인사에서 진심이 보였다. 그사이 오순희는 전화가 와서 급히 회의실을 나갔다. 조서란이 인사를 하고 나가다가 멈췄다.

"형사님, 한 가지 부탁이 있습니다. 송지오를 잡으면 제가 한번 만나 볼 수 있을까요?"

"무슨 일 때문에 그러십니까?"

"개인적인 사정입니다."

회의실에 잠시 정적이 흘렀다. 환풍기 시스템의 윙윙거리는 소리만 들렸다.

"알겠습니다. 확답은 못 드리지만, 문제가 안 되는 선에서 노력해 보겠습니다. 디지털포렌식팀 결과가 나오면 연락드리겠습니다."

"알겠습니다."

조서란이 자리에서 일어났다. 한시원도 조서란을 따라 일어서며 물었다.

"저도 한 가지만 여쭤봐도 되겠습니까?"

조서란이 고개를 끄덕였다.

"예, 말씀하시죠."

한시원은 잠시 말끝을 망설이다가, 천천히 입을 열었다.

"혹시…, 경찰 쪽에 계셨던 적 있으십니까?"

조서란의 눈썹이 미세하게 움직였다. 그러나 바로 부정하지도, 그렇다고 놀란 기색도 없었다. 오히려 되물었다.

"그렇게 보이던가요?"

한시원이 웃었다.

"예. 처음엔 못 알아봤습니다. 근데 오늘 말씀하시는 걸 듣고 좀 확신이 들었습니다."

"어느 부분에서요?"

"형사들이랑 오래 같이 근무해 본 사람만이 갖는 말투가 있습니다. 특정 단어를 선택하는 방식, 타인의 이야기를 끊지 않으면서도 수사의 흐름을 자연스럽게 유도하는 말버릇, 그런 게 묻어나더군요. 교통 CCTV, 통행료 기록. 이런 수사 제안, 아무나 못 합니다. 그건 수사 회의 테이블에 앉아 본 사람이 아니면 안 나옵니다."

조서란이 살짝 미소 지었다. 그의 관찰력도 제법이었다.

"실례인 줄 알면서도 궁금했습니다. 타로 마스터라고는 하셨지만, 내내 수사관 느낌이 났습니다."

"한때. 그랬었죠."

조서란은 그 말 이상을 덧붙이지 않았다.

"그럼 저는 이만 가 보겠습니다. 혹시 소식 있으면 연락 주십쇼."

"예, 알겠습니다."

조서란은 회의실 문을 닫고 복도로 나서며 생각했다. 꽤나 영특한 형사라고.

유한은 타티아나 사건을 놓지 못했다. 국과수의 결과지를 보며 사건을 상기했다. 법의학자 박진영 박사의 말을 떠올려 봤다.

"타티아나 김의 사인은 익사입니다. 폐에서 다량의 물이 검출되었으며, 익사 시 발견되는 폐포의 손상과 부종이 관찰되었습니다. 또한 사후 경직 및 부패 상태를 고려할 때 사망 시점은 발견되기 전, 여섯 시간 이내로 추정됩니다."

강남 뒷골목에서 발견됐는데 익사라면 강에서 살해당한 후 골목으로 옮겨진 것이 분명했다. 하지만 폐에서 채취한 물의 염도가 문제였다.

31.2퍼밀.

담수인 수돗물의 염분은 0퍼밀이다. 한강은 0.5퍼밀 정도다. 동해, 서해, 남해 중 동해는 33~34퍼밀로 비교적 염도가 높다. 강물과 섞이는 서해와 남해는 동해보다 약간 낮다.

31.2퍼밀이라면 서해와 남해에서 익사당했을 확률이 높다. 그런데 왜 다시 강남 한복판의 골목에 데려왔을까? 어딘가 미심쩍었다. 개운하지 않았다.

아무래도 타로 카드에게 물어봐야겠다. 요즘 조서란은 도통 연락이 없다. 경찰의 직업병인지 모르겠지만, 주변이 너무 조용하면 불안했다.

조서란은 유한이 타티아나 사건 때문에 만나자고 했을 때, 의아했다. 본인이 제공할 수 있는 정보가 없는데 형사를 만날 필요가 있을까?

"나도 타로 카드 좀 보자."

손님으로 오겠다고 하니, 거절하려고 만든 핑계들은 모두 궁색했다. 사실 타티아나 사건 진행 상황도 궁금하긴 했다.

유한이 예약 시간에 맞춰 아르카나로 찾아왔다. 선배와 후배, 남편과 아내로만 마주 앉았었는데, 오늘은 손님과 타로 마스터로 조서란과 마주 앉았다.

"타로 카드 안 믿는 당신이 어쩐 일이야?"

"타티아나. 범인이 강에서 익사시키고 골목으로 옮겨 왔는데. 개운하지가 않아."

"이런 경우, 굳이 골목까지 데려오는 패턴이 더 이상하지. 강에 유기하는 게 편할 텐데."

"과시형 범죄자라면 가능할 수도."

"그 상태로 뭘 과시하지?"

조서란이 미심쩍은 눈초리로 물었다.

"아니면 협박?"

"누굴?"

"모르니까 타로점 보러 왔지. 타티아나가 정말 강에서 익사한 거 맞는지. 확인할 수 있나?"

"확인은 힘들고, 상담은 할 수 있어."

"그게 무슨 소리야?"

"타로 카드는 공수 내리는 신점이 아니야. 신점이라도 확인하는 건 어렵고, 그 확인이야말로 당신이 좋아하는 과학수사에서 할 수 있지. 이 카드는 거울이야. 일어난 일을, 일어날 일을 있는 그대로 비춰 주는 거야. 나는 그 거울 속에 보이는 이미지가 주는 단서를 읽어 내는 거고. 그게 타로 카드의 원리야. 그것만 알면 돼."

"그래서 알 수 있다는 거야, 없다는 거야?"

"타티아나가 강에서 죽었는지, 그걸 물어볼게."

조서란은 타로 카드를 섞어 바닥에 펼쳤다. 카드는 일정한 간격을 유지한 채 고르게 펼쳐졌다. 끊김이 없이 잘 펼쳐졌다면 타로 카드의 답이 정확할 확률이 높았다. 그녀만의 비결이었다.

"자, 두 장 뽑아. 강에서 죽었다, 아니다. 이렇게 카드를 볼 거니까."

유한은 한 장씩 차례로 뽑았다.

완즈 10과 달 카드가 나왔다.

"아니야. 강에서 죽지 않았어."

조서란의 말을 듣고 유한은 카드를 자세히 들여다봤다. 대체 어떤 근거로 이런 답을 찾아내는지 알 수가 없었다.

"두 장 뽑았잖아. 첫 번째 카드는 죽었다, 두 번째 카드는 아니다. 각 카드는 여기에 해당하는 거야. 완즈 10은 마이너 카드, 달은 메이저 카드인데 메이저의 에너지가 더 크지. 에너지가 큰 카드가 '아니다'에 뽑혔으니 '강에서 죽지 않았다'라는 메시지야. 그리고 이 카드는 뭔가 숨겨 놓았다, 사람을 속인다, 은밀하게 처리한다라고 해석할 수도 있어."

유한은 알 듯 말 듯 한 해석에 고개를 갸웃했다.

"계속해 봐. 어떻게 죽었는지도 알 수 있나?"

"어떻게 알아. 타로가 CCTV는 아니잖아?"

"그걸 알아야 사건을 해결하지."

"자, 그럼 이 사건이 어떻게 진행됐는지, 이렇게 질문을 바꿔 볼게. 좋은 답은 좋은 질문에서 나오거든."

조서란은 다시 카드를 섞고 펼쳤다.

"세 장 뽑아."

유한은 세 장을 뽑아 순서대로 조서란에게 줬다. 그녀는 제 앞에 카드를 나란히 놓고 첫 번째 카드부터 뒤집었다.

"어? 달 카드잖아. 아까 그거."

"같은 카드가 세 번 연속으로 나오는 경우도 있어. 그만큼 이 사건에서 달 카드가 중요한가 봐."

"숨긴다, 속인다. 이런 뜻이라며?"

"이번에는 이 물. 강인지 냇물인지 모를 이 장소에 주목해야 해."

"뭐야. 코에 걸면 코걸이, 귀에 걸면 귀걸이야?"

"그래서 뜻이 풍부한 거야. 활용도도 좋고."

조서란은 두 번째 카드를 뒤집었다.

심판 카드.

세 번째는.

매달린 사람 카드였다.

해석이 난감한 카드들이었다. 이 사건은 아직 진행 중이다. 심판이 필요하다면? 매달린 남자처럼 관점을 바꿔서 이 사건을 보라는 뜻일까? 어쨌거나 모든 것을 다시 확인해야 한다는 메시지로 보였다.

"혹시 부검서 볼 수 있어?"

조서란이 요청했다.

유한은 휴대폰에 저장해 놓은 부검서를 보여 줬다. 문서를 꼼꼼하게 살펴보던 조서란은 이상한 점을 발견했다.

"어? 이게 말이 돼?"

타티아나의 폐에서 검출된 물 성분이 이상했다.

"검출된 염분 농도가 담수와 일치하지 않아. 확인했어?"

조서란은 부검서를 탁자 위에 펼쳐 놓고, 검지로 한 줄을 짚었다.

"맞아. 담수가 아니라 해수야. 넌 어떻게 알아낸 거야?"

"한강 시신 유기 사건 담당했을 때, 확인했던 적 있거든. 한강 평균 염분 농도는 0.5퍼밀 정도지. 위치마다 다르기는 하지만 평균적으로. 강 하류, 서해랑 가까운 쪽이면 모를까, 강남 근처는 거의 담수에 가까워. 염도가 너무 높은데?"

"동해보단 낮아서 서해나 남해로 추측되는데. 남해는 물리적으로 거리가 너무 멀어. 서해라도, 수장을 택하지 이렇게 굳이 사람들에게 발견될 장소에 시신을 버리진 않을 거야."

"바다가 아니라면?"

"그런 곳이 있을까?"

그 순간 유한과 조서란은 일시에 말이 없어졌다. 휴대폰으로 검색을 시작했다. 내기를 한 것도 아니지만 누가 먼저 이 수수께끼를 풀어낼지 관건이었다.

몇 분이 흘렀을까. 두 사람은 동시에 정답을 찾아냈다.

"수족관?"

"양식장?"

유한이 말한 수족관도, 조서란이 찾은 양식장도 모두 인공적으로 염분을 조절할 수 있다는 특징이 있었다.

두 사람의 의견은 일단 수족관으로 기울었다. 강남에는 양식장이 없기 때문이다. 대신 해수어를 취급하는 고급 수족관은 많다. 서울 시내에는 관람객을 받는 대형 수족관도 있지 않던가.

유한이 사건을 정리했다.

"처음부터 강은 잘못된 장소였군. 익사는 맞지만 장소가 틀렸던 거지. 수족관에서 죽여서 바로 골목에 버렸다? 골목에 버린 이유는."

"경고지. 누군지 모르지만 자기 세력을 과시하기 위해서, 견고하게 하기 위해서 보란 듯이 공개 처형한 거야. 개인적인 원한이 아닌 조직적 응징."

조서란의 눈빛이 날카로웠다.

"시간이 많지 않아. 그 수조는 지금쯤 비워졌을 거고."

"일이 커지는 느낌이네."

유한의 걱정에 조서란이 고개를 끄덕였다.

조서란은 유한이 돌아가고 테이블에 남아 있던 카드를 정리하기 시작했다.

카드들을 한곳으로 모으는데, 심판 카드에 눈이 갔다. 나무통에 들어가 나신으로 천사의 소리를 듣고 있는 사람들. 마치 관 속에 들어 있는 것 같았다.

간혹 잔상이 오래 남는 카드들이 있다. 오늘은 이 카드였다. 카드는 아직 할 말이 남아 있는 것 같았다.

유한은 팀원인 서연, 현수와 함께 수족관을 찾아다니며 수사를 시작했다. 서연이 운전하고, 뒷좌석의 현수가 브리핑했다.

"강남구에 등록된 수족관만 42곳입니다."

"그중 해수어 취급하는 데는?"

유한이 물었다.

"아홉 군데입니다. 무허가로 운영하는 업장이 있을 가능성도 있습니다."

"돌다 보면 알게 되겠지. 일단 방문하는 곳들의 수조 염도 확인하고. 일지 보면 물을 교체한 시기가 있을 거다. 그

주기가 비정기적이었거나, 타티아나 발견일 전후라면 의심해 봐야 해."

"예."

후배 둘이 동시에 대답했다.

"팀장님. 어떻게 수족관을 생각하셨습니까? 전 생각지도 못했는데."

서연이 고개를 갸웃거리며 물었다.

"생각지도 못한 방법을 썼지."

그 대답에 현수는 그 방법이 뭐냐고 캐물었지만, 유한은 말하지 않았다.

"범인 잡으면 그때 알려 줄게. 이번 사건, 이미 시간이 많이 지났다. 수족관 특성상 사건이 일어났던 수조는 물갈이했거나, 청소됐을 가능성이 높아. 그러니까 뭐든 수상하면 그냥 넘기지 마."

"예."

세 사람은 압구정, 청담, 논현, 신사동을 돌며 하루 종일 수족관과 아쿠아 테라피 샵, 고급 애완 어종 판매점들을 탐문했다. 어떤 곳은 이미 폐업했고, 어떤 곳은 수족관이지만 부자재만 판매했다. 사전 정보와 달리 민물 어류만

취급하기도 했다.

아직 목표의 절반도 방문하지 않았지만, 후배 형사들은 지쳐 가고 있었다. 단서가 될 만한 것을 찾지도 못했다.

유한도 지치긴 마찬가지였다. 이럴 때마다 형사들이 사건을 포기했다면 해결된 사건은 몇 안 될 것이다. 쉬운 사건은 없다. 쉽지 않기 때문에 사건이다.

유한은 다시 힘을 내서 새로운 수족관 '비욘드 아쿠아'에 도착했다.

5층 건물의 1, 2층이 수족관이었다. 세 사람은 1층으로 들어갔다. 벽면 가득 산호가 장식되어 있고, 수조에는 민물고기, 해수어, 열대어 등등 다양한 어종이 유영하고 있었다. 조용하고, 세련된 분위기였다.

"안녕하세요. 강남경찰서 유한 형사입니다. 몇 가지 여쭐 게 있습니다. 시간 괜찮으십니까?"

유한이 경찰 신분증을 꺼내자, 사장은 긴장한 표정으로 고개를 끄덕였다.

"예, 예. 괜찮습니다."

놀란 모양이었다.

"사장님 가게뿐만 아니라 관내 모든 수족관 방문 중입니다. 해수어를 취급하십니까?"

"주로 그렇습니다."

"최근 한 달 사이에 고객 중 수조 염도 조절 요청이 있었습니까?"

현수가 물었다.

"있긴 했죠. 평소보다 염도 낮춰 달라고. 보름달 해파리를 분양받았다고 했거든요."

"어? 그거 남해안에 사는 우리나라 토종 해파리인데."

서연이 말했다.

"잘 아시네요. 맞습니다."

사장이 놀라며 말했다.

"조카 데리고 수족관 갔다가 봤거든요."

유한은 그들의 대화에서 '남해'라는 단어가 귀에 박혔다.

"그날이 언제였습니까?"

유한이 매섭게 물었다.

"한 달 전?"

서연과 현수가 동시에 고개를 들었다. 유한도 타티아나가 발견된 시기와 비슷하다는 것을 눈치챘다.

"염도는 몇 퍼센트로 맞추셨는지 기억나십니까?"

"31퍼밀 정도였을 겁니다. 해파리니까."

유한은 타티아나의 몽타주를 꺼내 보였다.

"혹시 이 사람 본 적 있으십니까?"

사장은 사진을 뚫어지게 보더니, 잠시 주저했다.

"못 봤습니다."

유한은 그 태도가 수상했다. 모른다면 주저할 이유가 없다. 촉이 움직였다. 느낌이 왔다.

"여기 CCTV 있습니까?"

"입구 쪽이랑 이 안쪽에 있습니다."

"영상 볼 수 있습니까?"

"이게 한 달로 지정해 놨는데. 봅시다."

사장은 이들을 사무실로 불렀다. 세 사람은 매장 사무실 한쪽에 설치된 모니터 앞에서 영상을 확인했다. 사장은 출장 일지와 영상의 날짜를 번갈아 확인하면서 해당 녹화본을 찾아냈다.

"여기, 저 사람 아니에요?"

서연이 영상을 멈춰 세웠다.

화면 속, 검은 야구 모자를 쓴 남성이 수조 앞을 서성이며 직원과 대화를 나누고 있었다. 얼굴은 모자에 거의 가려졌지만, 체격과 자세, 고개를 돌리는 습관이 어딘가 익숙했다.

"확대할 수 있습니까?"

사장은 조작이 서툴러서 확대해 본 적이 없다고 했다.

"제가 해 보겠습니다."

현수가 키보드 단축키를 눌러 클로즈업을 시도했다. 화면이 픽셀로 번지긴 했지만, 눈가와 콧등, 광대의 뼈대가 일부 드러났다.

"아까 수조 염도 조절을 요청한 사람이 이 사람 맞죠?"

유한이 사장을 바라봤다.

"아, 아."

사장의 얼굴은 난감한 표정이었다.

"제가 말한 사람은 저 사람이 아닌데. 맞기도 합니다."

그의 답이 수상했다.

"거래처 직원입니다. 해수 공급 업체에서 일하긴 하는데. 매주 한 번씩 와서 해수 탱크 교체나 염도 비율 조절을 도와줍니다. 그쪽 전문이니까."

"그럼 말씀하신 해파리는?"

"저 직원이 소개해 준 사람입니다. 룸메이트라고 하던데."

"일단, 저 사람 이름은 알고 계십니까?"

유한이 서둘러 물었다.

"알죠. 사람 좋아서 술도 한잔하는 사이입니다. 송지오."

그 이름을 드는 순간, 서연은 고개를 갸웃했다. 이름이 낯설지 않았다. 하지만 누구인지 떠오르지 않았다.

유한은 더 이상 알아낼 것이 없어서 마무리했다.

"알겠습니다. 추후 필요하면 다시 연락드리겠습니다. 협조해 주셔서 감사합니다."

"도움이 됐나 모르겠습니다. 그런데 형사님. 어떤 살인 사건인가요?"

그 말을 들은 유한의 눈매가 매섭게 빛났다. 하지만 내색하지 않았다. 살인 사건인 줄을 어떻게 알았을까? 실종일 수도 있고, 사기일 수도 있다. 그러니 사장의 행동도 수상했다.

유한은 그 가게에서 나오자마자 서연에게 물었다.

"넌 아까 그 사람이 용의자인 줄 어떻게 특정했지?"

"검은 야구 모자. 클리셰잖아요. 범인들이 눈에 띄지 않겠다고 그런 모자를 쓰는데. 그게 더 범인 같아 보이는 거."

"찍었다?"

"맞혔다에 방점을 찍어 주시면 안 됩니까?"

"까불지 말고. 그리고 송지오라는 이름에 반응하던데? 아는 사람이야?"

"아. 동기가 수사하는 사건인데, 타로 마스터가 증거를 찾아왔다면서 한참을 자랑하더라구요. 걔가 타로 카드 자격증도 있는 애거든요."

유한은 그 타로 마스터의 이름을 듣지 않았어도, 누구인지 알 것 같았다.

"송지오는?"

"용의자인데. 마담 타로가 찾는다고 했습니다."

"그래?"

유한은 무심한 척, 운전석에 올랐다. 하지만 핸들을 잡은 손이 미세하게 떨렸다. 룸미러를 통해 자신을 바라보는 후배들의 시선을 피하려 애썼다. 송지오라는 이름이 머릿속에서 맴돌았다. 마담 타로가 이 사건에 개입되어 있다는 사실도 그를 불안하게 만들었다.

유한은 시동을 걸었다. 차가 출발하는 순간, 그는 이 사건이 이제 멈출 수 없다는 것을 직감했다.

차는 강남대로를 빠져나와 서초 방면으로 향했다. 토요일 저녁, 나들이 차량과 쇼핑 인파로 도로는 거의 정지 상태웠다. 깜빡이는 브레이크등 아래, 세 사람 모두 무거운 침묵에 잠겨 있었다.

뒷자리에 앉은 현수가 조심스레 입을 열었다.

"팀장님, 근데 이런 사건일수록 영화처럼 점집 같은 데 가 봐야 하는 거 아닙니까?"

"야."

옆에 앉은 서연이 팔꿈치로 현수 옆구리를 찔렀다.

"눈치 좀 챙겨. 지금 그 말할 타이밍이야?"

"아, 그게 아니라. 사모님이 타로 가게 하시잖아요? 그냥 말 나온 김에."

유한이 백미러를 보며 미간을 찌푸렸다.

"이미 만나고 왔다. 타티아나 폐 안에 있던 해수 단서도 그 사람이 알려 줬다. 됐지?"

"진짜요? 타로 카드로요?"

현수가 놀라 물었다.

"진짜 타로 카드가 사건을 해결해 준다고 생각하냐?"

유한은 낮게 웃었다.

"난 아니라고 생각한다. 그건 '투영 기법' 중 하나일 뿐이야."

"몽타주처럼요?"

"비슷해. 범인의 얼굴을 기억하지 못해도 이미지 조각들을 떠올리게 하듯이, 타로도 질문자에게 생각을 유도하는 도구야. 가끔은 그게 막힌 수사관의 시야를 넓혀 주기도 하지만."

유한은 말끝을 흐렸다가 다시 이어 갔다.

"미국에선 민간 프로파일러가 그런 역할도 한다고 하는데. 경찰 소속이 아닌데도, 연쇄살인범 프로파일링을 맡거나, 가족 의뢰로 움직이는 사람들이지. 주부 프로파일러에 관한 책을 읽어 봤는데, 그 제목이 '이웃집에 살인자가 살았다'였나?"

서연이 흥미롭다는 듯 고개를 끄덕였다.

"그런데 우리나라는 대부분 경찰 내부 인력만 프로파일러로 활동하잖아요."

"맞아. 이런 타로 카드는 '비과학'으로 치부되는 경우가 많지. 하지만."

유한은 창밖을 바라봤다. 붉은 브레이크 등 아래 도시의 빛이 흐릿하게 번졌다.

"이렇게 답답하게 풀리지 않는 사건을 맡았을 땐 나도 생각하지. 타로든 신점이든, 아니면 직감이든, 뭐든 간에 단서를 찾을 수 있다면 만나 보고 싶다고."

마담 타로

그는 낮게 한숨을 쉬며 중얼거렸다.

유한은 후배들을 지하철역에 내려 주고 조서란에게 전화를 걸었다.

"나야."

"무슨 일이야?"

수화기 너머로 그녀의 건조한 목소리가 들렸다.

"당신, 송지오 알아?"

전화 받은 조서란은 유한의 입에서 낯익은 이름이 나오자 놀랐다.

"당신은 그 사람을 어떻게 아는데?"

"용의자라며?"

"확실하진 않지만 서희랑 연결된 사람 같아. 서희를 알고 있는 친구를 소개받았는데, 그 남자가 죽었거든."

"알았어. 담당 형사 만나 보지."

유한은 급히 전화를 끊었다.

유한은 논현경찰서 복도를 빠르게 걸어가며 생각했다. 송지오라는 이름이 두 사건에서 동시에 나온 것은 우연이 아니다. 타티아나 사건과 유리 사건의 접점이 송지오다.

게다가 서희의 사건과 연결되어 있다고 하니 긴장할 수밖에 없었다.

수사과에 도착해서는 한시원을 찾았다. 그는 사무용 의자에 앉아 노트북 화면을 응시하고 있었다.

"한시원 형사?"

한시원이 고개를 들어 유한을 바라봤다.

"강남서 유한입니다. 연락드린."

"유한 선배님?"

그는 벌떡 일어나 예의 있게 인사했다.

"선배는."

"서연이 선배님이시면, 제 선배님이시죠."

한시원은 넉살이 좋았다.

"회의실로 모시겠습니다."

둘은 조용한 회의실로 향했다.

"서연이에게 팀장님 이야기 많이 들었습니다. 집요하게 수사하신다고."

"안 그런 형사가 있습니까? 송지오가 제 사건과 연관이 있을 것 같아서 찾아왔습니다. 수사 협조 요청드립니다."

"말 편하게 하십쇼, 선배님."

"차차 그렇게 하죠. 우선 송지오에 대해 말씀해 주시겠습니까?"

"어떤 연관이 있습니까?"

한시원의 목소리에 긴장감이 실렸다.

"타티아나 익사 사건과 연관된 수족관에 송지오가 출입했던 기록이 확인됐습니다. 해수 염도 조절을 요청한 시기와 타티아나 사망 추정 시각이 일치합니다."

"정말입니까?"

한시원은 놀란 표정으로 유한을 바라봤다.

"네. 그래서 송지오에 대한 기본적인 신상 정보와 수사자료를 공유해 주시면 감사하겠습니다."

한시원은 잠시 고민하는 듯했다가 고개를 끄덕였다.

"알겠습니다. 잠시만 기다려 주십시오."

한시원은 잠시 자리를 비웠다가, 파일을 들고 들어왔다. 그걸 유한에게 건넸다.

"송지오 신상 정보와 알리바이 조작 관련 자료입니다. 아직 신변 확보는 못 했습니다. 도주 중인 것 같습니다."

유한은 파일을 받아 훑어봤다. 송지오의 사진, 주소, 직업, 교제 관계 등이 정리되어 있었다.

"스타트업 대표입니까?"

"허위입니다. 실제로는 유흥가에서 근무하는 것 같습니

다. 사채업에 손을 댔다가 빚을 진 상태기도 합니다.”

“유흥가요?”

“마담 타로라고, 피해자 어머니랑 같이 온 타로 마스터
가 있는데. 어머니 몰래 힌트를 주고 갔습니다. 어머니는
모르셨지만, 딸은 유흥가에서 근무했던 것 같습니다. 그걸
수사 중입니다.”

“피해자 유리 씨와 송지오는 어떤 관계였습니까?”

“교제 폭력 가해자였습니다. 유리 씨가 유학 가려고 하
자 반대했고, 결국 살해한 것으로 보입니다.”

유한은 자료를 더 자세히 살펴봤다. 송지오의 행적과 인
맥이 상세히 기록되어 있었다.

“혹시 송지오와 러시아 여성들 사이의 연결 고리가 있는
지 확인해 보셨습니까?”

“대표로 있는 회사가 러시아뿐만 아니라 동유럽, 동남아
등 세계 각지의 아티스트를 초청하는 에이전시였습니다.
왜 가끔 라이브바 가면 필리핀 가수들 있잖아요. 그런 공
연 기획하고, 한국어 연수도 시켜 주고. 케이팝 제작사라
고 홍보하고 미성년자들을 데리고 왔는데, 확인해 보니 문
화체육관광부에 미등록된 제작사입니다.”

“그렇다면 그중 일부는?”

"불법으로 유흥업소로 넘겨졌을 가능성도 있습니다. 그에 대한 위조 여권이나 비밀 루트를 사망한 유리가 타티아나에게 제공한 것으로 추측 중입니다. 둘 다 사망해서 확인하기 어렵지만요."

"한 가지 더 묻고 싶은 게 있습니다."

"말씀하시죠, 선배님."

"마담 타로라는 분과 어떤 이야기를 나누셨는지 궁금합니다."

한시원은 고개를 저었다.

"죄송합니다, 선배님. 제보자 보호 원칙상 구체적인 내용은 말씀드릴 수 없습니다."

"제보자 보호요?"

"네. 마담 타로께서 결정적인 증거를 제공해 주셨습니다. 그분이 없었다면 송지오를 용의자로 특정하지 못했을 겁니다."

유한은 내심 조서란의 능력에 감탄하면서도 복잡한 심정이었다.

"그렇군요. 알겠습니다."

유한은 파일을 들고 자리에서 일어났다.

"자료 감사합니다. 송지오 검거되면 바로 연락 주십시

오. 저희 쪽에서도 참고인 조사가 필요할 것 같습니다."

"네, 알겠습니다. 선배님도 타티아나 사건에서 진전이 있으면 공유 부탁드립니다."

"그러죠."

유한은 회의실을 나서며 생각했다. 조서란은 또 다른 사건에 개입되어 있다. 그 사건의 핵심 증거도 자신보다 먼저 찾아냈다. 이렇게 적극적으로 움직이는 이유는 동생 때문일 것이다. 이 사건들 어딘가에 조서희의 행방이 엮여 있을 것이다.

상의 주머니에서 휴대폰 진동이 느껴졌다. 확인해 보니 조서란이 보낸 문자 메시지였다.

「시간 되면 아르카나로 올 수 있어? 송지오 이야기를 듣고 싶은데.」

오늘은 피곤했다. 목 뒤쪽이 뻐근했다. 조서란과의 대화마저 신경을 곤두선 채 이어 가고 싶지 않았다. 머릿속에 정리해야 할 단서들이 의미 없이 부유하고 있었다. 답장을 보냈다.

「오늘은 힘들고, 자료 정리되면 연락할게.」

더 이상 연락은 오지 않았다.

유한은 차에 시동을 걸며 한숨을 쉬었다. 그냥 간다고 할 거 그랬나. 연락이 오지 않자 오히려 더 불안했다. 송지오에 대해 더 알고 싶은 것도 있긴 했다. 휴대폰을 들었다. 연결음이 몇 번 울리더니 조서란의 목소리가 들렸다.

"여보세요?"

"나야. 그 한시원 형사 방금 만났고, 송지오 자료 받았어."

"송지오는 어디서 찾았어?"

"수족관 CCTV에서. 아직 검거하진 못했다고 해."

"그건 알고 있었어."

"오늘은 만나도 할 말 없을 거 같으니까. 사건 확인하고, 다시 연락할게."

"송지오 잡으면 연락해. 물어볼 말이 있으니까."

"서희?"

조서란은 대답이 없었다. 그는 어색함을 느끼고 서둘러 통화를 종료했다.

"그래. 끊자."

동생이 이야기만 나오면 두 사람은 말이 없어졌다. 유한은 시동을 걸었다.

운전하는 내내 오늘따라 몸이 무거웠다.

타티아나 사건의 실마리가 조금씩 보이기 시작했지만, 여전히 풀리지 않는 의문들이 머릿속을 맴돌았다. 수족관의 염도, 송지오의 행방, 그리고 조서란이 제시한 가설들이 퍼즐 조각처럼 흩어져 있었다. 한 조각이 더 필요했다. 결정적인 한 조각이.

유한이 집 앞에 도착했다. 차에서 내려 빌라 출입문 번호를 누르려는 순간, 목 뒤에서 차가운 감촉이 느껴졌다. 칼날이었다.

유한은 즉시 상황을 파악했다. 상대는 자신과 키가 비슷하지만 팔다리 근육에서 힘이 느껴졌다. 경찰이지만 방검복도 없이 섣불리 나설 수는 없다. 하지만 분명 어느 방향에서든 CCTV가 찍었을 것이고, 자신의 차량 블랙박스도 믿어 볼 만했다.

뒤에서 낮고 거친 목소리가 속삭였다.

"수사는 멈추는 게 좋을 거야. 더는 위험해."

유한의 시선이 살짝 옆으로 움직였다. 상대는 후드를 눌러쓴 남자였다. 자신의 목을 찌를 것 같은 칼날이 희미한 가로등 아래 빛났다.

"무슨 사건인지 알아야 멈추지. 대한민국에는 나쁜 새끼들이 너무 많거든. 너 말고도."

유한이 대담하게 말했지만, 오히려 칼끝이 목덜미에 더 밀착됐다.

"경고했다. 이 이상 파고들면, 너도 죽는다고."

유한은 짧은 침묵 끝에 낮게 웃었다.

"나 죽으면 다른 경찰이 잡을 거다, 이 새끼야."

남자가 조용히 숨을 들이마셨다. 그리고 유한의 귓가에 다시 속삭였다.

"타티아나처럼 되고 싶지 않다면 멈추라고."

그 순간, 유한의 머릿속에 번개가 스쳤다. 타티아나와 관련 있다면 처제와도 연관된 사람인가?

유한은 몸을 비틀어 칼을 피하며 팔꿈치로 남자의 복부를 가격했다. 상대가 비틀거리며 칼을 놓치려는 찰나, 그는 재빨리 손을 뻗어 상대를 벽으로 밀어붙였다. 검은 비니, 검은 복면, 검은 옷을 입은 남자라 흰 눈동자만 반짝였다.

"너 송지오지?"

남자의 눈이 순간 더 커졌다.

유한은 확신했다.

남자는 보통내기가 아니었다. 날렵했다. 순간적으로 몸

을 틀면서 유한을 밀쳐 버리고 도망쳤다.

유한은 전속력으로 달려갔지만 사방으로 연결된 골목 길은 미로처럼 복잡했다. 다섯 갈래 골목길에서 놈을 놓쳤다. 분이 풀리지 않았다. 이런 식의 초대장이라면 기꺼이 응해 주지. 어떻게든 잡아넣을 것이다. 숨을 몰아쉬며 사방을 노려봤다.

집 앞에 돌아온 유한은 대문 앞에 서서 전화를 걸고 있는 조서란을 발견했다. 서둘러 상의, 하의 주머니를 뒤졌지만 휴대폰은 없었다. 그녀가 한심하게 쳐다보는 것이 느껴졌다.

"차는 있는데, 집에 불은 안 켜져 있고, 전화는 안 받고. 경찰서에 전화하니까 퇴근했다고 하고."

"그러게. 휴대폰이…. 다시 한번 걸어 볼래?"

조서란은 기가 찬 표정이었지만, 다시 전화를 걸었다. 유한은 한 번 더 자신의 몸에 휴대폰이 없다는 것을 확인하고는 차로 향했다. 운전석 바닥에서 빛을 내는 휴대폰을 찾아냈다.

유한이 휴대폰을 집어 들며 돌아섰다. 조서란은 여전히 대문 앞에 서서 그를 바라보고 있었다.

"이 시간에 무슨 일로 왔어? 일단 들어가자."

"아냐."

"이야기하러 온 것 아니야?"

조서란은 잠시 망설이더니 고개를 저었다.

"지나가다 들렀어. 그냥, 불길한 타로 카드가 뽑혀서."

"뭘 뽑았는데?"

"데스. 죽음 카드."

유한은 바로 전에까지 자신의 목을 겨누고 있던 칼이 떠올랐다. 그리고 보니 그녀의 표정에서 뭔가 불안한 기색이 읽혔다.

"차 한잔하고 가. 골목 앞에 늦게까지 하는 카페가 있어. 거기로 가자."

조서란은 그 제안을 받아들였다.

골목 입구에 있는 24시 무인카페였다. 유한은 얼그레이 차 두 잔을 가져왔다.

조서란은 테이블에 잔을 놓는 유한의 얼굴을 유심히 관찰했다. 그리고 표정 없이 물었다.

"습격당했어?"

유한은 대답할 수 없었다.

"당했구나."

"어떻게 알았어?"

"당신 왼쪽 어깨가 약간 경직돼 있길래, 가만히 보니까 목 뒤에 핏자국이 있잖아. 작은 상처랑."

조서란이 날카로운 관찰력을 발휘했다.

"칼날이었지?"

유한은 고개를 끄덕였다. 여전히 예리한 전직 형사였다.

"역시 전직 형사다운 관찰력이군."

"칭찬으로 받아들일게."

"습격당했는데, 괜찮냐고는 안 물어봐?"

"괜찮으니까 이렇게 마주 앉아서 느긋하게 차 마시겠지?"

"냉정하다고 해야 하냐, 차분하다고 해야 하냐."

"뭐, 둘 다 나쁘지 않아."

"그 죽음 카드가 꼭 나를 말한 건 아닐 텐데?"

"타로를 하다 보면 생각할 겨를이 없어. 이성적으로 사고하면 오히려 안 맞아. 카드를 뒤집는 순간, 머릿속에 떠오르는 첫 생각이 제일 중요해. 데스 카드를 뽑았을 때, 당신이 떠올랐을 뿐이야. 그리고 가장 죽을 확률이 높은 일을 하잖아."

"확률은 무슨."

"협박당했어?"

"경고하더라, 사건 파지 말라고."

"타티아나?"

"응. 직접 그 이름을 말하더라구."

가만히 듣고 있던 조서란은 타로 카드를 꺼냈다.

"지금, 이 상황에서도 타로 볼 생각이 나? 너도 그거 병 아니냐?"

"점 보는 거 아니고. 대화하는 거야. 꽉 막힌 이 사건을 어떻게 풀어야 할지. 당신은 신경 쓰지 마."

"어떻게 신경을 안 써. 눈앞에서 대화하는데."

조서란은 순식간에 카드 세 장을 뽑아서 나란히 놓았다.

핀잔을 주던 유한도 카드를 물끄러미 바라봤다. 궁금한
눈치였다.

조서란이 혼잣말하듯 설명했다.

"당신을 위협한 이 사건이 앞으로 어떻게 진행될지 물어
봤어. 첫 번째는 검 7. 이 카드 속 남자 표정만 봐도 느낌
오지? 속임수가 드러날 거야. 누군가 거짓말을 하고 있는
데, 그게 곧 밝혀질 거 같아."

유한은 팔짱을 낀 채로 설명에 집중했다.

"달 카드는 착각과 환상을 뜻하기도 해. 지금 보이는 게 전부가 아니라는 뜻이야. 날이 밝으면 세상이 잘 보이잖아. 달빛 아래 숨겨진 진실을 잘 알 수 없을 거야."

조서란은 마지막 카드를 집어 들었다.

"마지막으로 별 카드야. 별이라고 하면 어둠 속의 희망이나 북극성 같은 방향성을 말할 거 같지만, 아니야. 별은 허상이야. 연예인들을 스타라고 동경하지만, 그들의 어두운 면 때문에 사건 사고가 많잖아? 이 세 카드를 봤을 때, 우리는 속고 있어. 그 속임수를 조심해야 해. 절대 서두르면 안 돼. 충분히 속아 줘야 해."

유한은 타로에 대해서는 믿지 않았지만, 조서란의 직감을 이 그림으로 표현했다는 것을 느낄 수 있었다.

"비욘드 아쿠아 사장이 속이는 건가?"

유한은 그녀의 해석을 듣자마자 그가 떠올랐기 때문이다.

"그 사람이 떠올랐다면, 직감을 믿고 수사해 봐. 어차피 우리에게 증거란, 아무것도 없잖아. 당신의 확신 빼고는."

유한은 수긍했다. 지금 증거는 턱없이 부족했다.

조서란은 달 카드를 집어 올렸다. 달 카드에 그려진 개와 늑대가 마치 살아 움직이는 것 같다는 생각에 잠겼다.

"왜? 수상한 점이 있어?"

지켜보던 유한이 신중하게 물었다. 그녀를 방해하고 싶지는 않았다.

"밤에 움직이는 자들이 있어. 수족관 영업시간 이외에 움직일 거야."

그리고 손가락으로 개와 늑대를 가리키며 설명했다.

"개와 늑대가 달을 향해 짖고 있지? 개는 길들여진 것, 늑대는 야생의 것을 의미해. 둘 다 같은 달빛 아래 있지만 본성이 다르거든. 개와 늑대의 시간이라고 들어 봤지? 해 질 녘 황혼 무렵. 낮과 밤의 경계가 모호하고, 사물의 경계도 모호해질 때. 멀리서 다가오는 실루엣이 길들여진 개인지 야생의 늑대인지 구분하기 어려운 그 시간대 말이야. 평소에는 온순한 개처럼 보이던 사람도 늑대의 본성을 드러낼 수 있고, 반대로 위험해 보이던 늑대가 의외로 충실한 개일 수도 있어. 경계를 늦추지 마."

유한은 조서란의 해석에 귀를 기울였다.

"그보다 당신이 더 조심해. 혼자서 너무 덤비지 말고."

"…고마워, 걱정해 줘서."

두 사람 사이에 잠시 어색함이 흘렀다.

"별 뜻 없어. 당신이 남이라도 이런 말 했을 거야. 형사라면 누구나 몸조심하라고 말할 거니까."

"알아. 별 뜻 없다는 걸."

유한은 시계를 보며 일어섰다.

"집까지 데려다줄게."

조서란은 고개를 저었다.

"상담이 하나 더 남았어. 택시 부를게."

그녀가 휴대폰으로 택시를 호출하는 동안, 유한은 말없이 그녀를 바라봤다. 언제나 이런 식이었다. 함께 있을 때는 서로 날카롭게 대하다가도, 헤어질 때가 되면 묘한 아쉬움이 밀려왔다.

"택시 왔어."

조서란이 일어서며 가방을 챙겼다. 카페 밖으로 예약 택시가 보였다.

"조심해서 들어가. 여기 치우고 갈게."

"당신도."

두 사람 모두 더는 할 말이 있는 듯 망설였다. 조서란이 먼저 카페 문을 밀고 나갔다. 유한은 괜히 빈 커피잔을 만지작거리며 택시가 출발하는 것을 확인했다.

항상 이랬다. 그녀를 보내고 나면 유독 적막하게 느껴졌다. 여전히 그녀와의 만남은 끝나지 않은 대화 같다. 마치 중간 이야기는 사라져 버린 만화책을 읽는 것 같았다.

사라진 이야기가 궁금하지만 알 수 없는 그 답답함이 남
았다.

　다음 날 아침, 유한은 현수와 서연에게 어젯밤에 일어난
일을 이야기하며 경고했다.
　"그러니까 너희들도 조심해. 혼자 나가지 말고."
　"팀장님, 병원부터 다녀오셔야 하는 거 아닐까요?"
　서연이 걱정스럽게 물었다. 유한의 목 뒤쪽에 칼에 긁힌
붉은 자국이 있었기 때문이다.
　"병원 갈 시간이 어딨어. 나쁜 새끼들이 돌아다니는데."
　유한은 화이트보드에 사건의 연관성을 정리하기 시작했
다. 검은 마커가 하얀 보드 위에 거침없이 써 내려갔다.

　타티아나 발견 → 익사 → 수족관 → 염도 확인 → 타티
아나와 관련된 유리의 사망, 용의자 송지오 → 수사 협박
자 등장, 송지오 추정

　"송지오가 키를 들고 있어. 반드시 잡아야 해. 우리가 움
직이면, 저들도 움직인다."
　유한의 말에 현수가 의욕 넘치는 목소리로 말했다.

"당장 비욘드 아쿠아부터 덮칠까요?"

"아니. 이번엔 다르게 접근한다. 정면 돌파는 위험해."

"팀장님 신변 보호가 우선 아닌가요?"

서연이 망설이며 말했지만, 유한이 잘라 냈다.

"형사 신변 보호를 누구한테 부탁해? 다시 한번 말하지만, 너희들 단독 행동하지 마. 비욘드 아쿠아 감시부터 시작해. 며칠 패턴이 보일 때까지 움직이지 않는다."

"예."

서연과 현수는 비욘드 아쿠아로 향했다.

비욘드 아쿠아 근처에서 잠복 수사하는 며칠 동안 수상한 점이 발견되지 않았다. 그리고 나흘째 되던 날 밤, 유한과 후배들은 수상한 자를 발견했다. 네온사인이 꺼지고 직원들이 퇴근했는데, 그곳으로 검은 실루엣들이 움직이는 것이 보였다.

"팀장님, 뒷문으로 누군가 들어가는데요?"

서연이 쌍안경을 내려놓으며 보고했다. 렌즈에 맺힌 습기를 소매로 닦았다.

유한은 야광 손목시계를 봤다. 오후 11시 47분이었다.

"현수, 뒤쪽으로 가서 출입하는 사람들 사진 찍어. 서연이는 나와 함께 정면을 감시한다.”

“예.”

현수는 차에서 내려 후문 근처, 적당한 곳에 몸을 숨겼다.

30분 후, 또 다른 사람이 후문으로 들어갔다. 그리고 한 시간 뒤, 서연이 소리쳤다.

“팀장님, 저기요!”

서연이 가리킨 곳을 보니, 비욘드 아쿠아에서 대형 수조 같은 것을 트럭으로 옮기고 있었다. 유리인지, 플라스틱인지 투명한 수조가 달빛을 받고 번들거렸다.

“뭐 하는 거죠? 이 밤에?”

“수조를 비우나 보지. 증거가 될 만한.”

유한은 저 수조가 범죄에 사용됐을 거란 추측을 했다.

“지금 덮칠까요?”

현수가 무전기로 물었다.

유한은 잠시 고민했다. 조서란의 조언이 떠올랐다.

‘절대 서두르면 안 돼. 충분히 속아 줘야 해.’

“아니. 일단 어디로 가는지 따라가야 해. 실마리를 잡았으니, 털 뭉치를 찾아야지. 차로 복귀해.”

유한은 그에게 명령하자마자 시동을 걸었다. 임무를 다

하고 달려온 현수가 잽싸게 차량에 올랐다.

"퇴근할 사람은 지금 퇴근해. 중간에 못 내리니까."

현수와 서연은 안전띠를 매며 고개를 저었다.

"수당이나 챙겨 주세요, 팀장님."

서연의 넉살에 현수도 동의했다.

트럭은 서울 외곽으로 향했다. 경기도 경계를 넘어서는 강원도의 어느 불 꺼진 공장 지대에 도착했다. 유한은 라이트를 끄고 느리게 쫓아갔다. 그러고도 들킬까 봐 멀찍한 곳에 차를 세웠다.

"서연, 넌 여기 있어. 혹시 모르니까."

"예, 팀장님."

유한과 현수는 조심스럽게 차에서 내려 공장으로 향했다.

목적지에 도착한 그들은 자세를 낮추고 트럭에서 사람들이 짐을 내리는 것과 유리창 너머로 보이는 공장을 살펴봤다. 그 안에는 여러 개의 수조와 장비들이 보였다.

유한은 어둠에 익숙해지자 낡은 간판 글씨를 어렴풋하게 읽을 수 있었다. '태평양 활어양식'이었다.

사람들이 모두 내부로 들어가자, 유한과 현수도 잠입을

준비했다. 건물이 공장형이라 외부 출입문이 많아 쉽게 들어갈 수 있었다. 안으로 들어가니 내부에서는 물이 떨어지는 소리가 음산하게 들렸다.

외부에서 봤을 때는 폐공장인 줄 알았는데 여전히 양식장으로 사용하는지 대형 수조에는 물이 가득 담겨 있었다. 비린내도 진동했다. 녹슨 파이프들이 미로처럼 얽혀 있었다. 바닥은 항상 젖어 있었는지, 물이끼로 미끄러웠다.

"양식장이 아니라 그냥 버린 수족관 같습니다, 팀장님."

유한이 받은 느낌도 같았다. 사용 중이라고 하기에는 위생 상태가 좋지 않았고, 관리자들도 보이지 않았다. 오히려 범죄 은폐 현장에 더 가깝다는 느낌을 받았다. 바로 그때, 어둠 속에서 익숙한 목소리가 들렸다.

"분명 경고장을 받았을 텐데?"

유한이 돌아보니 고급 정장 차림의 비욘드 아쿠아 사장 이정훈이 험상궂은 얼굴로 부하들과 서 있었다.

그 시각. 서연의 차를 지켜보는 사내 둘이 있었다.

"저 차 뭐야? 아까부터 계속 거기 있는데?"

남자는 쌍안경을 들여다봤다.

"여자 혼자인데?"

"간첩인가?"

두 사람은 은밀하게 서연의 차에 접근했다.

똑. 똑.

전방만 주시하고 있던 서연은 귀신이라도 본 것처럼 놀랐다. 옆을 보니 군복 입은 두 남자가 지켜보고 있었다. 그중 한 명이 창문을 내리라고 손짓했다. 서연은 혹시라도 공장에 있는 사람들에게 들킬까 봐 창문을 열고 최대한 속삭였다.

"수고가 많으십니다. 강남서 이서연입니다."

"경찰이십니까?"

"예, 잠복 수사 중이라."

그 말에 군인들도 몸을 낮췄다.

"혼자 오셨습니까?"

"아뇨."

서연이 공장을 가리켰다. 바로 그때였다.

탕!

총소리가 공장에서 울려 퍼졌다.

서연은 일이 잘못됐다는 것을 직감했다. 곧바로 운전석을 열고 뛰어가며 군인들에게 부탁했다.

"112, 신고 부탁해요!"

그리고 폐공장으로 뛰어갔다.

공장 안은 긴장감이 맴돌았다. 이정훈은 겁을 주기 위해 허공에 한 발을 쏘고, 총구를 유한에게 겨누었다. 빈 총이 아니라는 위협이었다. 유한도 총을 갖고 있었지만 섣불리 움직일 수 없었다. 어떻게 도망쳐야 할지 고민하는 순간.

탕!

현수도 허공에 총을 발사했다.

"야, 이 새끼야 미쳤어?"

유한이 소리쳤다.

"실수입니다. 죄송합니다."

하지만 누가 봐도 실수는 아니었다. 현수의 눈에는 살기가 가득했다. 대한민국의 법은 때때로 현장에서 무용했다.

그때, 공장 문이 열리면서 서연과 군인 두 명이 뛰어 들어왔다.

이정훈은 무장 군인을 보고 일이 틀어졌음을 직감했는지 도망치기 시작했다. 부하들도 사방으로 흩어졌다.

유한은 오직 이정훈을 잡기 위해 달렸다. 녹슨 파이프들이 미로처럼 얽혀 있었다. 물이 고인 바닥에서 발이 미끄러졌다. 넘어지기 직전 녹슨 파이프를 붙잡고 간신히 중심을 잡았다. 도망치던 이정훈도 연신 미끄러지며 도망쳤다. 그래도 수조와 수조 사이를 뛰어다니며 잘도 따돌렸다.

처억! 처억!

젖은 바닥에서 추격전은 계속됐다.

"제발. 제발."

이정훈이 헐떡거리며 중얼거렸다.

유한이 거의 따라잡을 뻔했을 때, 이정훈이 파이프에 걸려 넘어졌다. 바닥에 고인 채 썩은 물을 뒤집어썼다. 수갑을 채우려고 했지만 활어처럼 바둥거려 쉽지 않았다. 뒤쫓아온 서연이 함께 제압했다.

"이정훈! 긴급 체포한다!"

유한이 그의 손목에 수갑을 채웠다.

"나는 시키는 대로만 했어! 시키는 대로! 난, 아냐. 아니라고!"

"닥치세요."

유한이 쏘아보며 말했다.

"아까까진 무죄였을지 모르지만! 대한민국 경찰한테 총 쏜 순간부터 살인미수야, 이 새끼야."

죽음의 문턱에 다녀온 그는 말을 곱게 할 수 없었다.

나머지 일당들은 군의 도움으로 검거했다. 한밤중의 검거 작전은 완벽한 유한의 승리였다.

이틀 후, 경찰서 민원실에 한 남자가 나타났다.

"살려 주세요, 제발."

그가 절규했다.

접수 담당자는 민원인의 상태를 살폈다.

민원인은 40대 중반으로 보이는 남자였다. 마른 체구에 움푹 들어간 눈, 며칠째 못 잤는지 눈가가 새까맣게 타들어 가 있었다.

"무슨 일이십니까? 혹시 쫓기고 계신가요?"

남자는 놀란 눈이 되었다.

"맞아요. 살려 주세요. 제발요."

"누가 쫓아옵니까?"

담당자는 사안이 심각하다는 것을 직감했다.

"귀신이요."

"예?"

사안이 아니라 민원인의 상태가 심각해 보였다.

"타티아나가 날 죽이러 와요. 날."

"타티아나는 사람인가요?"

"귀신이라구요!"

담당자는 난감했다. 귀신 사건을 담당하는 부서가 있겠는가. 그래도 차분하게 응대했다.

"혹시 사건 담당자가 누구인지 알 수 있습니까?"

"몰라요. 강남서 누구라고 했는데."

그는 앓는 소리를 하며 제발 살려 달라고 부탁했다.

담당자는 각종 부서에 전화를 걸어 겨우 유한을 찾아냈다.

경찰서 회의실에 앉아 있던 민원인은 이제야 안정감을 느꼈는지 유한을 기다리는 동안 까무룩 잠들었다. 커피를 타 온 유한은 난감했지만 그를 깨웠다.

"선생님?"

아직 그에게 이름을 묻지 않아서 마땅한 호칭이 없었다. 깊이 잠들었는지 깨지 않았다.

"선생님, 괜찮으십니까?"

유한이 어깨를 가볍게 흔들며 깨우자, 그가 일어났다.

"하아."

그가 개운한 표정을 지으며 일어났다. 채 5분도 안 되는 시간이었는데 얼굴에 안도감이 스쳤다.

"형사님, 이렇게는 못 살겠습니다. 차라리 감옥에 넣어 주십쇼. 보세요. 경찰서 오니까 이렇게 잘 수 있지 않습니까? 하. 정말 미치겠습니다."

그의 하소연이 쏟아졌다.

"우선 성함이 어떻게 되십니까?"

"양태식입니다. 지난번에 오셨었죠? 그 비욘드 아쿠아에서 일합니다."

유한은 조서란이 뽑았던 검 7 카드가 떠올랐다. 대체 왜 내부고발자가 스스로 찾아왔을까?

"타티아나를 아신다고요?"

그 말에 양태식이 사시나무 떨듯 떨었다. 목이 타는지 커피를 마시려다가 손이 떨려 그만뒀다.

"매일 밤… 찾아옵니다."

"누가요?"

"그 여자, 타티아나요."

양태식의 목소리가 더 작아졌다. 옆에서 그녀가 듣고 있

마담 타로

기라도 한 것처럼 사방을 두리번거렸다.

"선생님. 타티아나는 사망했습니다."

"그러니까 미치겠다구요! 처음엔 꿈에 나오다가, 며칠 전부터는 매일 나타납니다. 눈을 감으면 꿈에, 눈을 뜨면 눈앞에. 제발 살려 주세요. 제가 잘못했습니다. 죽을죄를 지었습니다."

그가 빌면서 바닥에 무릎을 꿇었다. 유한이 아니라 허공에 빌었다. 헛것을 보는 것 같았다.

유한은 그를 부축해서 다시 의자에 앉히고, 심호흡을 유도했다. 몇 번 심호흡을 하자 양태식은 다시 진정됐다.

"죗값을 치르고 싶습니다. 제발 감옥에 넣어 주십쇼."

살다가 이런 사람은 처음이라 유한은 당혹스러웠다.

"감옥에 들어가시려면 죄가 있어야 합니다."

"운전, 제가 했습니다. 그날 밤."

유한은 그에게 동의를 구하고, 휴대폰으로 녹화하기 시작했다.

"무슨 운전을 말씀하시는 건가요?"

양태식이 작정한 듯 휴대폰 카메라를 보고 진술했다. 눈에는 붉은 핏발이 서 있었다.

"죽은 타티아나를 그 골목에 버렸습니다. 사장님이 시켜서 버렸습니다."

유한은 질문하지 않고 지켜봤다. 감옥에 갈 각오로 모든 것을 털어놓는 그를 재촉할 필요가 없었다.

"타티아나를 납치해서 그 공장에 데려간 것도 접니다. 도망치다가 잡혔죠. 그런 애들 많아요. 그땐 살아 있었습니다. 전 밖에서 기다렸죠. 한 시간 지났을까? 애가 젖은 채로 업혀 나왔습니다. 보통 죽지 않을 만큼 밟아 주고, 업소로 데려가는데. 중간에 전화를 받았습니다. 사장한테. 걔, 죽었으니까 버리라고. 와- 씨- 등골이 얼마나 오싹한지. 사장이 위치도 정해 주데요?"

"죽었는지 전혀 모르셨습니까?"

"몰랐다니까요. 처음에는 단순히 옮기는 일인 줄 알았어요."

양태식이 머리를 감쌌다.

"미쳐 버릴 것 같아요. 잠을 못 자겠어요. 꿈에서 계속 저를 쳐다봐요. 그 눈으로."

"눈이요?"

"걔를 버리는데, 눈을 딱 뜨는 겁니다."

"살아 있었던 거 아닙니까?"

"아뇨. 몸이 다 굳었는데 눈만 딱 떴다니까요. 얼마나 놀랐는데요. 딱 그 모습으로 꿈에 나타났습니다."

뇌사나 심정지 이후에도 근육에 남아 있는 전기 신호나 사후 경직 과정 또는 신경 반사 때문에 눈꺼풀이 떨리거나, 눈을 뜨는 경우가 종종 있다. 의학적인 반응인데, 죄를 지은 양태식에게는 천벌처럼 느껴졌을 것이다.

"대체 비욘드 아쿠아는 뭐 하는 곳입니까? 강원도 공장은 뭐고요."

유한은 사장과 일당들이 묵비권을 행사하고 있어 답답하던 찰나였다.

살고 싶은 양태식은 그곳의 비밀을 폭로했다.

"수족관은 그냥 포장지입니다. 남들이 의심 안 하는. 분위기 좋은 텐프로 바 있잖습니까, 클래식 바, 단란주점. 그런 곳에 작은 어항이나, 대형 수조 놔주고 관리한다는데다 가깝니다. 통나무 장사 해요. 그 사람들."

통나무는 장기밀매의 은어였다.

"수족관은 탑차나 냉장차 사용하잖아요. 그러니까 의심 안 받습니다. 주택가라고 생각해 보세요. 대번에 이상하다는 신고 전화 들어갑니다. 아무튼 가끔 술집 애들을 한 트럭 싣고 와요. 실종 신고할 가족 없는 애들, 외국에서 불법으로 들어온 애들."

"노숙자도요?"

"에이. 걔들은 장기 상태가 안 좋은데 어떻게 팔아먹습니까."

"그러니까 비욘드 아쿠아가 장기 매매 집단이다?"

유한의 눈꼬리가 매섭게 올라갔다. 사건 해결의 실마리가 보였다.

"회장님은 따로 있고, 중간책 정도 같습니다. 저야 시키는 일만 하는 직원입니다. 억울해요. 진짜 그런 곳인지 모르고 일하다가, 괜히 지하의 존재를 알게 돼서⋯. 억울합니다. 정말 억울해요."

그는 말하는 내내 사방을 계속 두리번거리며 불안한 모습을 보였다.

"타티아나도 장기 밀매로 팔아야 했을 텐데, 왜 죽였습니까? 손해일 텐데."

"저야 모르죠."

"짐작되는 거 없으십니까?"

"보통 도주했다가 잡혀 오거나. 약속을 어기거나. 그럼 바로 팔려 갑니다. 잘 죽이지는 않는데."

"무슨 약속입니까, 약속을 어긴다는 게."

"간혹 임신하는 애들이 있습니다. 그럼 상품 가치가 떨어지니까. 바로 수술대 올리죠."

"관련된 산부인과가 있습니까?"

"누가 병원에서 해 주겠습니까, 비싸기도 하고 애들 신분이 다 불법인데. 동물 병원도 있고. 폐가 같은 곳에서 대충 수술시키고, 바로 장기 적출도 한다고 들었습니다."

유한은 최근 늘어나는 실종자들, 그리고 타 관할에서 발견된 훼손된 시신들이 떠올랐다. 그들도 모두 장기 밀매 조직에 당한 것일까? 아직 뚜렷한 증거가 없다.

"퇴사하고 싶어도 못 하셨겠습니다."

유한이 상대방의 마음을 읽자, 그는 은인이라도 만난 것처럼 감격했다.

"맞습니다. 사직서 내는 순간, 퇴근길이 저승길이 되는데 어떻게 그만둡니까."

"전후 사정을 더 조사해야겠지만, 이렇게 용기 내서 자수하신 것은 정작 참작될 겁니다."

"아뇨, 아뇨. 그 새끼들 다 잡혀 들어가기 전까지 그냥 감옥에 있을 겁니다. 저, 나쁜 짓 한 거 진짜 많습니다. 그래 음주! 지금이라도 음주 운전 하고 올까요? 아, 세금 체납도 있습니다. 제발, 잡아가세요. 제발."

"알겠습니다. 타티아나 시신 유기에 관해서는 구속 수사로 진행하겠습니다."

"감사합니다, 형사님. 감사합니다."

타티아나의 원혼 때문인지, 아니면 그가 정신 착란을 일으켜 환영을 본 것인지 알 수 없었다. 하지만 분명한 것은 내부자가 스스로 나타났다는 사실이었다. 마담 타로의 예언대로.

유한은 회의실을 나오며 생각했다. 조서란이 왜 타로 카드를 대화 상대로 골랐는지.

타로 카드 자체가 미래를 예언하는 것은 아닐지도 모른다. 대신 카드를 해석하는 과정에서 상황을 차분히 분석하고, 타인의 심리를 깊이 들여다볼 여유를 갖게 되는 것 같았다. 그 여유가 마담 타로의 날카로운 통찰력을 만들어 내는 비결일지도 모르겠다.

어쨌든 마담 타로의 예언대로 내부고발자가 나타났고, 사건은 해결의 실마리를 찾았다. 그것만으로도 충분했다.

새벽 2시, 아르카나 골목의 24시간 빨래방. 편의점과 이곳만 백색 형광등이 시리게 빛나고 있었다. 작은 공간에서 세탁기들이 규칙적으로 돌아가고 있었다. 웅웅- 웅웅- 단조로운 소리가 적막한 실내를 채웠다.

조서란은 플라스틱 의자에 앉아 세탁기 속에서 돌아가는 검은 옷들을 멍하니 바라보고 있었다. 흰 거품이 차올랐다가 사라지는 것도 봤다. 작은 바다가 세탁기 속에 들어앉은 것 같았다.

그러고 보니 동생이 사라진 후 바다를 보러 간 적이 없었다. 메마른 삶이었다.

유한이 문을 밀고 들어왔을 때, 그녀는 고개를 들지도 않았다. 사그라드는 거품을 구경하고 있었다.

"넋 놓고 뭐해?"

"왔어?"

조서란은 그제야 그를 확인했다.

"이 시간에 빨래를 해?"

"한가하고 좋잖아."

조서란의 대답은 간소했다. 유한은 그녀 옆 의자를 끌어당겨 마주 앉았다. 세탁기 소리가 더 크게 들렸다.

"마담 타로 조언 덕분에 사건을 풀었다."

웅웅웅- 드르르륵-

세탁기가 탈수 과정에 들어가자 소리가 더욱 거세졌다. 조서란은 여전히 세탁기를 바라보며 말했다.

"타로는 길을 보여 줄 뿐이야. 그 길을 걷는 건 당신이 한 일이고."

"양태식이 자수했어."

그녀는 가만히 들었다.

"내부자가 나타난다고 하더니, 귀신에 겁먹고 자수할 줄 누가 알았겠어."

"천벌을 받았네."

"천벌? 우리 할머니 말고, 그 말 쓴 사람 처음 본다."

"천벌 맞지. 귀신 본 거 보니까. 나도 그런 사람 본 적 있어. 뺑소니범이었는데, 뭐가 잘못됐는지 법원에서 무죄가 나왔어. 남편 잃은 여자가 얼마나 슬프게 울던지. 등에 한 살 정도로 보이는 아이를 업고 있었거든. 세상도 참 무심하다고 생각하고, 볼일 보고 나왔는데. 법원 앞에서 교통사고가 난 거야. 그 뺑소니범, 즉사했어. 그게 천벌이 아니고 뭐겠어?"

종종 삶은 기이한 방법으로 천벌을 내린다.

"양태식은 귀신이 보이는 천벌을 받았지만, 사실 조상님이 구해 준 걸지도 모르지. 살고 싶어서 자수했더라구. 막

무가내로 살려 달라고, 감옥 보내 달라고."

"그 남자, 죄가 있어?"

"타티아나 시신 유기범이야. 장기 밀매 조직도 드러났고."

땡동- 땡동-

세탁 완료 알림음이 울렸다. 조서란이 일어나 세탁기 문을 열고 탈수가 다 된 옷들을 꺼내 건조기에 넣기 시작했다.

"도와줄까?"

"아냐. 금방 해. 듣고 있어."

유한은 어렵게 한마디를 꺼냈다.

"서희는 연락 없어?"

그의 질문에 조서란은 빨래를 옮기던 손을 멈췄다가, 건조하게 대답했다.

"유리라고, 송지오가 죽인 여자. 그 여자가 서희를 알고 있다고 했는데 죽었잖아."

그녀의 목소리가 작아졌다.

"그래서 송지오를 꼭 만나야 해."

우웅- 우웅-

또 다른 세탁기가 돌아가는 소리가 대화 사이의 침묵을

메웠다.

유한이 그녀의 눈치를 보다가 조심스럽게 입을 열었다.

"처제 사건에 내 책임도 있어. 그러니까 내가 끼어든다고 생각하지 말고 같이 해결하자."

"죄책감 갖지 마. 말없이 사라진 조서희 문제야."

그녀가 건조기 문을 닫았다. 건조기가 웅웅거리며 작동하기 시작했다.

"찾아내면 혼내야지. 다신 그러지 말라고."

조서란이 플라스틱 의자에 다시 앉으며 한숨을 쉬었다.

"그런데… 찾을 수 있을까?"

우우웅- 드르르륵-

건조기 소리가 점점 커졌다. 유한은 그녀의 옆모습을 바라봤다. 형광등 아래 그녀의 표정에는 여전히 걱정스러운 기색이 있었다.

"찾을 거야. 반드시."

유한의 말에 조서란은 작게 미소를 지었다. 하지만 그 미소는 금세 사라졌다.

띵동- 띵동-

또 다른 세탁기의 완료음이 울렸다.

새벽 빨래방에서 두 사람은 한동안 말없이 앉아 있었다.

우웅- 우웅-

끝없이 돌아가는 건조기처럼 조서란의 마음이 메말라 갈까 봐, 유한은 마음이 물에 젖은 듯 무거워졌다.

8

두 형사

✦

한시원 형사는 유리 사건 전담팀을 꾸린 후 한 번도 쉬지 않았다. 송지오의 전주 호텔 알리바이가 거짓으로 드러난 그 순간부터 마라톤 선수처럼 끈질기게 조사했다. 호텔 탐문 수사로 그 사실을 알아냈지만, 더 명확한 증거가 필요했다. 오늘도 컴퓨터 모니터와 눈싸움을 했다.

"한 팀장님, 송지오 휴대폰 위치 추적 결과 나왔습니다."

강민호 경사가 급히 달려왔다. 30대 초반의 젊은 형사로, 디지털 포렌식이 특기였다.

"폰이 여러 개라 오래 걸렸는데. 주로 사용하는 휴대폰 위치입니다. 사건 당일에도 사용한 것으로 보입니다."

"대체 어디야?"

"사건 당일 밤 23시 47분을 마지막으로 신호가 끊어졌습니다. 전주가 아니라 서울 강남구입니다."

한시원은 눈썹을 찌푸렸다.

"차량 통행료는?"

"전주로 가는 경로에서 발행된 통행료 기록은 없습니다. 대신 강원도 쪽으로 향하는 톨게이트 기록이 있습니다."

"구리?"

"예, 맞습니다."

"시간은?"

"오전 00시 53분입니다."

한시원은 머릿속으로 계산했다. 유리의 오피스텔이 있는 논현동에서 올림픽 대로를 타고, 동부간선도로를 타고 서울-춘천 고속도로를 타려면 구리 요금소를 지났을 것이다. 야간이라 25분이면 충분했을 것이다. 범죄자가 규정 속도를 지켜 가며 달리지 않았을 테니까.

피해자의 클라우드에 동영상이 자동 업로드된 시간은 23시 47분이었다. 자정을 넘겨 00시 20분, 25분에 그곳을 통과해야 하는데…. 53분에 통과했다. 그렇다면 차량은 다른 곳에 숨겨 놓고, 도보나 택시로 움직였을 것이다. 최초 출발지를 찾기는 어려워 보였다. 이동 중에는 현금만 사용했을 것이다.

"그래도 카드 사용 내역이나 송금 내역 빠진 거 있나 확인해 봐."

또 다른 팀원인 박준서가 대답했다. 나이는 한시원보다 여덟 살 많지만, 늦게 입사해서 후배였다.

"이미 확인했습니다. 전주 호텔 결제는 사건 발생 3일 전에 미리 결제되어 있었고, 실제로는 강원도 춘천 인근 편의점에서 마지막 결제가 있었습니다. 사건 당일 새벽 02시 17분입니다."

"이 자식. 알리바이 완전히 조작한 거네."

한시원이 책상을 쳤다.

"춘천 쪽 CCTV 자료 요청하고, 숙박업소 전수조사 들어가자. 민호야, 너는 디지털 증거 더 파 봐. 준서 형님은 강원 춘천서에 협조 요청하고."

"예!"

두 사람이 동시에 대답했다.

다음 날, 한시원 팀은 중요한 단서를 찾아냈다.

"팀장님, 춘천 외곽 물고기 양식장에서 수상한 움직임이 포착됐습니다."

강민호가 흥분된 목소리로 보고했다.

"양식장?"

"무허가 양식장인데, 평소보다 많은 차량이 드나들고 있다고 합니다. 그리고 주차된 차들을 확인했는데."

강민호가 사진을 보여 줬다.

"송지오 차량과 동일한 모델입니다. 번호판은 없었습니다."

한시원은 사진을 자세히 들여다봤다. 구리 요금소를 지나는 검은색 중형 세단과 같은 차종이었다.

"춘천서에서 뭐라고 해?"

"그 양식장, 실제로는 폐업 상태라고 합니다. 하지만 며칠 전부터 수상한 차량들이 드나들고 있어서 주민들이 신고했고. 사유지라 경찰이 뭘 할 수는 없는 상황이라고 합니다."

"폐업한 양식장이라면서? 거기서 키우면 불법 아닌가?"

"매매가 없으니까, 사기도 아니고. 그냥 관상용으로 키운다고 했답니다."

"좋아."

한시원이 책상을 정리하며 말했다.

"출동 준비해."

세 사람은 서둘러 경찰서를 나섰다. 송지오를 잡을 수

있는 마지막 기회일지도 몰랐다.

　그 무렵 강남서 유한의 수사팀 역시 수상한 점을 찾아
냈다.
　"팀장님, 해수 운반 차량들이 정기적으로 드나드는 곳이
춘천 외곽 양식장입니다."
　"지난번 그곳인가?"
　"아닙니다."
　현수가 모니터를 가리키며 보고했다.
　"위치는?"
　유한이 의자에서 몸을 앞으로 기울였다. 현수가 포털사
이트의 로드맵 위성 사진으로 현장을 보여 줬다.
　"춘천서에 확인했는데⋯."
　현수가 망설였다.
　"다른 경찰서에서도 같은 곳에 대해 문의가 있었다고 합
니다."
　유한은 직감적으로 알았다.
　"한시원이군. 출동 준비해."
　세 사람도 목적지로 향했다.

강원도 춘천 외곽 양식장에 도착하니 오후 8시가 조금 넘었다. 겨울 해는 짧고, 산세도 깊고, 인적이 드물었다.

유한의 팀은 양식장 주변 언덕에서 정찰을 시작했다. 서연이 망원경으로 살피면 급히 말했다.

"저기 누가 있는데요?"

유한은 휴대폰 카메라를 켜고 줌인을 최대한으로 했다. 양식장 연못가에서 누군가 물고기에게 사료를 뿌리고 있었다. 후드를 쓰고 있어 얼굴은 보이지 않았지만, 체격으로 봐서는 송지오일 가능성이 높았다. 지난날 녀석에게 당했던 목덜미가 서늘해졌다.

"오늘 덮치실 건가요?"

현수가 조바심을 내며 물었다.

"상황 봐야지. 지난번처럼 무리할 필요는 없으니까. 그때는 운 좋게 군인들이 있었지만. 우리 셋이 감당하기 힘들 수 있다."

쌍안경을 보던 서연이 놀라며 말했다.

"팀장님, 저 반대편에 누가 있는데요?"

더 자세히 보니 동기, 한시원이었다.

"시원인데요? 아, 한시원 팀장."

유한은 동쪽 언덕에 차를 숨긴 채 양식장을 감시하고 있

마담 타로

는 또 다른 차량을 발견했다.

"맞네, 한 팀장."

한시원도 유한을 발견하고, 반갑게 손을 흔들었다. 서연이 저도 모르게 활짝 웃으며 손을 흔들었다.

"놀러 왔냐?"

유한의 핀잔에 무안해졌다.

그때 유한의 휴대폰이 울렸다. 한시원이었다.

"안녕하십니까, 선배님."

"인사야 차차 하고. 작전 중인가?"

"예. 살인 사건 용의자가."

"송지오?"

"맞습니다. 저희 사건이라 양보하시죠?"

"나 당사자야."

"예?"

한시원의 당혹스러운 목소리가 유한에게 들렸다.

"저놈이 날 죽이려고 했거든."

짧은 침묵이 흘렀다. 무전기 너머로 들리는 잡음만이 공기를 가득 메웠다.

"결국 같은 놈이라…. 합동 작전 어떻습니까?"

한시원이 정중하게 제안했지만, 사실은 선배에게 주도

권을 넘기고 싶지 않았다.

유한은 잠시 고민했다. 한시원과는 미묘한 경쟁 관계처럼 느껴졌다. 마담 타로와 연결되어서 그런 것일까? 젊고 야심 찬 후배 형사들은 선배들을 앞서 나가려는 욕심이 강했다. 어쨌거나 지금 상황에서는 협력이 필요했다.

"좋아. 현장 지휘는 내가 맡는다."

"알겠습니다, 선배님."

한시원의 대답에는 살짝 불만이 섞여 있었지만, 어쩔 도리가 없었다.

두 팀은 양식장에서 300미터 떨어진 폐창고 뒤편에서 만났다. 겨울이라 형사들의 숨이 하얗게 피어올랐다.

한시원이 먼저 상황을 설명했다.

"송지오가 저 양식장에 숨어 있을 확률이 높습니다. 차량을 확인했습니다."

"송지오는 우리가 쫓고 있는 타티아나 사건의 중간책이다. 저곳은 장기 밀매 조직 사무실로 추측되고."

"양식장이 아니라 장기 밀매라구요?"

한시원은 뜻밖의 전개에 놀라움을 감추지 못했다. 하지만 유리 사건과 연결하자 몇 가지 의혹이 풀렸다. 그녀가 남긴 동영상을 봤을 때, 교제 폭력의 대화는 아니었기 때문에 진실이 궁금하던 차였다.

"유리가 타티아나에게 뭘 줬는지, 둘은 어떤 사이인지 알 수 없어 답답했는데. 장기 밀매 관련된 정보일 것 같습니다."

"아마도. 일단 놈을 잡아 봐야 확실해질 것 같다. 나까지 죽이려고 한 놈들이니."

"그럼 연쇄 살인일까요?"

한시원의 눈이 번뜩였다. 자신의 추리를 인정받고 싶어 하는 기색이었다.

"잡아 봐야 알겠지."

두 사람은 양식장 구조를 분석하기 시작했다. 하지만 접근법을 두고 의견이 갈렸다.

"지원 요청하고 정면으로 들어가야 합니다."

한시원이 자신 있게 말했다.

"너무 위험해. 저기 봐, 망루가 있어. 감시가 만만치 않아."

"오늘 아니면 놓칩니다."

"지원 요청 기다리다 놓칠 수도 있지."

유한이 반박했다.

"그럼 선배님은 어떻게 하시겠습니까? 지금 이 인원으로 들어가자는 겁니까?"

한시원의 목소리에 약간의 도전적 뉘앙스가 섞였다.

"충분해. 물 쪽에서 접근하면 가능해. 양식장 뒤쪽은 호수와 연결되어 있어."

"시간이 너무 오래 걸릴 텐데요. 그사이 도주할 수도 있고."

"호수는 며칠째 얼어 있어. 중심부가 아니라면 건너갈 만해."

두 형사의 신경전이 팽팽하게 이어졌다.

그때 양식장에서 급작스러운 움직임이 포착됐다. 양식장 대형 출입구가 열리면서 냉장차가 줄지어 출발했다.

"움직이는데요?"

서연이 걱정스럽게 말했다.

"지금 들어가야 합니다!"

한시원이 벌떡 일어섰다.

"잠깐."

유한이 그를 제지했다.

"어디로 가는지 확인해야 해. 더 큰 증거를 찾을 수 있을지 모른다."

"하지만 송지오를 놓치면…."

쌍안경으로 운전자들을 확인한 서연이 말했다.

"송지오는 안 보입니다."

"좋아. 한 팀장, 트럭 추적하고. 여긴 우리가 맡는다. 타티아나는 익사야. 그 증거가 여기 있을 거다."

"하지만 송지오는."

"살인 사건을 맡은 건가? 장기 밀매 조직을 검거할 건가?"

한시원은 흔들렸다. 장기 밀매 조직은 최근 국제화됐다. 불법적으로 움직일 테니, 납치, 살인이 셀 수 없이 엮여 있을 수 있다. 운이 좋으면 마약 거래까지도.

"예, 알겠습니다. 조심하십쇼, 선배님. 서연이 너도. 가자!"

한시원은 동료들을 데리고 급히 차량으로 복귀했다.

두 형사는 각자의 팀과 함께 분리되어 작전을 개시했다. 한시원은 도주하는 차량을 추적하고, 유한은 양식장 수색에 들어갔다.

유한 팀은 망루의 감시를 피해 양식장 뒤편으로 향했다. 호수 가장자리의 얼음을 밟고 뒷문으로 향했다. 뒷문은 이미 열려 있었다. 유한과 서연, 현수가 조심스럽게 안으로 들어섰다. 물 냄새와 생선 비린내가 코를 찔렀다.

"너무 조용한데요?"

현수가 속삭였다.

"경계를 늦추지 마."

유한이 손짓으로 팀원들을 분산시켰다. 양식장 내부는 생각보다 복잡했다. 크고 작은 수조들이 미로처럼 배치되어 있었고, 파이프와 펌프 시설들이 얽혀 있었다. 지난번 사건 현장과 유사했다.

가장 안쪽 건물로 향하던 유한은 갑자기 발걸음을 멈췄다. 2층 복도에서 희미한 불빛이 새어 나오고 있었다. 불빛을 쫓아 올라와 사무실 앞에 섰다. 안에서 낮은 대화 소리가 들려왔다. 문틈으로 살짝 들여다본 유한은 믿을 수 없는 광경을 목격했다.

조서란이 송지오와 마주 앉아 있었다. 그들 사이에는 타로 카드가 펼쳐져 있었다.

유한은 일단 숨을 죽이고 대화를 엿들었다. 동시에 후배들에게 '203호 사무실 송지오 위치 확인'이라고 문자를 보냈다.

"죽음 카드가 나왔네."

조서란의 목소리는 평소와 달리 차갑고 날카로웠다. 누구에게나 존댓말을 했지만 오늘은 예외였다.

"그게 무슨 뜻입니까? 제가 죽습니까?"

송지오의 목소리에는 불안감이 묻어 있었다.

"아마도."

그 말을 들은 그의 얼굴이 굳어 버렸다.

조서란은 대수롭지 않다는 표정으로 말을 이었다.

"보통 이 카드를 뽑은 사람은 급사를 했거든."

그녀는 얼굴색 하나 변하지 않고 거짓말을 했다. 죽음 카드는 옛것을 버리고, 새로 태어나라는 좋은 의미도 있다. 하지만 범죄자에게 그런 호의는 필요 없다. 카드를 다시 섞었다.

그는 점괘가 마음에 들지 않는 표정이었다.

"진짭니까?"

"마담 타로 소문 못 들었어? 용하다고."

조서란도 오늘은 정말로 점쟁이처럼 굴었다. 어렵게 연결된 자리였다. 그에게 많은 것을 알아내야 한다.

"농담하지 마시구요."

그가 채근했다.

"우리가 농담할 사이는 아닐 텐데, 초면에."

조서란은 차갑게 웃으며 거리를 두었다. 그러자 그는 더욱 안달 난 표정이 되었다.

"왜? 더 정확히 알고 싶어?"

"네."

"유리와 타티아나를 죽인 죗값을 치러야 한다는 뜻이야."

송지오가 벌떡 일어섰다.

"당신 뭐야!"

조서란은 눈 깜짝도 하지 않았다.

"타로는 모든 걸 알려 줘. 당신이 숨기고 싶은 것도."

"뭐? 뭐! 그게 뭔데!"

송지오가 발악했다.

"경찰이 알고 있어. 당신이 유리 씨 죽인 사실. 유리 씨가 당신을 몰래 촬영했어. 자기를 죽이던 순간을. 그게 클라우드에 자동 저장됐고. 요즘 기술, 사람이 못 따라가."

"하."

그는 억장이 무너지는 표정을 지었다. 그 방법이 있었다는 걸 미처 생각하지 못했다.

"그리고 나한테는 경찰도 모르는 자료가 있지. 그렇다고 날 죽일 생각은 하지 마. 내가 죽으면 이 자료는 바로 경찰서에 도착하게 조치를 해 놨으니까. 날 살려 두는 게 안전하다고."

그 말을 들은 송지오는 약이 바짝 오른 표정이 됐다.

"나탈리아 알지? 얼마 전에 러시아로 돌아간."

송지오의 표정이 일그러졌다. 유리 다음으로 죽일 대상이 나탈리아였다. 하지만 감쪽같이 사라져 찾는 중이었다.

"걱정은 안 해도 괜찮아. 러시아에 잘 도착했어. 영상통화 시켜 줄까?"

"말도 안 돼. 위조 여권이라 나갈 수가 없을 텐데?"

"나도 그 정도는 구할 수 있거든. 이 바닥에서."

러시아에 도착한 나탈리아는 그제야 약속했던 동영상 파일을 조서란에게 보내 줬다.

"뭐, 뭐 대단한 게 있다고."

그가 발악했다. 하지만 눈동자에는 두려움이 가득했다. 자신의 죄가 세상에 밝혀질까 봐 전전긍긍했다.

"타티아나 말고 당신이 죽인 수많은 여자. 모두 당신의 작품이잖아, 기념 촬영을 남길 만큼."

"씨발년."

송지오는 참지 못하고 욕을 내뱉었다. 나탈리아와 그가 한때 연인이었다는 것을 조서란은 여관방에서 타로 카드 봐주던 날 알아차렸다. 하지만 내색하지 않았다. 나탈리아는 친구의 죽음보다, 내 남자의 배신에 더 분노하고 있었다.

조서란은 송지오와 대치하는 상황에서도 차분했다. 카드 더미에서 한 장을 뒤집었다. 별 카드였다.

"별은 희망을 말하기도 해. 이렇게 역방향일 때는 절망이겠지? 너에게는 절망이지만, 피해자 가족들에게는 희망. 타로 카드, 재밌지?"

송지오는 부들부들 떨면서 조서란을 노려봤다.

"마지막 카드야."

서란이 또 다른 카드를 뒤집었다. 심판 카드였다.

"심판의 시간이 왔어, 송지오."

"아니, 심판은 내가 해."

바로 그때, 송지오가 주머니에 숨겨 뒀던 칼을 꺼냈다. 칼로 조서란을 찌르려고 달려드는 순간, 유한이 문을 박차고 달려 들어왔다.

"경찰이다! 칼 내려놔!"

송지오는 순간적으로 당황했다.

그 틈을 놓치지 않고 조서란이 의자를 뒤로 젖히며 몸을 일으켰다. 당황해서 눈이 돌아 버린 송지오가 칼날을 제멋대로 휘둘렀다. 조서란은 재빠르게 몸을 돌려 오른발로 송지오의 칼 든 손목을 정확히 차 버렸다.

"탁!

송지오의 손목이 꺾이며 칼이 바닥으로 떨어졌다.

그와 동시에 유한이 송지오에게 달려들어 뒤에서 팔을 낚아채며 비틀어 올렸다. 송지오가 비명을 지르며 바닥에 무릎을 꿇었다.

"으아악!"

뒤따라 들어온 서연과 현수가 재빨리 송지오에게 수갑을 채웠다. 완벽한 제압이었다.

발버둥 치는 송지오는 서연과 현수에 의해 끌려 나가고, 유한과 조서란만 남았다.

"조서란, 괜찮아?"

"보시다시피."

조서란은 태연하게 타로 카드들을 정리하고 있었다.

방금 죽을 뻔한 사람이 태연하게 말하자, 유한은 화가 치밀어 오르기 시작했다.

"너 미쳤어? 왜 혼자 이런 위험한 짓을 한 거야?"

"위험하지 않은 일이 어딨어. 이 바닥에서."

"송지오가 여기 있는 줄 어떻게 알았어?"

"몇 다리 건너서 찾았지. 사람 죽여 놓고 안 불안한 사람 어딨어? 난 그 심리를 활용했지. 출장을 멀리 왔을 뿐이야."

"그래도 너무 위험했어."

조서란이 마지막 카드를 집어 들었다. 정의 카드였다.

"대가를 치르고라도 정의를 실현해야지."

조서란이 그를 바라봤다.

"그리고 당신이 올 거라고 생각했어."

"어떻게?"

"오늘의 카드가 연인 카드였거든."

조서란은 카드 더미에서 연인 카드를 골라서 보여 줬다.

"하. 그걸 믿었다고?"

유한은 고개를 절레절레 흔들면서도, 내심 기분이 꽤 괜찮았다. 그리고 하나는 확실했다. 그녀 덕분에 두 살인 사건의 진실이 드러났다.

송지오가 체포된 지 사흘 후, 신촌의 작은 카페.

조서란이 안으로 들어서자, 미리 와 있던 오순희가 손을 흔들었다. 그 옆에는 앳된 여자가 앉아 있었다.

조서란이 그 테이블에 도착하자 오순희가 일어나서 인사했다.

"잘 지내셨죠?"

"네."

조서란이 인사를 나누자, 오순희 옆에 앉은 여자가 고개를 들었다. 스무 살 정도로 보였고, 얼굴에는 그림자가 드리워져 있었다.

"제가 말씀드린, 유리 후배 정아예요."

조서란이 먼저 인사를 했다.

"안녕하세요, 조서란입니다. 서희 언니구요."

"안녕하세요."

정아의 목소리는 작고 떨렸다. 두 손을 무릎 위에 올려놓고 맞잡은 채 긴장하고 있었다.

조서란이 의자를 끌어당기며 앉았다.

"나와 주셔서 감사합니다."

정아는 조용히 고개만 끄덕였다. 그녀의 시선은 테이블 위에 고정되어 있었고, 입술을 꾹 다물고 있었다.

"유리 씨와 많이 가까웠다고 들었어요. 혹시 사건 직전에 유리 씨를 만난 적 있어요?"

정아의 얼굴이 더 어두워졌다.

"네…. 사건 이틀 전에 만났어요. 그때 언니가 이상했어요."

"왜 그렇게 생각했죠?"

"평소보다 많이 불안해하더라고요. 계속 뒤를 돌아보고, 전화벨만 울려도 깜짝깜짝 놀라고."

"구체적으로 어떤 얘기를 했는지 기억나요?"

"지오 오빠 얘기를 많이 했어요. 헤어지고 싶다고, 근데 무서워서 못 하겠다고."

정아가 찻잔을 만지작거리며 계속했다.

"이상한 사람들 얘기도 했어요."

"이상한?"

"언니가 알바를 새로 시작했거든요. 클래식바에서 연주하는. 그러면서 새로 알게 된 사람들이래요. 어떤 러시아 여자랑 친해졌다고 했어요."

조서란의 눈이 번뜩였다. 그 여자는 타티아나였을까, 나탈리아였을까?

"혹시 이름 알아요?"

"타…."

"타티아나?"

"맞아요, 타티아나 언니라고 했어요."

오순희가 놀란 표정으로 물었다.

"그 사람이 누군데?"

조서란은 정아에게 집중했다.

"타티아나와 유리 씨가 어디서 만났는지 알아요?"

"클래식 바요. 언니가 아벨에서 아르바이트했거든요."

"아벨?"

조서란이 되물었다. 심장이 빨라지는 것을 느꼈다. 하지만 정아는 오순희의 눈치를 보고 있었다.

"불편한 이야기니?"

눈치 빠른 오순희가 먼저 말했다. 정아가 대답하지 않자, 그녀가 먼저 자리에서 일어났다.

"화장실 좀 다녀올게요."

오순희가 자리를 비우자 정아가 다시 입을 열었다.

"겉으론 피아노나 바이올린, 첼로 같은 악기를 연주자들이 연주하는 클래식 바인데."

그녀가 주변을 살피며 목소리를 낮췄다.

"실제로는 텐프로 같은 곳? 연주가 끝나면 애프터가 들어와요. 그다음은 아시죠? 일종의 고급 룸살롱? 텐프로랑 지적 레벨이 다르잖아요. 텐프로 애들이 아니라, 예술가랑 데이트한다. 걔네 서포트한다. 말이 좋아 서포트지, 돈 주고 하루 대여하는 건 똑같아. 역겨워."

"타티아나는 발레하는데, 거기선 연주했나요?"

"아뇨. 토킹바처럼 옆에서 대화하는 파트너도 있거든요. 다들 한국어 안 써요. 프랑스어, 이탈리아어, 영어. 타티아나는 러시아어랑 영어를 잘했거든요."

"정아 씨는 어떻게 잘 알아요?"

그녀는 뜸 들이다가 대답했다.

"종종 사람 필요하면 연주 나갔어요. 2차는 가끔."

잠시 침묵이 흘렀다.

"서희도 거기서 일했나요?"

"서희?"

정아는 그 이름을 낯설어했다.

"그럼 카밀라, 알아요?"

"아, 그 언니 본명이 서희구나. 언닌 매니저였어요, 연주자는 아니고. 그래서 아벨, 그 건물에서 사는 걸로 알고 있어요. 유리 언니, 카밀라 언니, 타티아나 언니는 친했어요. 셋 다 같은 클럽이라고 했는데…, 혈액형이 Rh-라 친하다나. 그게 무슨 상관인지 잘 모르겠지만요."

조서란의 입에서 낮은 탄식이 흘러나왔다.

마담 타로

장기매매 조직과 희귀한 Rh- 혈액형 여자들의 조합. 머릿속에서 퍼즐 조각들이 맞춰지기 시작했다.

Rh- 혈액형은 속된 말로 '레어템'일 것이다. 성형 수술을 원하지만, 희귀 혈액형 때문에 엄두를 내지 못하는 부유한 여성들에게는 최고의 상품이다. 수술 중 응급 상황에 대비해 같은 혈액형의 '공급원'이 필요한 그들에게, Rh- 혈액형을 가진 젊은 여성들은 살아 있는 수혈팩 같을 것이다.

"카밀라 연락처 있어요?"

"아뇨. 전 한두 번, 그냥 인사만 하는 사이였거든요. 나머지는 유리 언니 통해서 들었어요."

"시간 내줘서 고마워요."

"그런데 유리 언니 죽인 그 새끼는 잡았어요? 진작부터 헤어지라고 했는데. 그 새끼 눈깔이 삼백안이잖아요. 뱀눈처럼 징그러워."

"네. 경찰에서 조사 중입니다. 혹시 카밀라에 대해 알고 있는 게 있으면 언제든지 연락 줘요."

조서란은 명함을 건넸다.

정아는 명함에 적힌 이름을 보고 흥미로운 표정으로 물었다.

"마담 타로? 타로 보세요?"

"네. 그러니 편하게 연락해요. 그리고 늘 조심하구요."

"감사합니다."

이야기를 마무리할 즈음, 밖에서 서성이던 오순희가 들어왔다. 둘의 이야기가 궁금한 표정이었지만 묻지 않았다. 조서란도 아는 척을 하진 않았다. 때론 진실을 명확하게 아는 것보다, 모르는 것이 나을 때가 있으니까.

밤 11시, 아르카나가 위치한 골목의 24시간 빨래방.

조서란은 세탁기 앞에 앉아 돌아가는 빨래를 멍하니 바라보고 있었다.

우웅- 우웅-

몇몇이 드나들며 잠시 소란스러웠다. 지금은 그녀 혼자다.

휴대폰을 꺼내 유한의 번호를 눌렀다. 몇 번의 신호음 후 그의 목소리가 들려왔다.

"난데, 송지오한테 물어볼 게 있어."

"뭔데?"

"아벨이라는 클럽 알아? 클래식 바라는데."

전화 너머로 잠시 침묵이 흘렀다. 세탁기 소리만이 웅웅거렸다.

"아벨? 이 사건과 무슨 연관이 있어?"

유한의 목소리에 경계심이 섞였다.

"송지오가 그곳과 연관이 있을 수도 있어서."

"아벨 사장에 관해 소문 들었는데, 우리도 못 건드려. 전과가 얼마나 있는지 몰라. 위에 연결된 사람들도 많고. 가까이하지 말라고."

웅우웅- 드르르륵-

세탁기가 탈수 과정에 들어가자, 소리가 더욱 거세졌다.

"듣고 있는 거야? 송지오와 아벨이 연관이 있다고 해도, 절대 말하지 않을 거야. 말하는 순간, 유치장 안에 있어도 죽일 수 있을 거다."

"그래도 물어봐 줘."

조서란의 목소리는 단호했다.

"뭘 물어봐. 아벨 근처에도 가지 말라니까."

그녀는 대답하지 않았다.

"혹시… 서희와 연관된 일이야?"

유한의 질문에 조서란은 태연하게 말했다.

"아니."

거짓말이었다.

"알겠어. 내일 조사할 때 슬쩍 물어볼게. 하지만 너무 기대하지는 마."

"알겠어."

통화를 끊은 조서란은 휴대폰을 무릎 위에 올려놓고 다시 세탁기를 바라봤다. 빨래통이 끝없이 돌아가고 있었다. 검은 옷들이 바닷속 물미역처럼 이리저리 휘감기고 있었다. 어떻게 이 사건을 풀어야 할까?

띵동- 띵동-

세탁 완료 알림음이 울렸다. 하지만 일어날 생각도 하지 않은 채, 멈춰 선 세탁기만 바라봤다. 숨이 막혔다. 동생의 행방은 오리무중이고, 단서는 점점 복잡해져만 갔다.

우-우웅- 다른 세탁기가 다시 돌기 시작했다.

조서란은 며칠간 아벨을 다각도로 조사했다. 주변 상가 사람들과 대화하고, 부동산 등기부등본을 떼어 보고, 인터넷에서 관련 정보를 수집했다. 하지만 아벨의 실소유주에 대한 정보는 철저히 숨겨져 있었다.

"법인 명의로 되어 있고, 실제 사장은 알 수가 없습니다."

부동산 중개인이 말했다.

"그럼 저 건물에 누가 살고 있는지는 아세요?"

"인테리어 업자한테 들었는데, 3층에 사장 가족이 살고

있다고 합니다. 클래식 음악 하시는 분들이라 그런지 조용
하십니다. 이웃끼리 얼굴 붉힌 일도 없고. 그렇습니다."

　주변 사람들은 아벨을 교양 있는 예술가들이 연주하는
우아한 공간으로 여기는 듯했다.

　다음 날부터 조서란의 일과가 바뀌었다. 아벨 건물 맞은
편에 있는 헬스장 건물의 옥상으로 출근했다. 망원경을 삼
각대에 고정하고 아벨 건물을 관찰하기 시작했다. 헬스장
주인에게는 사진작가라고 소개했다. 도시 야경을 찍는 프
로젝트라며 적당히 둘러댔다.

　"제가 언제 끝날지 모를 일이라. 며칠 정도 올라와도 될
까요?"

　"그럼요. 조심만 하셔요."

　주인은 별다른 의심 없이 허락해 줬다.

　첫째 날 밤, 아벨 건물 3층 거실에 불이 켜졌다. 조서란
은 망원경을 조정하며 렌즈를 들여다봤다. 거실로 보이는
공간에 소파와 테이블이 보였다. 거주 공간이 분명했다.
특별히 사생활 보호 필름이 있지는 않았다. 다만 레이스
커튼은 늘 쳐져 있었다. 사람은 보이지 않았다.

　둘째 날, 셋째 날도 마찬가지였다. 테라스 문이 있어 누

군가 나올 법도 했지만, 창문 너머로는 그림자조차 잡히지
않았다.

출입하는 사람은 오직 한 명뿐이었다. 40대 중반으로 보
이는 남자가 매일 드나들었다. 출입 시간이 일정하지는 않
았다. 아벨의 사장으로 추정됐다.

그는 생각보다 젊었다. 키는 평균보다 컸고, 건물 1층 출
입문 높이와 비교했을 때, 180㎝보다 약간 모자라 보였다.
첫인상은 변호사나 회계사 같은 지적인 느낌이 있었다. 분
명 유한이 위험한 인물이라고 말했지만, 겉모습으로는 전
혀 판단할 수 없는 사람이었다.

나흘째 되는 날, 조서란은 텀블러에 담은 커피를 마시며
망원경을 들여다보고 있었다. 입김이 하얗게 나올 정도로
추운 밤이었다.

오후 11시 47분.

3층 창문에 실루엣이 움직였다. 조서란이 재빨리 초점
을 맞췄다. 여자였다. 긴 머리를 한쪽으로 넘기며 창가에
서 있는 모습이 선명하게 보였다. 하지만 얼굴은 확인하기
어려웠다.

다섯째 날도, 여섯째 날도 같은 시간에 그 여자가 나타났

다. 매번 몇 초간만 창가에 서 있다가 사라졌다.

　일주일째 되는 날 밤.

　조서란은 언제나처럼 망원경을 들여다보고 있었다. 시
계를 보니 11시 50분이었다. 곧 그 여자가 나타날 시간이
었다.

　11시 52분.

　3층 테라스 문이 열렸다. 여자가 밖으로 나왔다.

　조서란의 손이 망원경 초점 조절 다이얼을 돌렸다. 렌즈
가 선명하게 맞춰지자, 여자의 얼굴이 또렷하게 보였다.

　"아!"

　조서란의 입에서 작은 탄식이 흘러나왔다.

　카밀라였다.

　아니, 조서희였다.

　동생은 테라스 난간에 기대어 밤하늘을 올려다보고 있
었다. 야윈 얼굴에는 예전의 모습이 남아 있었지만, 어딘
가 지쳐 보였다.

　조서란의 손이 떨렸다. 망원경이 흔들렸다가 다시 고정
됐다. 망원경에 맺힌 동생의 모습을 휴대폰으로 촬영했
다. 선명하게 다시 봐도 동생이 맞았다.

다음 날, 조서란은 새로운 접근법을 시도했다. 아벨 인근의 고급 미용실을 찾은 것이다. 그곳 직원들이라면 주변 VIP들의 정보를 알고 있을 가능성이 있었다.

"안녕하세요. 커트 하려구요."

"저희 당일 예약은 안 받아요."

조서란은 더 부탁할 수 없었다.

결국 정아에게 전화를 걸어 유리가 주로 다니던 미용실 '유니크 헤어살롱'을 어렵게 소개받았다. 미리 예약 전화를 하고 방문했다. 그 위치가 아벨 근처인 것을 생각하면, 카밀라도 단골일 가능성이 있었다.

조서란이 유니크 헤어살롱에 들어가니 1층에는 접수 데스크만 있었다. 철저하게 사생활 보호가 되는 분위기였다.

"어서 오세요! 고객님 성함은 어떻게 되실까요?"

"조서란입니다."

"네. 예약 확인되셨고요. 맡기실 짐은 없으신가요?"

"네."

"잠시만요."

그녀는 무전기로 누군가를 호출하더니, 잠시 후 20대 후반의 수다스러운 미용사가 나왔다.

"안녕하세요, 이쪽으로 모시겠습니다."

그녀를 따라 헤어살롱으로 들어갔다.

조서란은 의자에 앉은 후, 가볍게 헤어 라인 정리만 부탁했다.

"네, 알겠습니다."

미용사는 커트 보자기를 둘러 주며 넉살 좋게 말을 붙였다.

"피부가 정말 좋으시네요. 어디서 관리받으세요?"

"그냥 집에서 해요."

"부지런하시다. 요즘 피부과, 피부 관리실 다들 다니시잖아요, 이쪽 동네는."

"그래요?"

조서란은 일부러 세상 물정 모르는 사람처럼 행동했다. 미용사의 말에 가볍게 맞장구만 쳐 줘도, 이야기를 술술 꺼내 놓았다.

"그럼요. 돈 들인 티가 나니까요. 그런데 피부는 정말 타고나야 하는 게, 고객님처럼 관리 안 받아도 좋은 분들이 계시잖아요. 그런 분 또 아는데. 완전 피부 미인."

"그래요? 연예인인가요?"

"아뇨. 이 앞 건물 사모님, 정말 미인이세요."

조서란의 귀가 번쩍 섰다.

"옆 건물이요? 아벨?"

"아시는구나. 아벨. 거기 완전 고급 바잖아요. 사모님도 저희 단골이신데, 고객님처럼 피부가 정말 좋으세요."

조서란의 손이 떨렸다. 카밀라가 아벨 사장의 부인이라니. 그 건물의 오피스텔이나 직원 숙소에 살 거로 생각했지, 부인일 것이라고는 생각하지 못했었다.

"그분. 어떤 분이세요? 사모님이시면 부자시겠다."

조서란은 긴장감을 감추고, 남 이야기 좋아하는 호기심 많은 사람처럼 행동했다. 미용사는 신나서 떠벌렸다.

"역시 클래식 하시는 분들은 다른가 봐요. 일단 우아하고 조용해요. 센스도 좋고. 가끔 우리 샵에 텐프로들도 와요. 보면 딱 티가 나요. 말투나, 행동이나. 돈으로 아무리 명품을 처발라도. 어머, 쏘리요."

그녀는 거친 말투를 귀엽게 사과했다.

"괜찮아요."

"아무튼 명품으로 감싸고 와도 싼 티가 나거든요."

참 수다스러운 미용사였다. 카밀라도 결국은 유흥가에서 일하는 사람인데. 사람들의 편견은 이렇게 무서웠다.

할 말이 많은 미용사는 계속 말을 이었다.

"아벨 사장님은 잘 안 보이는데, 부인은 가끔 혼자 산책하세요. 남편분이 무슨 일 하시는지 모르겠지만, 되게 바쁘신가 봐요."

"산책이요?"

"네. 그 건물 뒤편에 공원으로 가는 산책로가 있는데, 저도 점심 먹고 예약 없는 날 걸어요. 그때 만나서 인사도 드렸죠."

조서란은 건물 앞에서만 관찰해서 카밀라가 산책하러 나가는 것을 못 본 것이다.

갑자기 자리에서 일어났다.

"아, 제가 급한 약속을 깜박했어요. 그냥 계산하고 갈게요."

"어머, 커트도 안 하시고요?"

미용사가 당황한 표정을 지었다.

"다음에 올게요."

조서란은 서둘러 미용실을 나왔다. 찬 바람이 얼굴을 스쳤다.

아르카나로 돌아오는 내내, 머릿속이 복잡했다. 카밀라가 아벨 클래식 사장의 부인이라면, 위험에 처해 있을 수도 있다. 더 위험해지기 전에 만나야 했다.

　점심 무렵, 아벨 건물 뒤편 카페.

　조서란은 늘 창가 자리에 앉아 아메리카노를 주문했다. 미용사 말대로 카밀라가 산책을 나온다면 만날 수 있을 것이다. 하지만 나흘이 지났지만, 동생을 볼 순 없었다. 그렇다고 포기할 수 없었다.

　오늘도 카페에 앉아서 창밖의 사람들을 관찰했다. 한 시간쯤 기다리자, 아벨 건물 뒤편 출입구에서 한 여성이 나왔다. 긴 베이지색 코트를 입고 검은 베레모를 쓴 채였다. 걸음걸이와 체형이 어딘지 익숙했다.

　조서란의 심장이 빨라졌다. 여성은 천천히 산책로 쪽으로 걸어가고 있었다. 조서란은 홀린 듯이 그 여성을 쫓기 시작했다.

　조서란은 뒤에서 걷다가, 인적이 드물어지자 말을 걸기 위해 걸음을 재촉했다.

　"실례합니다."

　여성이 뒤돌아봤다. 베레모 아래로 드러난 얼굴을 본 순간, 조서란의 세상이 멈췄다. 정말 조서희였다.

　　　　　　　　　　　　　　　　　　　　　마담 타로

"언니?"

조서희가 낮은 소리로 말했다.

"언니가 여길 어떻게…."

몹시 놀란 눈치였다. 눈이 커졌다가, 이내 주변을 재빨리 둘러봤다. 조서란이 말하기도 전에 급하게 말했다.

"언니, 엄마를 죽인 사람을 찾았어."

조서란의 심장이 멈춘 것 같았다.

"뭐라고?"

"아벨 사장, 박진수."

조서란은 미용실에서 들었던 정보 때문에 머릿속이 복잡했다. 분명 아벨의 아내가 카밀라라고 하지 않았던가.

"내 말 이해했어? 엄마를 죽인 바로 그 사람이라구. 그 남자가."

조서란은 믿을 수 없었다.

"그럼 너는 왜 그 사람하고 결혼했어?"

조서희의 표정이 차갑게 변했다.

"끝까지 숨기고 싶었는데. 언니는 모르는 게 없구나."

"정말 사실이야?"

"복수하려고"

"그게 무슨 말이야. 정말 범인이라면 당장 경찰에 신고

했어야지. 그 사람은 네 존재를 몰라? 들키면 어떻게 하려고?"

"호랑이를 잡으려면 호랑이 굴에 들어가야지."

"조서희!"

"그 사람 가까이에서 증거를 찾아야 했다고! 봐, 내가 해냈잖아?"

조서희의 눈동자는 광기로 빛났다.

"이 사람 찾으려고 신분을 바꾸고, 이름도 바꾸고 살았어. 겨우 만났네? 그런데 바로 경찰에 신고하라고? 무슨 증거로? 엄마를 죽였다는 증거가 없잖아."

"넌 어떻게 알았어? 그 사람을?"

"봤으니까."

조서희는 그날, 범인의 얼굴을 봤다. 그래서 놈의 표적이 되었다. 그러니 신분을 세탁하고, 성형 수술로 얼굴을 바꿔야 했을 것이다.

"그놈과 한집에서, 한방에서 얼마나 괴로웠는지 알기나 해? 난 이렇게 노력했는데, 언니는 뭐 했어?"

정곡이 찔린 조서란은 대답할 수 없었다.

"그러니까 언니는 지금처럼 그냥 있어. 날 찾지도 말고, 박진수를 쫓지도 말고."

"서희야, 위험해. 일단 경찰에."

"경찰! 경찰! 경찰이 뭘 해 줄 수 있는데!"

"그럼? 네 손으로 직접 그놈을 죽이기라도 하겠다는 말이야?"

"못 할 건 뭐야."

"너 미쳤구나. 그게 얼마나 위험한 짓인지 알아?"

"엄마가 죽는 걸 봤어. 그걸 보고 내가 미치지 않고 살 수 있을까?"

"서희야."

"동정하지 마. 어차피."

조서희는 표독하게 울음을 숨기며 냉정하게 말했다.

"핏줄 나눈 친언니도 아니잖아."

그러더니 조서희는 조서란의 손을 잡았다. 그러고는 연극배우처럼 갑자기 대사를 쏟아 냈다.

"언니, 나 이제 증거를 찾았어. 엄마를 죽인 증거는 못 찾았지만, 그 사람이 지금까지 저지른 모든 범죄의 증거를. 피해자가 타티아나, 유리 두 사람뿐인 줄 알아? 인신매매, 장기 밀매, 살인, 돈세탁. 난 같이 살면서 그 모든 걸 기록해 뒀어."

조서란은 동생의 치밀함에 놀랐다. 어린 시절의 순진한

모습은 온데간데없고 희대의 악녀처럼 눈동자가 붉게 충혈되어 있었다.

"잘했어. 그러니까 이제 그만해. 나랑 같이 경찰서 가자."

"아니야, 언니. 그 사람을 직접 처단할 거야. 엄마가 당했던 것처럼."

조서란은 직접 듣고도 믿을 수가 없었다.

"안 돼! 그 자식 때문에 네가 범죄자가 될 순 없어!"

"이미 늦었어, 언니. 나는 이미 그 사람의 아내가 되어서 모든 걸 알게 됐어. 그리고."

조서희의 눈빛은 단호했다. 그 어떠한 말로도 그녀의 행동을 막을 수 없다는 것이 느껴졌다.

"오늘 밤이 마지막이야. 모든 게 끝날 거야."

"안 돼. 내가 그렇게 두지 않아."

조서란은 급히 휴대폰을 꺼냈다. 유한에게 전화를 걸어야 했다. 동생이 돌이킬 수 없는 선택을 하기 전에 막아야 했다. 하지만 동생은 휴대폰을 든 손목을 힘껏 잡았다.

"언니, 제발."

두 자매의 눈빛이 마주쳤다. 한 명은 복수를 원했고, 한 명은 구원을 원했다.

"방해하지 마."

그와 동시에 조서희는 조서란의 목덜미에 주삿바늘을 꽂았다. 순간 조서란은 몸을 움찔하며 본능적으로 팔을 뿌리치려 했지만, 이미 투여된 약물이 혈관을 타고 퍼지기 시작했다.

조서란은 아득해지는 정신을 붙들려고 안간힘을 썼다. 쉽지 않았다. 처음엔 목덜미가 화끈거렸고, 곧 어지럼증이 몰려왔다. 다리가 풀린 조서란은 나무에 손을 짚으며 버티려 했으나, 시야가 흔들리며 균형을 잃었다. 토해 내지 못한 신음과 함께 무릎이 꺾였고, 이내 몸에 힘이 풀렸다.

조서희는 쓰러져 가는 언니를 붙잡아 벤치로 옮겼다. 심장은 뛰었지만, 호흡은 아직 안정적이었다. 약효가 완전히 자리 잡기까지는 시간이 필요하다는 걸 직감했다. 그녀는 휴대폰을 꺼내 급히 택시를 불렀다. 조서란을 안전한 곳으로 옮겨야 했다.

조서희는 언니를 부축해서 겨우 길가로 나왔다. 마침 예약한 택시가 도착했다.

"기사님, 이분 집까지 좀 모셔다드리세요. 술에 취했는데, 금방 깰 거예요."

"술 취한 사람은 안 태웁니다. 다른 택시 알아보십쇼. 나 원 참."

중년의 남자 택시 기사는 절대 태울 수 없다고 했다. 조 서희는 5만 원권 10장을 꺼내 택시 기사에게 보였다.

"한 십 분 거리라, 금방 가실 거 같은데. 이건 팁이요."

"일단 태워 봐요."

"감사합니다."

택시가 사라지는 것을 확인한 조서희는 아벨로 돌아갔다.

현관 앞에서 조서희는 심호흡했다. 평온한 표정으로 바 꾸고 집으로 들어갔다. 사랑스럽고 화사한 웃음을 지닌 '아내'라는 가면을 쓴 카밀라로.

카밀라가 들어서자, 박진수가 소파에 앉아 위스키를 마시고 있는 것이 보였다. 그의 시선은 거실 한쪽 벽을 가득 채운 대형 수조를 향해 있었다. 수조 속에서 은빛 비늘을 반짝이며 유영하는 피라냐 떼가 물살을 가르고 있었다.

평소라면 이 시간에는 아벨뿐만 아니라 운영하고 있는 여러 유흥주점을 점검하거나, 사업차 만나야 할 사람들과 미팅하고 있어야 할 그였다.

놀란 그녀는 발걸음이 멈췄다. 평소와 다른 분위기가 감돌았다. 그래도 아무렇지 않은 척 말을 걸었다.

"당신, 일찍 왔네요."

"쉬려고."

박진수가 위스키 잔을 입에 댄 채 말했다. 여전히 수조를 응시한 채, 뒤돌아보지도 않았다.

코트를 벗는 그녀의 손이 미세하게 떨렸다.

"왜, 일찍 오니까 이상해?"

남편의 물음에 긴장을 풀면서 자연스럽게 걸어 들어왔다.

"아니, 놀랐지."

"하루 종일 집에만 있는 당신이랑 놀아 주려 왔는데, 김 빠졌네. 어디 갔다 와?"

"산책."

"산책?"

박진수가 천천히 몸을 돌려 그녀를 바라봤다. 그의 눈빛이 평소와 달랐다. 날카롭고 의심이 가득했다.

"이 추운데?"

카밀라는 대답하지 않고 코트를 외투걸이에 걸었다.

"괜찮았어요, 오늘."

카밀라는 평소처럼 차분한 톤을 유지했다. 가짜 아내 생활을 위해 연습해 온 연기였다.

"요즘 부쩍 산책이 많아졌어. 뭔가 신경 쓸 일이라도 있나?"

"그냥 날씨가 좋아서요."

카밀라는 부엌으로 가서 물을 마셨다. 손이 미세하게 떨렸지만, 들키지 않으려 노력했다.

"요즘 송지오 그놈 때문에 일이 복잡해졌어."

박진수가 한숨을 쉬었다.

"경찰들이 개판을 쳐도, 증거는 없을 거야. 그치?"

"그럼요. 당신이 누군데."

카밀라의 심장이 빨라졌다. 증거를 처리했다는 말은 또 다른 범죄를 저질렀다는 뜻일 것이다. 타티아나, 유리 말고도 또 누가 죽었을까? 이렇게 지켜보는 것만으로는 공범이 되는 것만 같았다.

"어차피 경찰은 몰라. 송지오 뒤로 중간 단계가 얼마나 많은데. 안 그래?"

박진수가 다시 위스키를 들이켰다.

"그럼요. 워낙 일 처리는 꼼꼼하니까. 그래도 몸조심해요. 나… 당신 없으면 안 되잖아요."

그 말이 듣기 좋았는지 박진수의 입꼬리가 올라갔다.

"타티아나 그년이 너무 많이 알았어. 우리 조직 구조까지 파악하고 있더라고."

카밀라는 물잔을 꽉 쥐었다. 손가락 마디가 하얗게 질려 버렸다.

"설마 당신이 도와준 건 아니지?"

"이 바닥에서 믿을 사람 없다지만, 당신도 나 못 믿는 거예요? 타티아나 같은 배신자, 살려 두면 우리가 위험해요."

"당연하지. 그런 배은망덕한 년을 살려 둘 수는 없지. 아까운 물건이지만, 죽여서 얻는 이득이 더 많으니까."

그의 목소리에는 어떤 감정도 실려 있지 않았다.

카밀라는 가슴속에서 치솟는 분노를 억눌렀다. 어머니를 죽였을 때도 그는 이런 표정이었을까? 아무렇지도 않게, 마치 벌레를 죽이듯.

"여보, 좀 피곤해요. 먼저 쉴게요."

"같이 샤워할까?"

"그럴래요?"

조서희는 혹시라도 같이하자고 할까 봐 조마조마했다.

"귀찮아."

그는 술잔을 비웠다.

조서희는 서둘러 안방으로 향했다.

같은 시각, 택시는 아르카나 앞에 멈췄다.

"손님, 여기 맞습니까?"

택시 기사가 뒷좌석을 돌아보며 물었다.

마취에서 덜 깬 조서희는 몸을 가누기 힘들었다.

"손님?"

똑- 똑-

누군가 택시 조수석 앞 유리를 두드렸다. 택시 기사가 창문을 내리고 말했다.

"어디까지 가세요?"

"아뇨. 뒤에."

한시원이 뒷좌석에 앉은 조서란을 가리켰다.

"남자 친구시오?"

"예. 뭐."

"아이고. 얼마나 마셨는지."

한시원은 30분 전부터 이곳에서 기다리고 있었다. 송지오를 검거하면 만나게 해 달라는 그녀의 부탁 때문에 연락했는데 연락이 닿지 않아 걱정됐다. 그래서 찾아온 것인데, 취한 채 택시를 타고 나타난 것이다. 평소 그녀의 행동에 비추어 봤을 때, 이례적인 행동이었다.

"아, 정말 많이 마셨나 봅니다."

한시원이 조서란을 부축해서 택시에서 내렸다. 하지만 그녀의 몸에서는 술 냄새가 전혀 나지 않았다. 이상하다는 생각이 들었다.

"기사님, 요금은."

"이미 결제했습니다."

"누가요?"

"동생인가."

"고생하셨습니다."

한시원은 조서란을 부축해서 타로샵 앞 벤치에 앉혔다. 그때 조서란의 가방에서 휴대폰이 울렸다. 한시원은 발신자 이름을 보고 망설였다. '유한 형사'라고 적혀 있었기 때문이다. 전화가 끊어졌다가 다시 울렸다. 아무래도 급한 일 같았다.

"여보세요?"

"조서란 휴대폰 아닌가요?"

"맞습니다, 선배님."

"한시원?"

"네."

"왜 네가 전화를 받지?"

"마담 타로 선생님께서 만취 상태로 택시를 타고 오셔서…."

"만취?"

"술 냄새는 안 나는데, 의식이 없으십니다. 비틀거리며 걷긴 하는데, 다시 주무십니다."

"어디야?"

"아르카나 앞입니다."

"기다려. 갈 테니까."

"예."

10분 후, 유한이 도착했다. 차에서 급하게 내린 유한은 눈앞의 광경에 기가 찼다. 조서란은 여전히 깨어나지 않은 상태였고, 한시원의 어깨에 기대어 있었다. 한시원은 자신의 패딩을 벗어 그녀를 덮어 준 채였다.

"수고했다."

유한의 목소리는 차가웠다. 전처와 다른 남자가 이런 모습으로 있는 것을 보니 기분이 복잡했다.

"선배님, 오해하지 마십쇼. 저도 연락이 안 되길래 사무실로 왔던 건데. 마침 택시를 타고 오셨습니다."

유한이 조서란에게 다가가 냄새를 맡아 봤다. 술 냄새는 나지 않았다.

"술 냄새는 전혀 안 납니다. 뭔가 이상합니다."

한시원의 말에 유한도 고개를 끄덕였다. 그가 조서란의 상태를 자세히 살펴보던 중, 목 부분에 이상한 자국을 발견했다.

"주사 자국 같은데?"

유한이 조서란의 목을 가리켰다. 유난히 하얀 그녀의 목에 작은 붉은 점이 보였다. 모기에게 물린 것 같기도 했지만, 자세히 보니 정말 주삿바늘 자국이었다. 한시원도 가까이서 확인했다.

"맞습니다. 119 부를까요?"

"내 차가 빠를 거다."

두 사람은 조서란을 응급실로 이송했다. 의사의 진단 결과, 강력한 마취제에 마취된 것으로 확인됐다.

"생명에는 지장이 없지만, 깨어나는 데 시간이 좀 걸릴 것 같습니다."

의사의 말에 유한은 안도의 한숨을 쉬었다.

병원 복도에서 유한은 한시원에게 사과했다.

"미안해. 아까 오해했어."

"괜찮습니다. 저라도 그랬을 것 같습니다."

한시원이 웃으며 말했다.

"누가 그랬을까요?"

"깨어나면 물어봐야지. 마지막으로 만난 사람을 기억하겠지."

"그런데 선배님. 선배님을 처음 뵐 때부터 낯이 익었거든요?"

"무슨 말이야?"

"낙원예식장에서 결혼하셨죠?"

유한은 갑작스러운 사적인 질문에 당혹스러웠다.

"맞아. 어떻게 알지?"

"맞구나. 제가 거기서 알바했거든요. 대학생 때. 경찰 제복 입고 결혼하셔서 정말 멋있었습니다."

"아…. 그때."

유한의 표정이 복잡해졌다. 결혼식 날의 기억이 떠올랐다.

"혹시 신부 얼굴은 기억 못 하나?"

"아. 거기까진."

"저 사람이야."

"마담 타로요?"

"지금은 전처지만. 이혼했어, 우리."

"아…. 죄송합니다."

한시원이 민망해했다.

"우리가 이혼했는데, 왜 죄송해. 오늘 고맙다."

그때 유한의 휴대폰이 울렸다. 현수였다.

"팀장님, 긴급 상황입니다!"

"뭔데?"

"카밀라라는 여성에게서 제보가 들어왔는데, 박진수라는 인물에 대한 결정적인 증거가 있다고 합니다."

"박진수?"

"아벨 사장입니다. 그런데 이 사람, 국제 인신매매 조직의 한국 지부장입니다."

유한의 눈이 커졌다.

"뭐라고?"

"지금 메일로 보내 드린 자료들 보세요. 러시아, 동유럽 여성들을 한국으로 밀입국시켜서 강제로 성매매를 시키고, 반항하면 살해까지 하는 조직입니다. 한국에서 장기이식 수술도 불법으로 진행한 정황이 있습니다."

"증거가 있나?"

"아직은 진술만 있습니다."

"놈하고 송지오는 어떻게 연결되는 거지?"

"송지오는 박진수 조직의 중간책입니다. 여성들을 감시하고 통제하는 역할이겠죠."

유한은 모든 퍼즐이 맞춰지는 것을 느꼈다.

"카밀라는 지금 어디 있어?"

"전화 신고받았고, 내일 오전 10시에 직접 방문해서 모든 걸 털어놓겠다고 했습니다."

"위험해! 지금 당장 출동해야 해!"

유한이 소리쳤다. 그는 전화를 끊고 나갈 준비를 했다.

"한시원, 미안하지만 서란이를 부탁해. 긴급 출동이야."

"카밀라는 누굽니까?"

"아직 말할 수 없어."

"송지오와 연관된 일입니까?"

"일단은."

"알겠습니다."

"공유할 사안 있으면 연락할게."

"형수님 깨어나시면."

넉살 좋은 한시원은 '형수님'이라는 말을 넙죽했다.

"아직 카밀라나 송지오 이야기는 하지 말고."

유한은 미리 입단속을 했다.

"네."

후배의 대답을 들은 유한은 서둘러 병원을 나왔다.

강남경찰서로 돌아온 유한은 곧바로 수사회의실로 향했
다. 현수와 서연, 그리고 몇 명의 팀원들이 이미 대기하고
있었다.

"카밀라가 박진수 이야기를 했다고?"

"예."

서연이 답했다.

"둘의 관계는?"

"남편이라고 했습니다."

"남펴언?"

유한은 뜻밖의 관계에 머리가 아팠다. 처제가 왜 범죄자
와 함께 살고 있단 말인가? 비밀을 폭로한 카밀라가 위험
할까 봐 긴급 출동하려는 것인데, 둘이 부부 사이라니 난
감했다.

"현수 넌, 박진수, 송지오에 관한 모든 자료를 전부 조사
해. 과거 범죄 기록까지."

"네. 팀장님. 그런데 어디까지 파야 할까요?"

"처음부터 끝까지. 다. 출생신고서부터 어제까지의 모든 기록. 금융 내역도 빼먹지 말고."

유한이 서연을 향해 돌아섰다.

"서연이는 통화 기록 분석. 최근 오 년간 송지오가 통화한 모든 번호를 추적해. 박진수도. 특히 해외 번호나 선불폰 번호에 주목하고."

"알겠습니다. 그런데 아벨 쪽은 어떻게 할까요?"

"일단 카밀라를 기다려 보자고. 지금 제보만으로 움직일 수 없으니까. 일단 송지오 건으로 논현서와 합동수사팀 구성 요청해 놨으니까, 기다려 보자. 한시원 측에서도 자료를 갖고 있을 테니까."

회의실 문이 열리며 김 과장이 들어왔다.

"유한 팀장, 한시원 형사랑 합동수사팀 승인 떨어졌다."

"감사합니다, 과장님."

"얼마나 큰 사건이야?"

"아직 모릅니다. 인신매매 조직이 관련되어 있을 가능성이 높습니다. 다수의 정보는 민간 컨설턴트를 통해 일부 확인했습니다."

"민간 컨설턴트?"

김 과장이 의아해했다.

"마담 타로라고."

"타로? 애들이 점 보는 그 타로 카드?"

"일종의 언더커버 방식입니다. 전직 형사거든요."

"그래? 믿을 만한 사람이고?"

"제가 잘 아는 사람입니다."

"그럼 적극 활용해 봐. 이런 복잡한 사건은 다양한 관점이 필요하니까."

"예. 알겠습니다."

김 과장이 나간 후, 유한이 다시 회의를 시작하려던 순간이었다.

현수와 서연은 마치 짠 듯 공연을 본 관객처럼 박수를 쳤다.

"와우. 할리우드인 줄."

서연이 감동받은 표정으로 말했다.

"팀장님 생각보다 멋지시다."

"뭐가?"

유한이 당황한 표정으로 물었다.

"전 부인을 그렇게 멋지게 소개하시다니."

"그것도 공개적으로요."

현수가 맞장구쳤다.

"쓸데없는 소리하지 말고, 어서 일해."

유한이 얼굴을 붉히며 재촉했다.

병원 로비, 밤 10시.

조서란이 응급실에서 나와 수납창구에서 정산을 마쳤다. 마취제 여운이 남아 있는지 아직 걸음걸이가 불안정했다.

"정말 괜찮으십니까? 유한 형사님께서 필요하시면 더 입원하시라고 하셨는데."

한시원은 그녀를 부축하려고 했지만, 조서란은 마다했다.

"진짜 괜찮습니다. 많이 나아졌습니다."

조서란이 의자에 앉으며 주변을 둘러봤다.

"유한 형사는 지금 어딨습니까?"

"급한 일이 생겨서 경찰서로 돌아가셨습니다. 저보고 선생님 챙기라고 하시더라고요."

한시원이 옆자리에 앉으며 설명했다.

"유한 선배님과 합동수사팀을 꾸리기로 했습니다. 선생님께서 민간 자문으로 참여해 주시면 좋겠다고 하시더라고요."

"합동수사팀요?"

"네. 송지오 사건이 생각보다 복잡해졌습니다."

한시원이 목소리를 낮추며 말했다.

"그런데 오늘 누구를 만나셨습니까? 마취제를 누가 놓았는지 알아야 수사할 수 있습니다. 경찰에 신고하시면 CCTV 확인도 가능하니, 잡을 수 있을 겁니다."

조서란은 잠시 망설였다. 동생 조서희를 만났다는 이야기를 할 수 없었다. 아직 상황을 정확히 파악하지 못한 상태에서 섣불리 말할 수 없었다.

"기억이 잘 안 나요. 마취 때문인지."

"묻지 마 범죄인가."

한시원이 중얼거렸다.

"천천히 기억해 보시고, 생각나는 거 있으면 언제든 연락 주십쇼."

"네. 알겠습니다. 유한 형사한테 무슨 급한 일이 생긴 건가요?"

조서란이 물었다.

"제보가 있었습니다."

한시원의 말에 조서란의 눈빛이 예리해졌다.

"어떤 제보입니까?"

"말씀드릴 수 없습니다."

한시원은 유한의 당부를 잊지 않았다. 카밀라에 관한 내용은 비밀로 해 달라고 했으니까.

"혹시 카밀라인가요?"

조서란이 먼저 말했다.

비밀을 들킨 한시원은 표정 관리에 실패했다.

"어떻게 아셨습니까?"

"저도 제 라인이 있습니다. 어차피 카밀라에 대한 정보를 공유하려면 저도 알아야 할 것 같은데요?"

한시원은 망설이다가 대답을 시작했다.

"카밀라가 박진수라는 인물에 대한 중요한 정보를 갖고 있다고 하더라고요. 내일 오전 10시에 경찰서로 나오기로 했습니다."

"직접 방문하겠다는 겁니까?"

"그렇게 알고 있습니다."

조서란은 가슴이 두근거렸다. 동생이 위험에 처할 수도 있는 상황이었다. 엄마를 살해한 박진수를 직접 살해하겠다는 동생의 말이 떠올랐다. 당장 오늘 밤, 그를 죽일 생각인가? 내일 자수를 하러 온다는 것일까? 그 무엇이든 일단 동생이 살인을 저지르는 것을 막아야 했다.

"저도 유한 형사와 할 이야기가 있습니다. 강남서로 가겠습니다."

"지금요? 몸 상태가."

"아주 좋습니다."

조서란이 자리에서 일어났다. 다소 비틀거렸지만 걸을 수는 있었다.

"그럼 저도 함께 가겠습니다."

한시원도 일어서며 말했다.

강남경찰서 회의실, 밤 11시 30분.

유한은 손끝으로 테이블을 두드리며 복잡한 심경을 달랬다. 조서란의 갑작스러운 등장, 그리고 카밀라라는 변수까지. 미간이 저절로 찌푸려졌다. 그녀가 성치 않은 몸으로 이곳까지 온 이유가 분명히 있을 것이었다.

조서란은 창백한 얼굴에도 불구하고 곧은 자세를 유지한 채 앉아 있었다. 한 치의 흐트러짐도 없었다.

한시원은 두 사람 사이의 팽팽한 기류를 느꼈다. 의자에 앉은 채, 몸을 살짝 뒤로 젖혔다. 이들 사이에 끼어들 수도 없고, 사건에 대해 아는 척을 할 수도 없는 상황이다. 일단 지켜보기로 했다.

"병원에서 휴식 취하라고 하지 않나?"

유한의 목소리는 거칠었다. 무의식중에 조서란의 안색을 흘끗 살피는 것을 한시원은 놓치지 않았다.

"그렇지, 모든 의사는 쉬라고만 말하니까. 스트레스가 제일 위험하다고, 스트레스받지 말라고 하네? 알잖아, 하고 싶은 거 못 하면 병나는 성격인 거."

"알지."

"당신, 카밀라 연락 받았다면서?"

조서란은 유한에게 몸을 기울이며 재촉했다.

"카밀라, 당장 찾아야 해. 당장!"

"거주지 특정이 안 돼. 우리도 찾고 있지만. 발신 추적도 안 되고."

"아벨 건물에 살고 있어."

조서란의 말에 두 남자의 시선이 집중됐다.

"만났어?"

유한의 목소리에 긴장이 서렸다.

"나도 우연히 알게 됐어. 거기 산다는 거. 잠복하다 알아냈고."

"그 말이 앞뒤가 맞다고 생각해? 우연히 잠복한다? 정보가 있었으니까 잠복했겠지. 단독 행동이 얼마나 위험한지 몰라? 적어도 나한테 말했으면! 내가 멀리서 지켜라도 봤으면 서희를 찾았을 거 아니야. 그 자리에서."

"이미 지난 일이야. 내 선택에 후회도 없고, 다시 그 상황에 놓인다고 해도 똑같은 선택을 할 거야. 그리고⋯."

조서란이 잠시 망설이다가 말했다.

"날 마취시킨 사람, 카밀라야."

유한과 한시원 모두 놀랐다.

유한이 벌떡 일어섰다. 의자가 바닥을 거칠게 긁어 대며 기분 나쁜 소리를 만들었다.

"그걸 왜 지금 말해!"

그의 목소리가 회의실을 가득 채웠다.

"말하면 뭐가 달라져? 없었던 일이 되냐고!"

조서란도 자리에서 일어나며 맞섰다.

"나도 당황스러웠어! 동생한테 당한 것도 분한데!"

두 사람이 테이블을 사이에 두고 소리를 높이는 사이, 한시원은 어색하게 앉아 있었다. 부부싸움을 코앞에서 직관하는 것은 별로 유쾌하지 않았다.

"선배님들, 일단 출동하시죠?"

한시원이 조심스럽게 말했다.

두 사람이 동시에 그를 바라봤다.

"지금 싸울 시간이 있습니까? 사람 목숨이 걸린 문제잖습니까?"

세 사람은 목적지로 향했다.

유한의 차가 아벨 건물 앞에 정차했다.

조서란과 일행은 건물을 올려다봤다. 건물은 모든 불이 꺼진 채 굳게 닫혀 있었다. 경비실의 창문에는 '순찰 중'이라는 푯말이 걸려 있었다. 건물 왼쪽 측면에 있는 출입문으로는 지하 영업장으로만 갈 수 있었다.

일단 유한은 정문을 두드렸다.

똑똑똑.

아무 대답이 없었다.

한시원이 후문도 시도해 봤지만 마찬가지였다.

잠시 후 1층 경비 사무실에 불이 켜졌다. 문이 열리며 30대 남성이 나타났다.

"무슨 일이십니까?"

"경찰입니다. 박진수 사장님 계신가요?"

유한이 물었다.

"해외 출장 중이십니다."

직원의 대답에 유한은 인상을 찌푸렸다.

"언제부터요?"

"어제 오후에 출국하셨습니다."

조서란이 건물 위층을 올려다봤다. 3층 창문은 커튼이 쳐져 있어 안이 보이지 않았다. 불도 꺼진 채였다.

"2, 3층은 뭡니까?"

조서란이 직원에게 일부러 물었다.

"사무실입니다."

"3층은 가정집처럼 보이는데."

"사장님 세컨드 하우스인데, 쉬면서 업무 보는 사무실입니다."

"정말 아무도 없습니까?"

"네, 아무도 없습니다."

결국 세 사람은 돌아서야 했다.

대신 건물 맞은편 골목에 차를 세워 두고 잠복했다.

차 안은 조용했다. 윙윙거리는 히터 소리만 들렸다.

유한은 운전석에서 아벨 건물을 주시하며 말했다.

"둘 다 떠난 거 아니야?"

"알 수 없지."

조서란은 조수석에서 몸을 돌려 한시원을 바라봤다.

"한 형사님, 괜찮으십니까? 여긴 저희 둘이 있어도 됩니다."

"전 신경 쓰지 마십쇼, 선배님들. 근데 정말 카밀라, 조서희 씨가 올까요? 박진수가 해외 출장 갔다는데."

유한도 동의하며 고개를 끄덕였다.

"정말 어제 출국했다고 생각하십니까? 타이밍이 너무 절묘하지 않습니까?"

조서란이 반문했다.

"조서희는 남편 일정을 알고 있었을 겁니다. 해외 출장처럼 중요한 날짜도 모르고 오늘 살해한다고 말하지 않았겠죠."

"설마 눈치챈 건 아닐까?"

유한의 눈동자에 우려가 스쳐 갔다.

"그럴 수도."

조서란은 남 일처럼 무심하게 말했다. 감정을 드러내지 않는 그녀의 습관일 것이다.

유한이 창문을 내려 찬 공기를 들이마셨다.

"근데 박진수가 서희의 존재를 이미 알고 있었다면 어떻게 하지? 의도적으로 접근했다는 걸 안다면."

조서란은 상상하고 싶지 않은 최악의 순간도 이미 염두

에 둔 상태였다.

"조서희의 작전 실패지."

유한은 시계를 확인했다. 새벽 3시 15분이었다.

"교대로 눈 붙이자. 둘이 먼저 자."

"예. 그럼 전 눈을 붙이겠습니다."

한시원은 일단 뒷자리에 누워 버렸다. 눈치 볼 것도 없었다. 틈날 때마다 체력도 보충해야 나쁜 놈들을 잡을 수 있다.

"난 괜찮아."

조서란은 더 꼿꼿하게 허리를 세웠다.

"고집 피우지 말고 자."

유한의 만류에도 조서란은 잠들지 않았다. 하지만 응급실까지 다녀온 그녀도 버텨 낼 재간이 없었다.

조서란이 눈을 떴을 땐, 오전 8시였다.

"몸은 괜찮아?"

유한이 물었다.

"당신은 안 잔 거야?"

"아니. 한 팀장이 교대해 줘서 눈은 붙였어."

"서희는?"

"아무도 출입하지 않았어. 오전 6시에 경비가 교대한 것을 제외하고는."

간혹 지나가는 차량과 아침 운동을 나온 몇몇 사람들만이 거리를 스쳐 지나갔을 뿐이다. 유한은 뻣뻣해진 목을 돌리며 시계를 다시 확인했다. 룸미러로 보니 한시원은 잠들어 있었다.

"그만 가자. 10시에 경찰서로 온다고 했으니까."

"경찰서에는 정말 올까?"

조서란의 목소리에는 조급함이 묻어났다.

"기다려 봐야지."

유한이 시동을 걸었다.

강남경찰서 민원실.

유한과 조서란, 한시원이 민원실 입구 근처에서 서성였다. 조서란은 벽시계를 보며 손가락으로 가방끈을 만지작거렸다. 10시 정각이 되었다.

"아직 안 왔네."

유한이 중얼거렸다.

10시 30분.

민원실 자동문이 열릴 때마다 세 사람의 시선이 일제히

그쪽으로 향했다. 하지만 카밀라는 나타나지 않았다. 각종 민원인만 드나들 뿐이었다.

조서란이 자리에서 일어나 창밖을 내다봤다.

"늦는 거 같은데. 조금만 더 기다려 보자."

유한이 시계를 다시 확인했다. 11시 30분이 넘었다.

조서란은 불안한 기분을 감출 수가 없었다.

"뭔가 잘못됐어."

조서란의 얼굴이 창백해졌다. 가슴 깊은 곳에서부터 서늘한 두려움이 밀려들었다. 동생에게 무슨 일이 생긴 것은 아닐까. 혹시 박진수가 조서희의 계획을 눈치챈 것은 아닐까.

온갖 최악의 상황들이 머릿속을 스쳐 지나가며 조서란의 심장을 조여 왔다. 손끝이 떨렸고, 목구멍이 바짝 말랐다. 이런 불안감은 처음이었다. 설마 동생이 위험에 처한 것은 아니겠지. 스스로를 달래려 했지만, 시간이 갈수록 불길한 예감에 잠식되어 가고 있었다.

조서란은 아르카나로 돌아왔다. 떨리는 손으로 가게 문을 열고 들어왔다. 외투는 벗지도 않은 채 소파에 널브러지듯 앉았다. 사람이 없었던 공간에는 한기가 가득했다.

서희는 어디로 갔을까.

동생의 상태가 궁금했다. 걱정됐다. 자신을 마취시키고 도망친 것은 괘씸했지만 사정이 있었을 것이다.

다시 몸을 일으켜 세워 테이블에 앉았다. 성냥을 그어 촛불을 켰지만 손이 떨려 두 번이나 실패했다. 세 번째에야 심지에 불을 붙였다. 심지가 타들어 가는 매캐한 냄새가 코끝을 스쳤다.

검은 벨벳 천을 펼치는 손길이 평소보다 조급했다. 마지막으로 싱잉볼을 연주하며 공간을 정화했다. 이제야 호흡이 안정되며 정신이 맑아졌다.

타로 덱을 집어 든 조서란의 눈가가 파르르 떨렸다. 카드를 섞는 속도가 점점 빨라졌다. 지금 동생은 어떤 상태일까? 질문하며 셔플을 해도 마음이 진정되지 않았다. 다시 셔플. 마음에 들 때까지 계속 카드를 섞었다.

스윽- 스윽- 카드 섞이는 소리가 공간을 채웠다.

'지금 서희가 어떤 상태인지 알려 줘.'

이제 카드를 멈추고, 카드 더미를 탑처럼 정리했다. 그리고 가장 위에 자리 잡은 한 장을 뒤집었다. 조서란의 얼굴이 하얗게 변했다.

검 9 카드였다.

카드 속 사람은 침대에 앉아 두 손으로 얼굴을 감싸고 있었다. 머리 위 배경에는 아홉 자루의 검이 수평으로 걸려 있다. 몇 개의 검은 그 사람을 관통하는 것처럼 보였다. 장검들은 언제든 떨어져 내릴 것만 같은 긴장감을 줬다.

침대는 마치 관처럼 보였다. 좁고 답답한 모양이었다. 침대 측면의 조각은 더더욱 관처럼 보이게 만들었다.

카드 전체에서 풍기는 분위기는 악몽, 불면, 극도의 불안과 공포였다. 웅크리고 있는 몸짓에서는 극도의 절망이 묻어났다.

하지만 조서란의 눈에는 수술대에 누워 있는 모습처럼

느껴졌다. 동생이 하필 장기 밀매 조직에 연루되다니. 동생의 안위가 걱정됐다. 혹시라도 차가운 수술대 위에 속수무책으로 누워 있는 건 아닐까?

"안 돼."

조서란이 주먹을 꽉 쥐었다. 손톱이 손바닥 살을 파고들었다. 촛불이 흔들리며 카드 위로 그림자가 일렁였다.

늦은 밤. 인적이 드문 골목길.

검은 SUV가 비욘드 아쿠아 건물 지하 주차장으로 미끄러져 들어왔다. 조용하고 은밀했다. 선글라스를 낀 남자가 내렸다. 뒷좌석 문이 열리자 눈가리개를 한 여성이 두 남자에게 끌려 나왔다.

"안 돼, 제발. 살려 줘요!"

여성은 새틴으로 된 딥블루 색상의 홀복 차림이었다. 유흥가에서 일하는 여자들의 유니폼 같은 짧은 원피스였다. 하이힐 한 짝은 잃어버렸는지, 벗겨졌는지 왼쪽만 신고 있었다. 맨발로 차가운 콘크리트 바닥을 디디며 몸부림쳤다. 그렇다고 두 남자의 손아귀에서 벗어날 수 없었다.

여자가 자꾸 소리를 지르자, 남자가 굳은살 박인 두툼한 손바닥으로 뺨을 후려쳤다.

"씨발. 힘 빼지 마."

겁에 질린 여자는 호흡이 가빠 오는지 헐떡거리며 끌려 갔다.

선글라스 쓴 남자가 무전을 시작했다.

"502호 준비됐나?"

"예, 준비됐습니다."

"올라간다."

선글라스를 쓴 남자가 선두에 서고, 두 남자가 여자를 끌고 엘리베이터를 탔다. 지하에서 5층까지 직통이었다. 일반 버튼들은 모두 사용할 수 없게 꺼져 있었고, 보안 카드를 가진 직원만이 접근할 수 있었다.

문이 열리자, 소독약 냄새가 뒤섞여 코를 찔렀다.

이들이 도착한 5층은 촬영 스튜디오였다. 몇 가지 소품으로 넓은 방은 호텔이 되었다가, 학교가 되었다가, 유럽의 어느 도시가 되었다가, 오늘처럼 병원이 되기도 한다.

"여, 여기가 어디예요?"

여자는 바들바들 떨면서 물었다. 남자들은 대답하지 않았다. 우악스럽게 팔짱을 낀 채 그녀를 질질 끌고 갈 뿐이었다.

"제발 살려 주세요! 제발."

남자들에게 사정하던 그녀는 죽음이 코앞에 닥쳤다는 것을 직감하고 소리를 질렀다. 그 절규는 방음 처리된 복도에 묻혀 버렸다. 그녀는 겁에 질려 뒷걸음질 쳤다. 발목을 삐끗하며 넘어졌지만, 남자들이 거칠게 일으켜 세웠다.

중앙에는 침대와 각종 병원 도구가 있었다. 바닥에는 방수 시트가 꼼꼼하게 깔려 있었다. 두 사내는 여자의 입을 덕 테이프로 틀어막고 침대에 강제로 눕혔다.

소파에 앉아 있던 남자가 고개를 들었다. 박진수였다. 그는 통화 중이었다.

"예, 바로 처리하겠습니다. 걱정 마십쇼, 회장님."

통화를 마친 박진수가 소파에서 일어서더니 어슬렁어슬렁 그녀에게 다가왔다.

"세계 여행 보내 줄까?"

입이 막힌 여자는 온몸으로 대답했다. 아니요. 눈동자는 잔뜩 겁에 질린 채였다. 공포가 가득했다.

"살아서는 힘들고. 리옹이나, 두바이는 어때? 네 장기는 따로따로 도착하지만."

박진수가 키득거렸다.

"그러니까 왜 도망쳐! 너 같은 년 사라진다고 대한민국이 눈 깜짝할 거 같아? 부모도 버린 년을 누가 기억할까? 좋은 일 한다고 생각해. 네 장기가 필요한 사람들에게 보시한-다아- 생각하라고."

그 말을 듣는 내내 여자는 눈물을 흘렸다. 한 번 터진 눈물은 멈추지 않았다.

"바로 넘겨. 필립이 기다리고 있어. 실수는 용납 안 한다. 깨끗하게 처리하고."

"예."

박진수는 나가다 말고 여자를 돌아봤다. 짧은 찰나지만 연민을 보였다.

"좋은 곳으로 가게 천도는 해줄 테니까 걱정 말고. 극락왕생해라."

위로인지, 놀림인지 알 수 없는 표정을 짓고 사라졌다.

이튿날 새벽. 강서구 외곽의 동물 화장장에 검은 SUV가 들어섰다. 직원은 별말 없이 전용 냉동고를 열었다. 그러고는 시신을 담아 온 캐리어를 넣었다.

"이번 주엔 이게 마지막이지?"

"예. 잘 부탁드립니다."

직원이 냉동고 문을 닫으며 손을 비벼 댔다. 꽤 쌀쌀한 날씨였다.

"커피 한잔하시죠?"

사내들과 직원은 사무실로 들어갔다. 나이 어린 사내가 일회용 컵에 인스턴트커피를 타며 자연스럽게 대화를 이어 갔다.

"요즘 뉴스 보니까 또 연쇄살인범 잡혔더라고요."

"아, 그 부산 쪽 사건? 참 무서운 세상이야. 딸 키우기 무서워."

직원은 혀를 차며 말했다.

"절대 밤늦게 다니지 말라고 해요, 요즘 믿을 놈들 하나 없잖습니까."

"그러게."

직원은 설탕을 넣으며 고개를 저었다.

"방학 때도 한국 온다고 해서. 뭐 좋다고 오냐고. 엘에이가 얼마나 좋아. 못 오게 했지."

"잘하셨습니다. 한국 무섭습니다. 별거 아닌 일로도 칼 들고 달려들잖아요."

"자네들도 늘 몸조심해."

"그럼요."

사내들은 웃으며 커피를 홀짝였다.

세 사람은 마치 날씨 이야기하듯 담담하게 대화를 나눴다. 조금 전 시신을 처리한 일은 이미 잊은 듯했다.

9

그녀의 세계

◆

조서란은 아직까지 타로 카드를 정리하지 못했다. 검 9 카드를 내려다보며 주먹을 꽉 쥐었다. 어떤 방법을 동원해 서라도 동생을 찾아야 했다. 더 이상 시간을 낭비할 수 없었다. 먼저 나탈리아에게 전화를 걸었다.

"고객님이 요청하신 번호는 현재 사용할 수 없습니다."

없는 번호였다. 역시나.

혹시나 하는 마음에 정윤서에게 전화를 걸었다.

로밍 상태 안내가 흘러나왔다. 해외에 있는 것이 확실했다. 어딘가로 숨어 버렸을 것이다. 한국에는 당분간 들어오지 않을 것이다.

조서란이 한숨을 내쉬려던 그때, 핸드폰에 문자 메시지가 도착했다.

「무슨 일인가요?」

정윤서였다. 조서란은 재빨리 답장을 보냈다.

「급한 일이라 연락드렸습니다. 서희를 찾는데, 실종됐습니다. 혹시 박진수라는 사람을 아십니까?」

잠시 후 정윤서의 답장이 왔다.

「박진수가 뭘 했나요?」

조서란이 자초지종을 설명하는 긴 문자를 보냈다. 조서희의 복수 계획부터 경찰서에 나타나지 않은 것까지. 어차피 정윤서는 한국에 들어올 사람이 아니었다. 최대한 많은 정보를 주고, 필요한 정보를 얻는 것이 조서란에게도 유리했다.

「의정부에 안주 이모라는 분이 계세요. 제 이름 대면 도와줄 거예요. 전화번호 보낼게요.」

곧이어 전화번호가 도착했다. 조서란은 망설이지 않고 바로 전화를 걸었다. 통화 중이었다. 다시 걸었다.

"여보세요?"

중년 여성의 목소리였다. 허스키하면서도 정이 느껴지는 음성이었다.

"안녕하세요. 정윤서 씨 소개로 연락드렸습니다."

"내가 방금 연락받았거든?"

전화 너머로 소음이 들렸다. 술집처럼 소란스러웠다.

"지금 손님 있어서 바빠. 자정 지나고 두 시쯤 되면 한가해질 거야. 그때 와."

"어디로 가면 될까요?"

"의정부역 3번 출구에서 직진으로 10분. '황금비율' 간판 보여."

통화를 끊은 조서란은 의정부로 향했다.

술집은 찾기 쉬웠다. 조서란이 안으로 들어서자, 마지막 손님들이 계산하고 있었다. 카운터에는 30대 남자 직원이 있었다.

"영업 끝났습니다."

"손님은 아니고, 여기서 일하시는 분과 선약이 있습니다."

홀에는 중년 여성이 테이블을 정리하고 있었다. 고개를 들더니 조서란을 알아봤다.

"내 손님."

조서란은 그녀를 보고 인사했다. 안주 이모는 50대 초반으로 보였다. 단정하게 묶은 머리와 깔끔한 앞치마 차림이었지만, 눈빛에는 예사롭지 않은 날카로움이 있었다.

"혹시 안주 이모세요?"

"맞아. 주방으로 와. 거기서 얘기하자. 홀 정리해야 재
퇴근해."

안주 이모가 앞장서며 주방으로 향했다. 좁은 주방은 각
종 조리 기구와 재료들로 가득했지만 말끔하게 정리되어
있었다.

"카밀라 때문에 왔다고?"

"네."

"박진수랑도 엮였고."

"맞습니다."

안주 이모가 냉장고에서 소주 한 병을 꺼내며 조서란을
훑어봤다.

"술 해?"

"조금요."

안주 이모는 맥주잔 두 개를 꺼냈다.

"카밀라를 어떻게 알아?"

"동생입니다."

"걔가 언니가 있었나?"

"친동생은 아니고. 이복동생입니다."

"박진수는 또 어떻게 아나?"

"동생 남편이라고 들었습니다."

　　　　　　　　　　　　　　　　마담 타로

안주 이모가 소주병 뚜껑 따려다가 멈췄다.

"박진수 그 새끼, 알아? 만난 적 있어?"

"동생한테 들었습니다. 엄마를 죽인 사람이 그 남자라고."

안주 이모는 맥주잔에 소주를 반 정도 따르고 한 번에 들이마셨다. 그러고 나서야 조서란의 잔에도 술을 채웠다.

"알아서 마셔. 술 강요는 안 해."

"네."

"박진수, 그 새끼 이름 들으니까 술이 땡기지 뭐야."

직설적으로 물었다.

"뭐 하는 놈인지 알아?"

"VIP 성형 수술을 위해 Rh- 혈액형을 관리한다는 것 정도 압니다. 서희도 Rh- 형이거든요. 엄마도 그렇고."

"제대로 알고 있네."

안주 이모가 고개를 끄덕였다.

"카밀라가 사라졌다면 수혈팩으로 사용할 거다. 죽이진 않아. 돈이 되니까."

"장기 밀매 업자라 걱정입니다."

"급하면 팔겠지만. Rh- 혈액형은 희귀하니까 단번에 없애지 않아. 황금알을 낳는 거위처럼, 살려 두면 계속 수혈팩으로 쓸 수 있는걸."

조서란도 술잔을 비웠다. 맨정신으로 감당하기 힘든 현실을 확인받고 나자, 눈앞이 캄캄했다.

"어떻게 잘 아십니까?"

"간호사였어, 내가."

"그럼 주로 어디서 수술하는지 아시죠?"

"한국대학병원 외주센터가 있어. 본원 옆에 있는 연구소. 말이 연구소지 본원 짓기 전에 병원으로 쓰던 건물이라 장기 적출, 이식, 다 가능해. 지금은 가정의학과만 있을 거야. 오히려 환자들을 방문하게 만들어서 평범하게 보이는 게 전략이지."

안주 이모가 마른 멸치의 배를 야무지게 가르며 말했다.

"한국대학병원 이미지 좋지? 언론들도 다 한통속이야. 사람 장사하는 놈들. 돈에 환장한 놈들이야. 나도 거기 간호사로 일하면서 온갖 불법을 저질렀어. 박진수와 똑같은 놈이야."

안주 이모의 목소리에 분노가 섞였다.

"박진수, 그놈이 납치했다면 지금 거기 있을 거야. 죽였다면 말이 다르겠지만. 확실해. Rh- 타입은 절대 죽이지 않는다니까. 내가 장담해. 수술 일정은 알아봐 줄게."

"감사합니다."

안주 이모는 비워진 조서란의 잔에 술을 채웠다.

"그런데 왜 도와주시는 거죠, 저를?"

조서란이 조심스럽게 물었다.

안주 이모가 소주잔을 돌리며 쓸쓸하게 웃었다.

"카밀라 덕분에 내 딸을 살렸거든. 그 은혜 꼭 갚겠다고 했는데. 이번에 갚은 건지는 모르겠다."

그녀는 술잔을 들어 이 쓸쓸한 감정까지 모조리 들이켰다. 조서란도 이어서 잔을 들다가 멈췄다.

안주 이모가 고개를 돌릴 때, 목덜미에 새겨진 문신을 봤기 때문이다. 작은 문신. 칼 두 자루가 교차해 만든 십자가였다. 엄마의 손목에 있던 문신과 똑같았다.

"혹시 그 문신은⋯."

조서란의 목소리가 떨렸다.

안주 이모는 목을 살짝 만지며 대수롭지 않게 말했다.

"한때 조직에서 새긴 거야. 오래됐지."

"무슨 조직입니까?"

조서란의 물음에 안주 이모의 표정이 굳었다. 잠시 침묵이 흘렀다.

"십검당. 더 알려고 하지 마. 지난 일이니까."

"저희 엄마 손목에 똑같은 표시가 있었거든요. 두 칼로 새겨진 문신."

안주 이모의 얼굴에서 혈색이 빠졌다. 손에 들고 있던
소주병이 흔들렸다.

"엄마 이름이…."

그녀는 목소리를 낮춰 물었다. 속삭이는 목소리에는 두
려움이 가득했다. 이미 아무도 없지만 다른 사람이 듣지
못하도록 몸을 앞으로 숙인 채였다.

"김미란."

"네가 미란이 딸이구나. 큰딸."

안주 이모의 손이 조서란의 손목을 움켜쥐었다. 힘이 들
어가 있었다.

"네."

"그 문신을 알고 있다는 건. 넌 이미 너무 많이 알아 버
린 거다. 십검당은 그 표시를 새긴 사람들을 절대 놓아주
지 않아. 산 사람이든, 죽은 사람이든. 그럼 죽었다는 엄
마도?"

그녀의 눈빛이 두려움으로 흔들렸다.

"네. 돌아가셨습니다."

"그럼 카밀라가?"

"제 동생, 김미란 씨 딸, 조서희구요."

"그랬구나, 그랬어. 옆에 두고도 몰랐다."

안주 이모는 기막히다는 표정을 지었다.

"미란이는 도망쳤다고만 들었다. 연락 끊어진 지 오래됐지."

안주 이모는 문신이 신경 쓰여 두 손으로 자신의 목을 감쌌다.

"십검당이 뭡니까?"

"가짜 무당들이지. 영혼을 천도한다고 하는데, 실제론 장기 밀매 조직의 창구야. 망자를 천도해 준다는 명목으로 굿하고 돈을 받아. 피해자 가족들을 위로한다며 입을 막은 돈으로 또 조직을 운영하는 거지."

안주 이모는 쓴웃음을 지었다.

"미란이는 거기서 회계를 도왔어. 이런 조직인 줄 모르고 시작한 일이었지. 근데 미란이가 알아 버렸어. 장기 밀매 명단을. 희귀 혈액형을 가진 사람들의 리스트도. 거기 자기 딸 이름도 올라가 있었거든."

"서희요."

결국 동생 때문에 엄마는 목숨을 걸고 불법 조직에서 탈출하려고 했던 것일까?

안주 이모는 그동안 마음속에 담아 놓은 비밀들을 계속

쏟아 냈다.

"게다가 큰딸이 경찰이 됐으니 더 힘들었을 거다. 딸이 경찰인데, 엄마가 불법을 저지르면 되겠냐? 그 짓들을 네 엄마가 직접 한 건 아니지만…. 그래서 결심한 거야, 도망치기로. 숨으려면 잘이나 숨지."

조서란은 엄마의 선택이 자신 때문이라는 말에 괴로웠지만, 그 선택을 이해할 수 있었다. 엄마다운 행동이었다.

"혹시, 엄마 등에 칼 열 자루가 꽂혀 있던? 돌아가실 때?"

조서란의 숨이 멎었다.

"어떻게 아셨어요?"

안주 이모가 눈을 감았다. 깊은 한숨이 새어 나왔다.

"십검천도."

눈을 감은 안주 이모는 말을 더 해야 할지, 말아야 할지 고민하며 입술을 달싹거리다 눈을 떴다.

"열칼의식이라고도 하는데. 배신자를 처형하는 십검당의 방식이다."

안주 이모는 소주잔을 들어 단숨에 비웠다. 빈 잔을 쥔 손이 떨렸다.

"굿할 때 칼춤 추잖아. 그걸 교묘하게 베낀 거야, 그놈들이. 이름을 베고, 피를 베고, 운을 베고, 혼을 베어 낸다나.

열 개의 칼로 모든 걸 끊어 버리면 업보가 돌아오지 않는다는 개똥 같은 논리지. 사람 죽여 놓고, 벌 안 받으려고 별짓을 다 한다."

안주 이모가 목의 문신을 다시 쓸었다.

조서란은 쏟아지려는 눈물을 참았다. 손을 꽉 쥐었다.

안주 이모는 그녀를 안정시키며 말했다.

"여기서 멈춰. 미란이도 네가 위험한 건 원하지 않을 거야."

조서란은 대답을 피하고 자리에서 일어났다. 가방을 집어 들며 안주 이모에게 부탁했다.

"수술 일정 알게 되면 바로 연락 주세요."

"미란이 말대로 똑 부러지는구나. 큰딸 자랑을 얼마나 하던지. 조심해, 말해도 소용없겠지만."

안주 이모의 목소리에 걱정이 묻어났다.

"도움 주셔서 감사합니다."

조서란은 인사를 하고 가게를 나섰다.

차가운 밤공기가 조서란의 얼굴을 스쳤다. 피곤했다. 온몸이 무거웠다. 하지만 정신은 오히려 또렷했다. 모든 퍼즐이 맞춰졌다. 이제 길이 보였다.

조서란은 주머니에서 휴대전화를 꺼냈다. 유한에게 전화하고 싶었지만, 아직은 아니었다.

하늘을 올려다봤다. 별이 없었다. 도심의 불빛이 모든 걸 삼켜 버렸다. 차가운 바람에 머리카락을 흩날렸다. 우선 동생부터 구해야 한다. 시간이 얼마 남지 않았다.

다음 날 오후, 조서란은 지하철 2호선을 타고 한국 대학 병원 외주센터로 향했다. 거짓으로 가정의학과 진료를 받을 생각이었다.

현대적인 유리 건물에 깔끔한 간판이 붙어 있었다. 외관만 봐서는 평범한 대학병원 분원이었다.

5층 건물 중 1층에 가정의학과가 있었고, 나머지는 연구실과 실험실, 본원 연결 통로였다. 지하도 있었지만 안내 표지판이 붙어 있지는 않았다.

조서란이 병원 로비에 들어서자 접수 데스크 간호사가 고개를 들었다.

"예약하신 분, 성함은요?"

"조서란입니다."

"네, 확인됐습니다. 3번 진료실로 바로 들어가시면 됩니다."

간호사가 안내했다.

잠시 후 진료실로 들어간 조서란은 50대 초반의 인자해 보이는 여자 의사를 만났다. 그녀는 온화한 미소로 환자를 맞았다.

"오늘 어디가 불편해서 오셨습니까?"

"잠을 못 잔 지 2주가 넘었습니다. 스트레스 때문인 것 같은데."

"많이 힘드셨겠어요. 불면증이 어떤 양상인지 좀 더 자세히 말씀해 주시겠어요? 잠들기가 어려우신가요, 아니면 자다가 자주 깨시나요?"

의사가 차트를 보며 질문했다.

"음. 그냥 잠이 안 옵니다. 낮밤이 바뀐 지 꽤 오래됐거든요. 교대 근무라."

조서란이 거짓말을 보태 애매하게 대답했다. 잠을 못 자는 건 사실이지만, 불편함은 없었다.

의사가 고개를 끄덕였다.

"혈압 한 번 재 볼까요?"

의사가 수동으로 혈압을 측정한 후 말했다.

"혈압은 정상입니다. 진짜 불면증이라면 입면장애나 수

면유지장애 같은 구체적인 증상이 있어야 합니다만. 증상을 들어 보면 단순한 피로 같습니다."

"그런가요?"

"현대인의 가장 큰 병, 스트레스 때문입니다. 시간 되시면 영양수액 한번 맞아 보시겠습니까? 피로 회복에 도움이 될 겁니다."

조서란은 병원에 더 머물 기회를 놓칠 수 없었다.

"네, 놔 주세요."

간절하게 요청했다.

간호사가 조서란을 1층 주사실로 안내했다. 주사실에는 리클라이너 의자 여섯 개가 나란히 놓여 있었다.

"여기 누우시면 됩니다."

간호사가 수액을 준비하는 동안, 조서란은 주변을 살폈다. 복도 건너편에 '특진실'이라는 팻말이 붙은 방들이 보였다.

"화장실 좀 다녀와도 될까요?"

"네. 복도 끝에 있습니다."

조서란은 화장실로 가는 척하며 복도를 살폈다. 계단을 통해 지하로 내려갔다. 총 여덟 개의 방이 있었다. 그중 한 방문에는 '수술준비실'이라는 팻말이 붙어 있었다.

환자용 엘리베이터가 도착했다. 조서란은 몸을 숨겼다. 엘리베이터 문이 열리고 병상에 누운 젊은 여자가 보였다. 남자 직원 두 명이 병상을 끌고 수술준비실로 들어갔다. 잠깐 열린 문틈으로 침대에 누워있는 중년의 여자가 보였다. 아무래도 심상치 않은 모습이었다.

조서란은 주사실로 돌아가는 대신, 경찰서로 향했다.

강남경찰서 회의실에 조서란의 호출로 유한과 한시원이 모였다.

"조서란, 또 혼자 그런 위험한 곳에 잠입했다고? 미쳤어? 당신은 지금 민간인이야. 만약 들켰으면 어떻게 할 뻔했어!"

유한이 화를 냈다.

"어쩔 수 없지. 하이-리스크 하이-리턴이니까."

"지금 농담이 나와? 그런데 정보는 확실해?"

"믿을 만한 정보원에게 직접 들었어. 거기 간호사였다고 해."

한시원이 메모하며 물었다.

"의료진은 몇 명 있었습니까?"

"홈페이지에 정보가 있는데, 불법 시술이라 무면허나 면
허취소자가 있을 소지도 있습니다. 지하 시설은 출입구가
별도로 있을 겁니다."

그때 조서란의 휴대폰이 울렸다. 안주 이모였다.

"잠시만."

조서란은 두 사람에게 양해를 구하고 그 자리에서 전화
를 받았다.

"여보세요?"

"나야. 수술 일정 알아봤어. 내일 새벽 5시. 장소, 시간은
변동될 수 없을 거다. VIP 환자 일정도 확인했으니까."

"감사합니다."

통화를 끊은 조서란이 두 형사를 바라봤다.

"내일 새벽 5시. 한국대학병원 외주센터. 서희가 수혈팩
으로 사용된다고 했어. Rh- 혈액형을 가졌거든. 타티아나
도, 유리도. 모두 희귀 혈액형을 가졌어. 박진수가 불법 장
기 밀매 시장에서 블루오션을 발견한 거지. 돈은 있지만
희귀 혈액형으로 성형 수술을 못 하는 VIP들을."

"문제는 어떻게 안전하게 구출하느냐인데."

유한의 질문에 한시원이 조심스럽게 말했다.

"정면 돌파는 위험합니다. 인질이 있는 상황에서는요."

"내부 정보가 더 필요해."

유한이 서연에게 전화를 걸었다.

"서연, 한국 대학병원 외주센터 건물 설계도면 구해. 긴급 사건이다."

"네, 시청 건축과에 연락해 보겠습니다."

"그리고 현수에게 한국대학병원 외주센터 CCTV 배치도랑 보안 시스템 알아보라고 해. 지금 바로."

"예, 알겠습니다."

그리고 회의실의 세 사람은 각자 준비 작업에 들어갔다. 유한은 특공대 협조 요청을, 조서란은 환자로 위장할 준비를, 한시원은 현장 통신 장비 점검을 맡았다.

한시원이 휴대전화를 들어 강민호 형사에게 연락했다.

"이쪽으로 올 필요 없이 박준서랑 병원 주변 잠복 지점 사전 답사해. 수상하다 싶으면 바로 연락하고."

"예, 알겠습니다, 팀장님."

옆에서 통화를 듣고 있던 유한은 후배의 발 빠른 조치에 만족스럽게 고개를 끄덕였다.

두 시간 후, 회의가 다시 시작됐다. 서연과 현수가 구해 온 자료들이 테이블 위에 펼쳐졌다. 그들도 회의에 배석

했다.

유한이 마커로 건물 구조를 그리며 말했다.

"조서란, 환자로 위장해서 들어가겠다고?"

"내부로 들어갈 수 있는 방법은 그것뿐이야. 새벽이라 일반인 신분으로 들어가긴 힘들어."

"가능하지만 너무 위험합니다."

한시원이 걱정스럽게 말했다.

조서란이 결연한 표정으로 형사들을 바라봤다.

"범죄자들을 상대로 안전한 방법이 통할까요?"

핵심 문제였다. 회의실에 잠시 침묵이 흘렀다. 벽시계의 초침 소리만이 긴장감을 더했다.

서연이 침묵을 깼다.

"혹시, 청소부로 잠입하면 어떨까요? 청소업체 쪽에 연락해 봤는데, 새벽 3시부터 5시까지가 교대 시간이라고 합니다. 그때 저랑 같이 들어가시면 되지 않을까요?"

조서란은 생각할 것도 없었다.

"좋은 방법입니다."

언더커버는 늘 고전적인 수사 방법이었다.

유한도 이를 승낙했다. 조서란이 혼자 들어가는 것도, 서연이 혼자 잠입하는 것도 내키지 않았던 터였다.

현수가 병원 평면도를 펼치며 CCTV가 있는 곳을 표시했다. 문제는 통신이었다.

"무전 말고 답이 없긴 한데…. 문제는 보안입니다. 암호화 장비가 아닌 이상, 다 털립니다. 특히 요즘 들어온 중국제 스캐너는 소리까지 실시간으로 뽑아내요. 들키는 건 시간문제입니다."

현실적 문제이자, 단시간에 해결할 수 없는 딜레마였다.

"휴대폰에 무전기 앱을 설치하면 안 될까요? 무전기보다 음질은 나을 텐데. 친구들이랑 놀러 가면 종종 사용합니다."

서연은 자신의 아이디어가 채택되길 바라는 눈빛을 보냈다. 하지만 조서란이 반대했다.

"전파 방해받으면 무용지물입니다. 실시간으로 소통하려면 아직 무전기를 대체할 도구가 없습니다. 다만."

그녀는 검은 벨벳 파우치에서 타로 카드를 꺼내며 말했다.

"우리가 암호화된 코드로 소통하는 방법이 있습니다. 무전기로 위치를 알릴 때, 직접적인 지명 대신."

한시원이 눈을 반짝였다.

"타로 카드로? 이거 괜찮은 생각인데요? 상대방은 전혀 눈치챌 수 없습니다."

그사이 조서란은 카드 덱에서 여섯 장을 뽑아 테이블에
가지런히 놓았다.

마담 타로

은둔자, 악마, 달, 탑, 여사제, 죽음 카드였다.

조서란은 병원 도면 중 VIP 병동 뒤편, 간호사 숙직실에 은둔자 카드를 놓으며 설명했다.

"은둔자 카드를 보면 홀로 쉬고 있는 것처럼 보이죠? 간호사 숙직실로 하죠. 여긴 숨겨진 진입로가 근처에 있을 가능성이 높습니다."

한시원이 의문을 제기했다.

"은둔자까지는 이해했는데. 진입로가 있을까요? 지나친 추측 아닙니까?"

대답은 유한이 했다.

"가능성이 높다. 이 병원 구조를 봐. CCTV 사각지대야. 병원 리노베이션 도면에는 없지만, 실제로는 존재하는 공간. 왜일까?"

"비밀 통로?"

"빙고! 조서란, 계속해."

이번에는 조서란이 악마 카드를 집었다.

"이건 폐쇄 구역인 수술실입니다. 장기 적출이나 성형 수술 모두 여기서 이뤄질 겁니다."

이번에는 달 카드를 들었다.

"달은 지하 약품 창고. 병원 약국이랑 연결된 곳이고, 본원이랑도 연결된 통로가 있습니다. 수시로 상황이 바뀔 수 있습니다. 시시각각 변하는 달처럼."

유한이 탑 카드를 들었다.

"탑 카드는?"

"흠."

도면을 살펴보던 조서란은 제어실을 가리켰다.

"제어실. 컴퓨터든, 기기든, 전기를 사용하니까. 탑의 불꽃을 기억하면 쉬울 겁니다. 제어실에 문제가 생기면 탑 카드의 그림처럼 우리가 위험해질 겁니다."

서연과 현수는 연신 받아 적으며 고개를 끄덕였다.

조서란은 남은 두 카드도 평면도 위에 배치했다.

"여사제는 병원 전산실. 여사제 손에 든 토르, 이 문서 보이시죠? 그래서 기록하는 전산실 표시입니다. 그리고 이 죽음 카드는, 말 그대로 시신 보관소."

도면 위에 타로 카드 여섯 장이 놓였다.

"좋아. 그럼 코드명을 정하지."

유한이 카드에 적힌 영문 이름을 보면서 설명했다.

"각 카드 이름의 첫 글자를 따서 코드 H, D, M, T, P. 데스는 데빌과 같은 D니까, 데스만 X로 하지. 다들 코드랑 도면이랑 외워. 간호사 휴게실에서 들어와 수술실로 가면

H에서 D로 이동 중이라고 말하는 거다. 알았지?"

모두 고개를 끄덕였다.

회의가 끝나고 조서란과 유한은 휴게실에 마주 앉았다. 그들이 함께 근무하던 시절 수없이 앉았던 그 자리였다. 어느새 휴게실도, 자판기도 낡아 버렸다. 마치 자신들의 관계처럼.

유한이 천천히 캔 커피 뚜껑을 따며 커피를 뽑고 있는 조서란의 얼굴을 슬쩍 훔쳐봤다. 예전보다 야위어 보였다. 자판기가 웅웅거리는 소리만이 휴게실을 채웠다.

유한은 조서란이 자리에 앉자 입을 열었다. 꺼내기 쉽지 않은 이야기였다.

"서희가 잡히면 아무래도 처벌은 피할 수 없을 거야. 피해자이면서 가해자니까."

조서란은 자판기에서 뽑은 종이컵을 빙빙 돌리며 고개를 끄덕였다.

"유흥업소에 미성년자 취업시키고, 신분도 도용하고. 타티아나나 유리의 죽음을 방치했으니까 살인 방조도 있겠지. 탈세도 있을 거고. 그래도 괜찮겠어?"

조서란이 커피를 한 모금 마시며 고개를 끄덕였다.

"죄를 지었으면 벌을 받아야지. 평생을 죄인처럼 숨어 살 순 없잖아."

그녀의 목소리는 담담했다.

"차라리 깨끗하게 정리하는 게 나아. 서희도 그걸 원할 거야."

유한이 테이블에 캔을 내려놓고 망설였다.

"서란아."

조서란은 그의 눈빛에서 번뇌를 느꼈다. 그의 눈동자는 주저하고 있었다. 쉽게 입을 열지 못했다. 뭔가 숨기고 있다는 것을 알아챘다.

"뭐든 안 놀랄 거니까 말해 봐."

"박진수 수사하면서 장모님 얘기가 나왔어. 송지오에게 들은 내용인데, 브로커로 활동하신 정황이 있었다고…."

말끝을 흐린 유한이 조서란의 눈치를 살폈다. 예상대로 조서란의 얼굴은 굳어졌다.

"그걸 왜 이제 말해."

그녀의 나지막한 목소리. 차라리 소리를 지르거나, 화를 냈다면 유한의 마음은 더 편했을 것이다. 모든 것을 놓아 버린 듯한 조서란의 말투가 오히려 더 서늘하게 다가왔다.

"송지오를 믿어야 하는 건지, 장모님을 믿어야 하는 건

마담 타로

지. 물어볼 수도 없잖아, 이제는."

"결국 박진수가 엄마를 죽인 이유가 그거였을까."

둘 다 답을 찾지 못한 질문 앞에서 말문이 막혔다. 창밖에서 경찰차 사이렌 소리가 요란하게 울렸다가 사라졌다.

조서란이 빈 종이컵을 돌리며 생각했다. 평소라면 이런 이야기는 꺼내지 않았을 텐데. 항상 단단하게 감춰 두었던 마음의 벽을 오늘만큼은 내려놓고 싶었다. 몇 시간 후면 위험한 작전에 뛰어들게 된다. 혹시라도 일이 잘못되면, 이런 조용한 시간을 다시 가질 수 없을지도 모른다. 그 생각이 들자 가슴 한편이 무거워졌다.

"당신…."

조서란은 하고 싶은 말들이 목구멍까지 차올랐다. 타로 카드로 타인의 운명은 읽어 주면서도, 정작 자신의 진짜 마음은 읽어 내지 못했던 것일까.

유한이 그녀의 망설임을 눈치챘다. 조용히 기다렸다. 자판기 냉각팬 소리만이 둘 사이의 침묵을 메웠다.

"당신에게 말한 적 없지만. 나도 엄마가 원한에 의해 살해됐다는 건 대충 알았어. 예상했다고나 할까?"

그녀의 목소리가 갈라졌다.

"등에 칼을 열 개나 꽂는 건…. 정상적이지 않잖아? 주

술적 의미일 수도 있고. 어쨌든 박진수 패거리라면 가능
하겠지."

그렇게 말하면서도 단서 하나 찾아내지 못한 자신이 한
심스러웠다. 사이비 종교 짓인지, 저주인지, 아니면 정말
타로 카드와 연관이 있는 것인지 그 실체를 알 수 없었다.
오직 동생 찾기에만 급급했다. 산 사람부터 살리고 보자는
심산이었지만, 사실은 그 어떤 단서도 찾을 수가 없었기
때문에 해결하지 못한 사건이었다. 그런 마음을 들키고 싶
지 않아 결국 또 변명을 늘어놓았다.

"지금 생각해 보면 Rh- 혈액형이라 늘 엄마가 걱정했던
서희가, 어떻게 성형 수술을 했을까? 죽을 각오로. 우선 그
걸 의심해야 했어. 나도 당신도 못 알아볼 정도로 수술을
많이 했잖아."

자꾸 분위기가 무거워지자 조서란이 일어섰다. 종이컵
을 쓰레기통에 버리며 유한을 바라봤다.

"서희 일 해결되면, 마담 타로도 그만두려고."

따라 일어났던 유한이 조서란의 어깨를 가볍게 두드려
주며 말했다.

"끝낼 거야. 반드시."

그래야 유한도 마음의 짐을 덜 것 같았다.

새벽 1시 55분.

'클린스타 청소용역' 스티커가 붙은 승합차가 한국대학병원 외주센터 후문에 은밀하게 멈춰 섰다. 엔진 소리가 멎자, 주변은 적막에 휩싸였다. 운전석에는 현수가 앉아 있었다.

차 문이 열리며 회색 작업복 차림의 두 여자가 내렸다. 모자를 깊숙이 눌러쓴 조서란과 서연이었다. 두 사람은 병원으로 향했다.

서연이 업체에서 받아 온 출입카드를 찍자 출입문이 열렸다. 야간 경비원이 졸린 눈으로 그들을 힐끗 보더니 다시 모니터로 시선을 돌렸다.

화장실 옆, 환경미화원 사무실이 교대 근무 장소였다. 조서란과 서연은 미리 준비된 청소 카트를 밀고 그곳에서 나왔다. 바퀴가 굴러가며 덜컹거렸다. 물걸레와 세제 병이 카트 안에서 부딪히는 소리가 복도를 채웠다.

"서연 씨, 잠복 많이 해 봤어요?"

"많이는 아닙니다, 선배님."

"선배는요. 그만둔 지가 언젠데."

"복직 안 하세요? 범죄심리분석관 시험도 있고."

"생각 없습니다."

"선배님 같은 분하고 일해 보고 싶은데…, 일단 오늘은 청소에 집중해 보겠습니다."

서연이 옷소매에 숨겨 놓은 무전기로 유한과 연락을 시도했다.

"들리십니까, 팀장님?"

"잘 들려. 두 사람 몸조심하고."

"예, 알겠습니다."

이어폰을 통해 조서란의 귀에도 그의 목소리가 들렸다.

"1층 로비부터 시작해 볼까요?"

조서란이 청소 카트를 밀며 말했다.

"예, 좋습니다."

조서란은 걸레질하는 척하면서 복도 곳곳을 살폈다. VIP 병동으로 향하는 통로, 지하로 내려가는 계단, 전산실 방향. 그 모습은 몸에 부착된 소형 카메라를 통해 작전 차량으로 전송됐다.

새벽 3시 20분. 조서란이 갑자기 손을 멈췄다.

"왜요?"

"저기."

조서란이 고개로 수술실 방향을 가리켰다.

"수술복 입은 사람들이 움직이고 있어요."

정말로 복도 끝에서 의료진 여러 명이 서둘러 이동하고 있었다. 조용하고, 은밀하고, 절도 있었다.

"저 방향은?"

서연이 머릿속으로 평면도를 떠올렸다.

"수술실 쪽이 확실합니다."

조서란은 즉시 무전을 했다.

"D구역으로 의료진 이동, 코드 D."

"아직 움직이지 마."

유한의 목소리가 이어폰을 통해 들렸다.

"경찰이 밖에 대기하고 있어. 수술 시간도 남았고."

"아니, 움직임이 수상해."

조서란과 서연은 청소하면서 수술실로 다가갔다. 아직 제보받은 수술 시간보다 여유가 있을 터였다. 하지만 수술실 안은 분주했다.

"아무래도 시간이 당겨진 거 같은데."

차분하던 조서란이 흥분하기 시작했다.

서연은 그녀를 안정시켜야 했다.

"선배님. 수술 준비 중일 겁니다. 걱정하지 마십쇼. 그 전에 구할 겁니다."

하지만 수술실 안에서 흘러나온 대화는 심상치 않았다.

"환자 상태 확인했지?"

"예."

"도우너(donor, 기증자)는?"

"안정적입니다."

"좋아. 심장이라 까다로워."

그 소리를 엿들은 조서란의 얼굴이 굳어졌다. 성형 수술이 아니었다. 심장을 드러내면 기증자는 사망한다. 기증자가 동생이라면? 당장이라도 들어가서 동생을 구해야 한다. 하지만 혼자 할 수 있을까? 생각이 다 끝나기도 전에 몸이 수술실로 기울자, 서연이 잡았다.

"위험해요, 선배님."

서연이 말렸지만 소용없었다.

"괜찮아. 나 혼자 갈게요."

조서란은 서연을 밀치고 나갔다. 서연이 막을 방법이 없었다.

조서란은 수술실로 향했다. 우선 열린 문틈으로 내부를 들여다봤다. 침상은 두 개였다. 기증자와 수혜자일 것이다. 중년의 아시아 여성인 수혜자를 확인하고, 기증자를 확인하려고 했다. 간호사가 가려 잘 보이지 않았다. 간호사가 움직이는 순간, 기증자의 얼굴이 드러났다.

조서희였다.

검 9 카드가 떠올랐다. 침상에 누워 눈을 감고 있는 동생의 모습은, 카드 속 아홉 개의 검에 에워싸여 괴로워하고 있던 사람과 같았다. 그 카드의 모습이 지금 눈앞의 현실과 겹쳤다. 조서희는 마취에 빠진 채 창백한 얼굴로 누워 있었고, 수술용 메스와 각종 의료기구가 둘러싸고 있었다.

"코드 D, 타깃 확인."

조서란이 속삭였다. 유한은 단독 행동하지 말라고 소리쳤다.

"코드 X로 가기 전에 막아야 해."

그녀의 목소리는 다급하고, 단호했다.

"3분만 참아. 우리도 지금 바로 들어가."

"미안, 그럴 시간 없어."

조서란은 귀에서 이어폰을 뺐다. 더 이상 무전은 필요 없었다. 그때였다.

쾅- 쿠르르르-

놀란 조서란이 뒤를 돌아보니, 서연이 일부러 청소 카트를 넘어뜨렸다. 그리고 달려와서는 조서란의 입을 막고,

그대로 끌어 계단 밑 구석에 밀어 넣었다.

수술실 문이 열리는 소리가 들렸다.

서연은 재빨리 달려가 청소 카드를 세우고, 흩어진 물건들을 주웠다.

"뭐야?"

뛰어나온 보안요원 거칠게 말했다.

"죄송합니다. 죄송합니다."

서연이 일부러 더 굽신거리며 물건을 치웠다.

"이 시간에 무슨 청소입니까?"

"정말 죄송합니다. 원장님 지시라. 죄송합니다. 환자들 눈에 띄지 말라고 하셨거든요."

"이러니까 환자들 없을 때 하라는 거 아닙니까. 조심 좀 합시다."

"예. 예."

보안요원이 돌아가자 조서란이 나왔다.

"왜 그랬어요?"

"선배님, 정말 죄송합니다. 일단 3분은 지나지 않았을까요?"

조서란의 심장이 요동쳤다. 서연이 자신을 위해 일부러 시간을 끌었다는 것을 알았다. 그사이 복도 끝에서 들려오는 발걸음 소리가 점점 가까워지고 있었다. 곧 유한과 형사들이 도착할 것이다. 그래도 1초가 아쉬운 찰나였다.

"미안. 먼저 들어갈게요!"

그러고는 곧장 수술실로 달려가 문을 벌컥 열고 들어갔다.

"그만!"

수술실 안은 조서란의 예상과 정확히 일치했다. 수술대 서희가 누워 있었다. 보안요원이 위협적으로 조서란을 에워쌌다.

의료진들도 깜짝 놀라 돌아봤다. 집도의가 화를 내며 소리쳤다.

"청소 아줌마가 여길 왜 들어와! 당장 내보내!"

보안요원들은 조서란을 청소부라고 생각했다. 뒤따라온 서연도 그런 오해를 받았다.

하지만 보안요원들이 끌고 나가려고 할 때, 서연이 외쳤다.

"경찰이다!"

의료진과 보안요원들이 비웃었다. 가장 덩치가 큰 보안요원이 다가와 이죽거렸다.

"그러세요?"

남자 보안요원들이 조서란과 서연을 우습게 보고 달려들었다. 하지만 그들은 상대를 잘못 골랐다. 청소년 국가대표 태권도 선수 출신 조서란과 경호학과 졸업생인 서연은 보안요원들을 순식간에 제압했다.

그때, 바로 그때였다.

수술실 문이 벌컥 열리며 유한, 한시원과 현수, 그리고 경찰관들이 들어왔다.

"경찰입니다, 이 새끼들아. 모두 손 들어!"

유한이 소리쳤다. 밖에서는 요란한 사이렌 소리가 울려퍼졌다. 경찰차들이 속속 도착하고 있었다. 순식간에 병원 전체가 경찰의 포위망에 갇혔다.

조서란은 수술대로 달려가 동생의 손을 잡았다. 마취 상태의 조서희는 죽은 듯 조용했다. 하지만 맥박은 뛰고 있었고, 호흡도 안정적이었다. 다행히 아직 늦지 않았다.

"서희야, 언니야."

조서란의 목소리에 안도감이 묻어 있었다.

"이런 젠장!"

집도의가 메스를 내려놓으며 욕설을 퍼부었다.

"누가 신고했어!"

그의 당황한 모습에서 조서란은 또 하나의 단서를 발견

마담 타로

했다.

"당신 의사 면허 없지?"

"알아서 뭐 하게!"

"가짜 의사잖아, 당신."

"뭘 안다고 그래!"

"당신이 진짜 의사였다면, 이런 상황에서도 환자를 먼저 생각했을 텐데. 당신은 환자와의 신뢰는 저버렸어."

"그게 뭐가 중요해, 지금!"

"죄가 추가되거든."

경찰들은 가짜 의료진들과 보안요원을 연행했다.

조서란은 동생의 손을 잡고 구급대원을 기다리며 현장을 지켜봤다. 탑 카드가 떠올랐다. 체포되는 사람들이 무너지는 탑에서 뛰어내리는 사람들처럼 보였다. 낡은 탑은 반드시 무너진다. 그걸 알았다면 올라가지 말아야 했다.

잠시 후 구급 대원들이 도착했다. 조서희가 들것에 실려 구급차로 옮겨지는 동안, 조서란은 동생의 손을 꽉 잡고 있었다. 차가운 손길이 조서란의 마음을 더욱 아프게 했다. 어떻게 이런 일이 벌어질 수 있었을까?

한국대학병원이 바로 앞이었지만 다른 병원으로 이송을

요청했다. 범죄 혐의가 있는 병원에 갈 수 없었다.

"보호자 되시나요?"

응급구조사가 물었다.

"예. 언니입니다."

"같이 가실 거죠?"

"당연하죠."

조서란이 고개를 끄덕였다. 그리고 구급차 안에서 동생의 창백한 얼굴을 내려다보며 눈물을 참았다. 동생은 잠든 듯 평온해 보이지만, 조금만 늦었어도. 아니, 그런 상상은 하고 싶지 않았다.

병원 특유의 소독약 냄새가 코끝을 자극했다. 조서란은 서희의 손을 꼭 쥐었다. 얼음장처럼 차가운 손끝에서 미약한 맥박이 느껴졌다.

"언니…."

마취에서 깨어나는 서희의 목소리 아직도 꿈속에서 헤매는 것 같았다.

"응. 언니야."

서희의 동공이 천천히 초점을 찾아가며 주변을 훑었다. 낯선 병실, 링거가 꽂힌 팔. 겁에 질린 표정이었다.

마담 타로

"이제 괜찮아."

조서란이 어린 시절 그랬던 것처럼 동생의 어깨를 토닥여 줬다.

"언니, 박진수는?"

동생이 떨면서 물었다.

"아직 못 잡았어."

"아직이구나."

조서희는 알 듯 말 듯한 묘한 표정으로 고개를 돌렸다.

유한과 한시원은 그날 집도의 박민철과 간호사 3명을 현행범으로 체포했다. 지하 시설에서 발견된 장기 보관 시설과 실종자 신분증 15개, 그리고 인천공항 화물터미널에서 압수한 냉동 생체 조직들은 조직적인 장기 거래의 결정적 증거였다. 하지만 정작 이 모든 것의 배후인 박진수는 이미 종적을 감춘 상태였다.

"계좌는 이미 해지됐고, 아벨도 문을 닫았어요."

한시원이 수첩을 덮으며 한숨을 쉬었다.

유한은 박진수의 출국 기록을 확인했지만, 공항 CCTV에서 그의 모습을 찾을 수 없었다. 마치 처음부터 존재하지 않았던 사람처럼, 박진수는 완전히 사라져 버렸다.

유한은 이를 갈며 생각했다. 대체 얼마나 치밀하게 준비했는지 모르지만, 반드시 찾아낼 거라고.

병실 문이 열리며 유한이 들어왔다. 과일을 먹고 있던 조서란은 놀란 눈빛이고, 조서희는 반가워서 두 손을 흔들었다.

"형부!"

조서희의 눈이 반짝였다. 유한을 보자 얼굴에 미소가 번졌다.

"누구세요?"

유한은 일부러 장난을 쳤다.

"완전 못 알아보겠죠? 원장님이 신의 손이야."

"농담이 나오냐? 언니랑 형부가 얼마나 찾았는 줄 알아?"

"조서희요, 아님 카밀라?"

"둘 다."

유한은 선물로 가져온 책을 주며 건강을 물었다.

서희가 시무룩해졌다.

"책이 뭐야. 형부는 여전히 진부해."

"병원에서 심심하잖아. 스마트폰 오래 하면 머리도 멍해지고."

"그렇긴 해요. 형부, 근데 언니랑 아직⋯."

유한과 조서란의 머릿속에는 같은 내용이 스쳐 지나갔다. 동생에게 아직 둘의 이혼 소식을 말한 적이 없었다.

"그러니까, 언니랑 형부."

조서희도 그걸 눈치챘을까?

"저기, 서희야."

조서란이 설명하려는 순간.

"내 조카는 아직 없어요?"

뜻밖의 질문의 두 사람은 어이가 없어졌다. 유한이 당황해서 조서란을 바라봤다. 조서란의 얼굴도 굳어졌다.

"서희야, 그게, 우린 지금."

유한이 더 말하려던 순간, 조서란이 재빨리 끼어들었다.

"여보, 잠깐 나 좀 봐."

조서란이 유한의 팔을 잡아끌었다. 서희는 의아한 표정으로 두 사람을 바라봤다.

휴게실에서 조서란이 다급하게 말했다.

"당분간 이혼은 비밀로 해 줘. 서희가 안정을 취해야 해."

"그래서 여보라고 부른 거야?"

"나도 모르게. 미안해."

"그런 뜻이 아니잖아."

"당분간만 거짓말해 줘."

"서란아, 금방 들킬 거짓말이야. 차라리…."

유한이 망설이다 입을 열었다.

"다시 함께 지내는 건 어때?"

조서란이 고개를 저었다.

"아직 그럴 수 없어."

유한이 예상했던 대답이었다. 하지만.

"당신에게 미안해서."

이어지는 그 말에 가슴이 뻐근해졌다. 더 이상 재촉할
수 없었다. 아직 시간이 필요해 보였다.

"알겠어. 서희한테 인사를 해야 하는데, 출동 있어서 먼
저 갔다고 해 줘. 밥 잘 챙겨 먹고, 내일 또 올게."

유한은 몇 번이나 돌아보며 복도를 떠났다.

병실로 돌아온 조서란은 유한의 인사를 전했다.

"거짓말쟁이들."

"뭐?"

"언니랑 형부, 왜 이혼했어? 나 때문이라면 그러지 마."

"알면서 물어본 거야?"

"방금 알았어. 보니까, 언니 손에 결혼반지가 없잖아."

"아."

조서란이 동생의 손을 꽉 잡았다.

"누구 때문이 아니야. 지금은 혼자 있는 편이 좋아."

창밖으로 오렌지색의 노을이 물들고 있었다.

"언니."

조서희가 나지막하게 불렀다.

"언니도 내 걱정하지 마. 그 어느 때보다 행복하니까."

"걱정 안 해."

"박진수가 찾아올까 봐 걱정하잖아."

"그건…."

아무래도 조서란이 걱정하는 일이었다. 동생의 손을 쥐었다. 아직도 손은 차가웠다.

"서희야."

조서란의 목소리가 차분해졌다.

"엄마 이야기 좀 할 수 있을까?"

조서희의 눈동자가 흔들렸다. 잠시 침묵이 흘렀다.

"엄마…."

동생의 입술이 미세하게 떨렸다. 조서란은 동생이 힘들어하는 것을 한눈에 알 수 있었지만, 멈출 수 없었다. 두 사람이 각각 알고 있는 진실에 대해 입을 맞출 때가 되었다고 생각했다.

"그날, 네가 알고 있는 엄마에 대해. 네가 그날의 유일한 목격자잖아."

"언니, 뭐 알고 있구나."

눈치 빠른 조서희는 언니의 표정이 평소와 달라졌다는 것을 직감적으로 알았다.

"아직."

조서란이 거짓말을 했지만 믿지 않는 눈치였다.

"목격자."

조서희는 나지막하게 내뱉으면서 고개를 끄덕였다. 그날, 엄마의 살인 현장을 우연히 목격하고 진실을 알고 있는 사람은 자신이 맞았으니까.

"엄마가 도망치자고 했어, 언니 몰래. 나랑 엄마만 사라지면 언니는 안전하니까. 그런데 그놈이 들이닥친 거야."

"박진수?"

"응. 엄마는 나를 커튼 아래 숨겼어. 그 사람은 천도를 거부하면 천벌을 받는다고 했어."

"그게 십검당이야?"

"언니는 알고 있었구나?"

"엄마는 어떻게 하다가 그런 종교에⋯."

"설마 엄마가 그런 종교를 믿었다고 생각하는 건 아니지?"

조서란은 고개를 끄덕였다.

엄마는 매우 현실적인 사람이었다. 내일 일어날 일을 미리 걱정하지 않았다. 업보나 운명 같은 추상적인 말은 믿지 않았다. 숫자가 맞지 않으면 밤을 새워서라도 장부를 맞췄다. 월급날이 되면 정확히 반은 저축했다. 동생의 병원비를 위해 부업을 세 개나 했다. 점집도, 교회도, 절도 가지 않았다.

"기도할 시간에 일을 하나 더 하는 게 낫다."

엄마의 말버릇이었다.

"엄마는 대출을 알아보다가 알게 됐고, 돈을 빌렸대. 빚을 못 갚자 아예 취업했다고 했어. 경리로."

조서란은 이제야 엄마가 왜 십검당에 몸담게 되었는지 알게 되었다. 하지만 여전히 의문이 남았다. 왜 굳이 사이비 종교 단체에 취업하셨을까?

어쩌면 엄마기 때문에 이 선택을 했을지 모르겠다는 생각이 스쳤다.

그녀에게 십검당은 처음엔 그저 '대출업체'로 보였을 것이다. 이자가 적고, 담보가 필요 없고, 서류가 간단했다면 엄마 같은 사람에게는 합리적인 선택지였을 것이다. 영적인 것을 믿지 않았기에, '천도'나 '정화' 같은 말을 빈 껍데기로 여겼을 것이고. 절대 자신이 믿지 않을 종교, 나와는 상관없는 종교 서비스로 생각했을 것이다.

"엄마는 몰랐어. 처음에는 종교 단체 경리로 일하는 줄 알았고, 그 실체는 나중에 알았대. 거기가 장기 밀매 조직이랑 연결된 곳이라는 걸."

동생의 목소리에는 옅은 울음이 묻어 있었다.

"언니, 미안해. 내가 아프지만 않았어도… 엄마가 그런 데서 일하지 않았을 텐데."

"그런 말이 어딨어."

조서란의 위로에도 조서희는 눈물을 멈추지 않았다.

"그렇게 십검천도 의식을 당한 거야. 배신자라고."

이 순간 조서란은 동생에게 위로의 말을 건넬 수가 없었다. 어떤 슬픔은 말이 되는 순간 무너져 내린다. 그래서 침묵만이 온전히 품을 수 있는 감정이 있다. 지금처럼.

조서희는 스스로 울음을 가라앉혔다. 붉어진 눈을 깜빡이며 언니의 손을 잡고 말했다.

"걱정하지 마, 언니. 박진수, 엄마를 죽인 그놈이 다신 우리를 찾을 수 없어."

"그게 무슨 말이야?"

조서희가 목이 잠긴 목소리로 물었다.

"내가 물고기 밥으로 줬거든."

"뭐라고?"

"박진수가 나를 수술실로 데려가기 전에 실수로 수조에 빠뜨렸어. 그 사람이 키우던 피라냐 떼가 흔적도 없이 해치웠을 거야."

조서희는 눈을 감았다. 그날이 떠올랐다.

거실에는 대형 유리 수조가 있었다. 사람 두 명은 족히 들어갈 정도로 컸다. 수십 마리의 피라냐 떼가 유영을 했다.

박진수가 발판에 올라가 피라냐에게 먹이를 줄 때였다. 이때 유일하게 수조 윗부분이 열린다. 층고가 높은 상가의 주택이라 가능한 구조였다.

조서희는 그림자처럼 다가가 그의 목덜미에 마취제를 찔렀다. 동물병원에서 구한 강력한 마취제였다.

"뭐야!"

그는 주사기를 잡은 조서희의 손목을 잡아채려 했지만 그녀는 온몸의 무게를 실어 남편을 눌렀다. 동시에 엄지로

피스톤을 끝까지 밀어 넣었다. 주사액 한 방울도 남김없이. 고용량이니 5초만 버티면 된다.

5초.

조서희에게는 세상에서 가장 긴 시간이었다. 집채만 한 그의 손아귀에서 벗어나지 못할 것 같았지만, 흥분한 그의 혈액 속으로 마취액이 퍼져 가는 것이 느껴졌다. 우악스러운 그의 손에서 힘이 빠졌다. 그의 다리가 휘청거렸다.

조서희는 이 순간을 놓치지 않았다. 두 발로 단단히 발판을 딛고, 남편을 들어 올리다시피 밀어버렸다. 박진수는 본능적으로 균형을 잡으려 했지만 이미 마취제가 퍼진 몸은 말을 딛지 않았다. 무게중심이 앞으로 쏠렸다.

그때였다. 기회를 놓치지 않은 그녀가 죽을힘을 다해 그를 들어 올리며 수조로 밀어 넣었다.

박진수의 몸이 수조 가장자리를 넘어가는 순간, 그가 눈을 떴다. 마취제에 짓눌린 의식이 본능적 공포 앞에서 잠깐 깨어난 것이었다. 하지만 동공은 이미 풀려 있었고, 몸은 그의 의지대로 움직여 주지 않았다. 입술이 떨렸다. 무언가 말하려는 듯. 아니, 비명을 지르려 했을지도 모른다.

하지만 소리가 되기도 전에 그의 몸은 물속으로 떨어졌다.

철벅.

둔탁한 물소리. 사방으로 튀는 물.

수면 아래에서 은빛 그림자들이 일제히 움직이기 시작했다.

조서희는 한 걸음 물러나 젖은 손을 천천히 닦으며, 수조를 내려다보았다.

물속에서 모래바람이 일었다. 놀란 피라냐들은 수초 사이에 숨어서 눈만 굴렸다. 그러다 수십 마리가 동시에 몸을 틀며 폭발하듯 그에게 달려들었다.

조서희는 무의식적으로 뒷걸음을 쳤다.

"하아!"

비명이 목에서 막혔다. 두 손으로 입을 틀어막았다.

피라냐들이 박진수의 몸에 들러붙는 순간, 살점이 벗겨지는 소리가 유리에 전달되었다.

쭈득- 쭈득-

피가 붉은 잉크처럼 퍼져 나갔다. 그의 눈알이 통째로 사라지는 장면이 유리 수조 너머로 선명하게 보였다. 박진수의 벌어진 입에서는 공기 대신 피가 뿜어져 나왔다. 손끝, 귀, 뺨도 차례로 뜯겨 나갔다.

조서희는 이 끔찍한 장면에서 눈을 떼지 못했다. 제 눈으로 확인하고 싶었다. 악인의 마지막을. 그의 얼굴에서 하얀 뼈가 드러나자, 더 많은 피라냐가 몰려들었다.

아드득

뼈 부러지는 소리가 집 안 가득 메아리 치는 것 같았다. 소리 없는 비명으로 출렁이던 수조가 잔잔하게 가라앉았다.

끝까지 지켜보던 조서희는 다리에 힘이 풀려 바닥에 주저앉았다. 이제 모든 것이 끝났다. 엄마를 죽이고, 나를 죽이려 하고, 수많은 사람을 죽인 괴물이 사라졌다. 처음부터 경찰에 넘겨 갱생의 기회조차 주고 싶지 않았다.

악몽에서 깨어난 듯한 조서희가 몸을 떨었다.

"너무 무서웠어."

조서란이 조서희를 꽉 안아 주었다.

"괜찮아, 이제 다 끝났어. 그런데 왜 잡혀간 거야?"

"도망치다가 잡혔어. 그 사람들은 박진수가 죽었는지 모르니까 지시에 따른 거지. 늘 하던 대로."

"박진수 출국 기록은?"

"나야 모르지. 오히려 잘됐잖아, 당분간 경찰은 해외에서 그를 찾겠지."

조서란은 박진수가 죽었다는 사실에 안도감이 들면서

도, 동생이 직접 그 일을 저질렀다는 현실이 무겁게 다가왔다. 하지만 그를 법정에 세운다 해도 제대로 된 처벌을 받을 가능성은 희박했다. 돈과 권력으로 모든 것을 덮어 버리려 했던 그였으니까. 조서란은 동생의 어깨를 토닥이며 속삭였다.

"경찰이 찾아오면 그때. 그때 일은 그때 가서 생각하자."

조서희는 언니의 그 말이 무엇을 의미하는지 알았다. 고개를 끄덕였다.

"혹시 형부에게는 말할 거야?"

그 질문에 조서란은 고개를 저었다.

"아니."

"죄가 클까?"

"그건 우리가 판단할 수 없어. 아마 신도 쉽게 답을 못 내리실 거야."

"자수하면….."

"정상참작이 될 거야."

조서란이 동생의 손을 꽉 잡았다.

"박진수는 살인범이었고, 너는 피해자야. 게다가 정당방위 상황이었잖아. 자수하고 싶으면 언제든 할 수 있어. 네 마음이 편할 때, 준비가 되면 같이 가 줄게."

조서희가 안도했다.

"언니가 옆에 있어 줄 거지?"

"당연하지. 혼자 두지 않을 거야."

"언니, 우리 집에 가고 싶어."

"그래, 가자."

조서희는 언니의 따뜻한 손길을 느끼며 처음으로 마음
편히 잠들었다.

10

에필로그

♦

조서란은 아르카나를 정리 중이었다. 벽에 걸린 달 카드 모양의 패브릭 액자를 조심스럽게 떼어 냈다. 이 액자를 처음 걸었던 날이 떠올랐다. 그때는 숨바꼭질하는 동생을 찾겠다는 생각뿐이었다. 그 모든 날이 어제 일처럼 짧게만 느껴졌는데, 그새 액자에 쌓인 먼지가 제법이었다. 먼지는 액자를 움직일 때마다 날리며 그녀의 코끝을 간질였다.

선반 위에 있던 다양한 타로 카드 덱들과 수정구슬들은 이미 상자에 담아 뒀다. 하나하나 정리할 때마다 가슴 한편이 무거워졌다. 이곳에서 만난 수많은 사람들, 그들의 고민과 눈물.

잠시 손을 멈추고 텅 빈 가게를 둘러봤다. 마지막 순간까지도 이곳을 떠나는 것이 옳은 일인지 확신이 서지 않았다. 하지만 더 이상 타로로 타인의 미래를 읽어 주고 싶지 않았다. 자신의 삶조차 예측할 수 없는 상황에서 남의 운명을 논한다는 것이 부질없게 느껴졌다. 떠나는 것이 맞았다. 그런데도 마음이 편치 않았다.

그때 출입문 열리는 소리가 들렸다.

"정말 정리하네."

뒤에서 들려온 목소리에 조서란이 돌아봤다. 유한이 서 있었다.

"이젠 정리해야지. 서희 찾았으니까 더 이상 타로 카드 볼 일도 없고."

조서란이 액자를 상자에 넣으며 담담하게 말했다.

"서희는 좀 어때?"

"요양원에 있어. 마음을 회복할 시간이 필요하겠지."

"그러니까 서희가⋯."

"심증이야, 물증이야?"

조서란은 알고 있었다. 유한이 무엇을 의심하는지. 박진수의 실종, 조서희의 증언에서 빠진 부분들. 경찰은 그것들을 증명할 수 없었다. 엄마의 사건처럼.

"경찰에서 증거를 찾으면 그때. 그때 말해도 되지 않을까? 당신도 심증이 있지만 물증은 없잖아."

"오해하지 마. 정말 서희가 괜찮은지 물어본 거니까. 내가 당신 입장이라도 서희 편을 들 거야. 어차피 친족 간에는 고발이나 진술을 강제할 수 없고, 증언을 거부할 수도 있으니까."

"형사소송법 제148조 근친자의 형사책임과 증언 거부."

오히려 조서란이 더욱 잘 알고 있는 조항이었다.

"우리 참 오래 걸렸다. 이 문제를 해결하는 데."

유한이 감회에 젖은 듯 말했다.

"앞으로 뭐 할 거야? 타로 마스터 안 하면."

"모르겠어."

"복직하는 건 어때?"

"이제는 출퇴근 못 할 거 같아. 이 생활이 편해서."

조서란의 솔직한 대답에 유한이 빙긋 웃었다.

"유명한 마담 타로께서 자신의 앞날을 모르신다. 이건 말이 안 되잖아? 뽑아 봐. 네 미래를 위해 뽑아 본 적 없지?"

조서란은 잠시 망설였다. 유한이 타로 덱을 그녀에게 밀어 주며 말했다.

"물어봐. 타로 카드는 물어보는 사람에게만 답을 주거든."

그는 조서란이 늘 하던 말을 따라 했다. 그녀는 옅은 미소를 지었다.

조서란은 대답 대신 타로 덱을 꺼냈다. 카드를 섞으며 자신의 미래를 마음속으로 물었다. 그리고 한 장을 뽑았다.

0번 바보 카드였다.

"바보? 이건 무슨 뜻이야?"

"다시 시작."

이 사람은 자신만의 세계를 완성하고 다음 단계로 나아가는 여행자일 것이다. 이 사람처럼 이뤄 놓은 것을 과감히 버리고 떠날 수 있는 용기가 자신에게 있을까? 조서란은 카드를 바라보며 생각했다. 과거에 얽매이지 않는 삶을

마담 타로

살아도 될까? 머릿속이 복잡해졌다.

유한은 고개를 갸웃거리며 물었다.

"뭘 다시 시작하고 싶은데? 경찰? 타로?"

"글쎄."

"아니면 우리?"

유한이 그동안 내색하지 못했던 진심을 말했다. 조서란은 그게 농담이냐며 핀잔을 주었지만 아무도 웃지 않았다. 대신 한참 동안 카드를 들여다봤다.

"아직은 모르겠어. 무엇을 새로 시작해야 할지."

0번은 끝이면서 동시에 시작이었다. 이 사람과 끝인지 시작인지, 조서란은 아직 답을 내릴 수 없었다. 분명한 것은 모든 것을 내려놓고 새로운 길로 나아가는 용기가 필요하다는 것.

"시간을 줘. 조금만."

조서란이 카드를 덱에 넣으며 말했다.

"얼마든지."

유한이 고개를 끄덕였다.

"이제 어디로 갈 거야?"

그가 물었다.

"일단 서희가 있는 곳 근처로 숙소를 정했어. 그다음

은….”

조서란이 잠시 망설이다 말했다.

“타로 카드가 알려 주겠지. 늘 그랬던 것처럼.”

유한은 고개를 끄덕였다.

“마담 타로다운 대답이네.”

“알았으면, 이 박스나 조수석에 실어 줘. 바로 쓸 물건이니까. 남은 거 정리해서 바로 나갈게.”

“알겠어.”

유한은 박스를 들고 나갔다.

그리고 다시 아르카나의 문이 열렸다. 조서란은 유한인 줄 알고 고개를 들었다. 30대 후반쯤 되어 보이는 여자가 들어왔다. 검은 코트에 흰 스카프를 두른 차림으로 얼굴은 창백하고, 눈빛은 차가웠다.

“마담 타로를 만나러 왔습니다. 본인 되십니까?”

여자의 목소리는 낮고 또렷했다. 마치 종교의식을 집행하는 사제처럼 감정이 지워진 목소리였다.

조서란은 본능적으로 경계했다.

“예, 제가 맞습니다만, 여긴 예약제로 운영됩니다. 그리고 더 이상 상담을 받진 않습니다.”

"아니요. 받으실 겁니다."

여자가 천천히 다가왔다. 그리고 명함 하나를 내밀었다.

조서란이 받은 그 명함에는 아무것도 적혀 있지 않았다. 다만 하얀 바탕에 검은 잉크로 그려진 문양 하나. 칼 두 자루가 교차된 십자가가 인쇄돼 있었다.

"좋습니다. 이쪽으로 앉으시죠."

그녀와 마주 앉은 조서란은 상자에 넣어 두었던 타로 카드를 꺼내 들었다. 천천히 카드를 섞으며 상담을 시작했다.

"타로 카드는 질문이 중요합니다."

조서란은 여자의 눈동자를 정면으로 쳐다보며 힘주어 말했다.

"무엇을 물어보러 오셨습니까?"

대답을 기다리는 조서란은 손을 멈추지 않고 타로 카드를 계속 섞었다. 카드가 부드럽게 넘어가는 소리만이 방 안을 채웠다. 그리고 직감했다.

이것이 0번 바보 카드가 알려 주는 또 다른 시작이라는 것을.

- 끝